岩 波 文 庫

31-076-3

童 話 集

銀河鉄道の夜

他十四篇

宮沢賢治作
谷川徹三編

岩 波 書 店

目　次

銀河鉄道の夜

―他十四篇―

北守将軍と三人兄弟の医者

一　三人兄弟の医者

むかしラユーという首都《しゅと》に、兄弟三人の医者がいた。いちばん上のリンパーは、普通の人の医者だった。その弟のリンプーは、馬や羊の医者だった。いちばん末のリンポーは、草だの木だのの医者だった。そして兄弟三人は、町のいちばん南にあたる、黄いろな崖《がけ》のとっぱなへ、青い瓦《かわら》の病院を、三つならべて建てていて、てんでに白や朱の旗を、風にぱたぱた言わせていた。

坂のふもとで見ていると、漆にかぶれた坊さんや、少しびっこをひく馬や、しおれかかった牡丹《ぼたん》の鉢《はち》を、車につけて引く園丁や、いんこを入れた鳥かごや、次から次とのぼって行って、さて坂上に行き着くと、病気の人は、左のリンパー先生へ、馬や羊や鳥類は、中のリンプー先生へ、草木をもった人たちは、右のリンポー先生へ、三つにわかれてはいるのだった。

さて三人は三人とも、実に医術もよくできて、また仁心も相当あって、たしかにもはや名医の類であったのだが、まだいい機会《おり》がなかったために別に位もなかったし、遠くへ名前も聞こえなかった。ところがとうとうある日のこと、ふしぎなことが起こってきた。

二　北守将軍ソンバーユー

ある日のちょうど日の出ごろ、ラユーの町の人たちは、はるかな北の野原の方で、鳥か何かがたくさん群れて、声をそろえて鳴くような、おかしな音を、ときどき聞いた。はじめはだれも気にかけず、店を掃いたりしていたが、朝めしすこしすぎたころ、だんだんそれが近づいて、みんな立派なチャルメラや、ラッパの音だとわかってくると、町じゅうにわかにざわざわした。その間にはぱたぱたいう、太鼓の類の音もする。もう商人《あきうど》も職人も、仕事がすこしも手につかない。門を守った兵隊たちは、まず門をみなしっかりとざし、町をめぐった壁の上には、見張りの者をならべておいて、それからお宮へ知らせを出した。

そしてその日の午《ひる》ちかく、ひづめの音や鎧《よろい》のけはい、また号令の声もして、向こうはすっかり、この町を、囲んでしまった模様であった。

番兵たちや、あらゆる町の人たちが、まるでどきどきやりながら、矢を射る孔《あな》からのぞいて見た。壁の外から北の方、まるで雲霞《うんか》の軍勢だ。ひらひらひかる三角旗《かくばた》や、ほこがさながら林のようだ。ことになんともきたいなことは、兵隊たちが、みな灰いろでぼさぼさして、なんだかけむりのようなのだ。するどい目をして、ひげが二いろまっ白な、せなかのまがった大将が、尻尾《しっぽ》が箒《ほうき》のかたちになって、うしろにぴんとのびている白馬に乗って先頭にたち、大きな剣を空にあげ、声高々と歌っている。

「北守将軍《ほくしゅしょうぐん》ソンバーユーは
いま塞外《さくがい》の沙漠《さばく》から
やっとのことで戻《もど》ってきた
勇ましい凱旋《がいせん》だと言いたいが
実はすっかり参って来たのだ
とにかくあすこは寒い所さ
三十年という黄いろなむかし
おれは十万の軍勢をひきい
この門をくぐって威張って行った
それからどうだもう見るものは空ばかり

風はかわいて砂を吹き
雁《がん》さえ干せてたびたび落ちた
おれはその間馬でかけ通し
馬がつかれてたびたびペタンとすわり
涙をためてはじっと遠くの砂を見た
そのたびごとにおれは鎧《よろい》のかくしから
塩をすこうし取り出して
馬になめさせては元気をつけた
その馬も今では三十五歳
五里かけるにも四時間かかる
それからおれはもう七十だ
とても帰れまいと思っていたが
ありがたや敵が残らず脚気《かっけ》で死んだ
ことしの夏はへんに湿気が多かったでな
それに脚気の原因が
あんまりこっちを追いかけて

砂を走ったためなんだ
そうしてみればどうだやっぱり凱旋《がいせん》だろう
ことにも一つほめられていいことは
十万人もでかけたものが
九万人まで戻って来た
死んだやつらは気の毒だが
三十年の間には
たとえいくさに行かなくたって
一割ぐらいは死ぬんじゃないか
そこでラユーのむかしのともよ
またこどもらよきょうだいよ
北守将軍ソンバーユーと
その軍勢が帰ったのだ
門をあけてもいいではないか」

さあ城壁のこっちでは、わきたつような騒動だ。うれしまぎれに泣くものや、両手をあげて走るもの。じぶんで門をあけようとして、番兵たちにしかられるもの。もちろん王のお宮へは使いが急いで走って行き、城門の扉《とびら》はぎいっとあいた。おもての方の兵隊たちも、もううれしくて、馬にすがって泣いている。

顔から肩から灰いろの、北守将軍ソンバーユーは、わざとくしゃくしゃ顔をしかめ、しずかに馬のたづなをとって、まっすぐを向いて先頭に立ち、それからラッパや太鼓の類、三角ばたのついた槍《やり》、まっ青《さお》にさびた銅のほこ、それから白い矢をしょった、兵隊たちがはいってくる。馬は太鼓に歩調を合わせ、ことにもさきのソン将軍の白馬は、歩くたんびにひざがぎちぎち音がして、ちょうどひょうしをとるようだ。兵隊たちは軍歌をうたう。

「みそかの晩とついたちは
沙漠《さばく》に黒い月が立つ
西と南の風の夜は
月は冬でもまっ赤《か》だよ
雁《がん》が高みを飛ぶときは
敵が遠くへ逃げるのだ

　追おうと馬にまたがれば
　にわかに雪がどしゃぶりだ」

兵隊たちは進んで行った。九万の兵というものはただ見ただけでもぐったりする。

「雪の降る日はひるまでも
そらはいちめんまっくらで
わずかに雁の行くみちが
ぼんやり白く見えるのだ
砂がこごえて飛んできて
枯れたよもぎをひっこぬく
抜けたよもぎは次々と
都の方へ飛んで行く」

みんなは、みちの両側に、垣《かき》をきずいて、ぞろっとならび、涙を流してこれを見た。かくて、バーユー将軍が、三町ばかり進んで行って、町の広場についたとき、向こうのお宮の方角から、黄いろな旗がひらひらして、だれかこっちへやってくる。これはたしかに知らせが行って、王から迎いが来たのである。

ソン将軍は馬をとめ、ひたいに高く手をかざし、よくよくそれを見きわめて、それからにわかに一礼し、急いで、馬を降りようとした。ところが馬をおりれない、もう将軍の両足は、しっかり馬の鞍《くら》につき、鞍はこんどは、がっしりと馬の背中にくっついて、もうどうしてもはなれない。さすが豪気の将軍も、すっかりあわてて赤くなり、口をびくびく横に曲げ、一生けん命、はねおりようとするのだが、どうにもからだがうごかなかった。ああこれこそじつに将軍が、三十年も、国境の空気のかわいた沙漠《さばく》のなかで、重いつとめを肩に負い、一度も馬をおりないために、馬とひとつになったのだ。おまけに沙漠のまん中で、どこにも草のはえるところがなかったために、たぶんはそれが将軍の顔を見つけてはえたのだろう。灰いろをしたふしぎなものがもう将軍の顔や手や、まるでいちめんはえていた。兵隊たちにもはえていた。そのうち使いの大臣は、だんだん近くやって来て、もうまっさきの大きな槍《やり》や、旗のしるしも見えて来た。

「将軍、馬をおりなさい。王様からのお迎いです。将軍、馬をおりなさい。」向こうの列でだれか言う。将軍はまた手をばたばたしたが、やっぱりからだがはなれない。

ところが迎いの大臣は、鮒《ふな》よりひどい近眼だった。わざと馬からおりないで、両手を振って、みんなに何か命令してると考えた。

「謀叛《むほん》だな。よし。引き上げろ。」そう大臣はみんなに言った。そこで大臣一行は、くるっと馬を立て直し、黄いろな塵《ちり》をあげながら、いちもくさんに戻って行く。ソン将軍はこれを見て肩をすぼめてため息をつき、しばらくぼんやりしていたが、にわかにうしろを振り向いて、軍師の長を呼び寄せた。

「おまえはすぐに鎧《よろい》を脱いで、おれの刀と弓をもち、早くお宮へ行ってくれ。それからだれかにこう言うのだ。北守将軍ソンバーユーは、あの国境の沙漠《さばく》の上で、三十年のひるも夜も、馬からおりるひまがなく、とうとうからだが鞍《くら》につき、そのまた鞍が馬について、どうにもお前へ出られません。これからお医者に行きまして、やがて参内《さんだい》いたします。こうていねいに言ってくれ。」

軍師の長はうなずいて、すばやく鎧《よろい》と兜《かぶと》を脱ぎ、ソン将軍の刀をもって、いちもくさんにかけて行く。ソン将軍はみんなに言った。

「全軍しずかに馬をおり、兜をぬいで地にすわれ。ソン大将はただ今から、ちょっとお医者へ行ってくる。そのうち音をたてないで、じいっとやすんでいてくれい。わかったか。」

「わかりました。将軍。」兵隊どもは声をそろえて一度に叫ぶ。将軍はそれを手で制し、急いで馬に鞭《むち》うった。たびたびぺたんと沙漠に寝た、この有名な白馬は、ここで最後の力を出し、がたがたがたがた鳴りながら、風より早くかけ出した。さて将軍は十町ばかり、夢中で馬を走らせて、大きな坂の下に来た。それからにわかにこう言った。

「じょうずな医者はいったいだれだ。」

一人《ひとり》の大工《だいく》が返事した。

「それはリンパー先生です。」

「そのリンパーはどこにいる。」

「すぐこの坂のま上です。あの三つある旗のうち、いちばん左でございます。」

「よろしい、しゅう。」と将軍は、例の白馬に一鞭《むち》くれて、一気に坂をかけあがる。大工はあとでぶつぶつ言った。

「なんだ、あいつは野蛮なやつだ。ひとからものをおそわって、よろしい、しゅう、とはいったいなんだ。」

ところがバーユー将軍は、そんなことにはかまわない。そこらをうろうろあるいている、病人たちをはね越えて、門の前まで上っていた。なるほど門のはしらには、小医リンパー先生と、金看板がかけてある。

三　リンパー先生

さてソンバーユー将軍は、いまやリンパー先生の、大玄関を乗り切って、どしどし廊下へはいって行く。さすがはリンパー病院だ、どの天井も室《へや》の扉《と》も、高さが二丈ぐらいある。

「医者はどこかね。診《み》てもらいたい。」

ソン将軍は号令した。

「あなたはいったいなんですか。馬のまんまではいるとは、あんまり乱暴すぎましょう。」萌黄《もえぎ》の長い服を着て、頭をそった一人の弟子《でし》が、馬のくつわをつかまえた。

「おまえが医者のリンパーか、早くわがはいの病気を診《み》ろ。」

「いいえ、リンパー先生は、向こうの室《へや》におられます。けれどもご用がおありなら、馬からおりていただきたい。」

「いいや、そいつができんのじゃ。馬からすぐにおりれたら、今ごろはもう王様の、前へ行ってたはずなんじゃ。」

「ははあ、馬からおりられない。そいつは足の硬直だ。そんならいいです。おいでなさい。」

弟子は向こうの扉《と》をあけた。ソン将軍はぱかぱかと馬を鳴らしてはいって行った。中には人がいっぱいで、そのまん中に先生らしい、小さな人が床几《しょうぎ》にすわり、しきりに一人の眼《め》を診《み》ている。

「ひとつこっちをたのむのじゃ。馬からおりられないでのう。」そう将軍はやさしく言った。

ところがリンパー先生は、見向きもしないし動きもしない。やっぱりじっと眼を見ている。

「おい、きみ、早くこっちを見んか。」将軍がどなりだしたので、病人たちはびくっとした。ところが弟子《でし》がしずかに言った。

「診るには番がありますからな。あなたは九十六番でいま六人目ですから、もう九十人お待ちなさい。」

「黙れ、きさまはわがはいに八十一人待てっと言うか。おれをだれだと考える。北守将軍ソンバーユーだ。九万人もの兵隊を、町の広場に待たせてある。おれが一人を待つことは八万一千の兵隊が向こうの方で待つことだ。すぐ見ないならけちらすぞ。」将軍はもう鞭《むち》をあげ馬は一いきはねあがり、病人たちは泣きだした。ところがリンパー先生は、やっぱりびくともしていない、てんでこっちを見もしない。その先生の右手から、黄の綾《あや》を着た娘が立って、花びんにさした何かの花を、一枝とって水につけ、やさしく馬につきつけた。馬はぱくっとそれをかみ、大きな息を一つして、ぺたんと四つ足を折り、今度はごうごういびきをかいて、首を落としてねむってしまう。

ソン将軍はまごついた。

「あ、馬のやつ、また参ったな。困った。困った。困った。」と言って、急いで鎧《よろい》のかくしから、塩の袋をとりだして、馬に食べさせようとする。

「おい、起きんかい。あんまり情けないやつだ。あんなにひどく難儀して、やっと都に帰って来るとすぐ気がゆるんで死ぬなんて、ぜんたいどういう考えなのか、こら、起きんかい。起きんかい。しつ、ふう、どう、おい、この塩を、ほんの一口たべんかい。」

それでも馬は、やっぱりぐうぐうねむっている。

ソン将軍はとうとう泣いた。

「おい、きみ、わしはとにかくに、馬だけどうかみてくれたまえ。こいつは北の国境で、三十年もはたらいたのだ。」むすめはだまって笑っていたが、このときリンパー先生が、いきなりこっちを振り向いて、まるで将軍の胸底から、馬の頭も見とおすような、するどい目をしてしずかに言った。

「馬はまもなくなおります。あなたの病気をしらべるために、馬をすわらせただけです。あなたはそれで向こうの方で、何か病気をしましたか。」

「いいや、病気はしなかった。病気は別にしなかったが、きつねのためにだまされて、どうもときどき困ったじゃ。」

「それは、どういうふうですか。」

「向こうのきつねはいかんのじゃ。十万近い軍勢を、ただ一ぺんにだますんじゃ。夜にたくさん火をともしたり、昼間いきなり沙漠《さばく》の上に、大きな海をこしらえて、城や何かも出したりする。全くたちが悪いんじゃ。」

「それをきつねがしますのですか。」

「きつねとそれから、砂鶻《さこつ》じゃね。砂鶻というて鳥なんじゃ。こいつは人のおらないときは、高い所を飛んでいて、だれかを見るとためしに来る。馬のしっぽを抜いたりね、目をねらったりするもんで、こいつらがでたらもう馬は、がたがたふるえてようあるかんね。」

「そんなら一ぺんだまされると、何日ぐらいでよくなりますか。」

「まあ四日じゃね。五日のときもあるようじゃ。」

「それであなたは今までに、何べんぐらいだまされました?」

「ごく少なくて十ぺんじゃろう。」

「それではお尋ねいたします。百と百とを加えると答えはいくらになりますか。」

「百八十じゃ。」

「それでは二百と二百では。」

「さよう、三百六十だろう。」

「そんならも一つ伺いますが、十の二倍は何ほどですか。」

「それはもちろん十八じゃ。」

「なるほど、すっかりわかりました。あなたは今でもまだ少し、沙漠のためにつかれています。つまり十パーセントです。それではなおしてあげましょう。」

パー先生は両手をふって、弟子《でし》にしたくを言い付けた。弟子は大きな銅鉢《どうばち》に、何かの薬をいっぱい盛って、ふきんを添えて持って来た。ソン将軍は両手を出して、鉢をきちんと受けとった。パー先生は片袖《かたそで》まくり、ふきんに薬をいっぱいひたし、かぶとの上からざぶざぶかけて、両手でそれをゆすぶると、兜はすぐにすぱりととれた。弟子がも一人、もひとつ別の銅鉢へ、別の薬をもってきた。そこでリンパー先生は、別の薬でじゃぶじゃぶ洗う。しずくはまるでまっ黒だ。ソン将軍は心配そうに、うつむいたまままきいている。

「どうかね、馬は大丈夫かね。」

「もうじきです。」とパー先生は、つづけてじゃぶじゃぶ洗っている。しずくがだんだん茶いろになって、それからうすい黄いろになった。それからとうとう色もなく、ソン将軍の白髪は、熊《くま》より白く輝いた。そこでリンパー先生は、ふきんを捨てて両手を洗い、弟子は頭と顔をふく。将軍はぶるっと身ぶるいして、馬にきちんと起きあがる。

「どうです、せいせいしたでしょう。ところで百と百とをたすと、答えはいくらになりますか。」

「もちろんそれは二百だろう。」

「そんなら二百と二百とたせば。」

「さよう、四百にちがいない。」

「十の二倍はどれだけですか。」

「それはもちろん二十じゃな。」さっきのことは忘れたふうで、ソン将軍はけろりと言う。

「すっかりおなおりになりました。つまり頭の目がふさがって、一割いけなかったのですな。」

「いやいや、わしは勘定などの、十や二十はどうでもいいんじゃ。それは軍師がやるでのう、わしはさっそくこの馬と、わしをはなしてもらいたいんじゃ。」

「なるほどそれはあなたの足を、あなたの服と引きはなすのは、すぐ私にできるです。いやもう離れているはずです。けれども、ずぼんが鞍《くら》につき、鞍がまた馬についたのを、はなすというのは別ですな。それはとなりで、私の弟がやっていますから、そっちへおいでいただきます。それにいったいこの馬もひどい病気にかかっています。」

「そんならわしの顔からはえた、このもじゃもじゃはどうじゃろう。」

「そちらもやっぱり向こうです。とにかくひとつとなりの方へ、弟子《でし》をお供に出しましょう。」

「それではそっちへ行くとしよう。ではさようなら。」

さっきの黄色いきものをつけた、むすめが馬の右耳に、息を一つ吹き込んだ。馬はがばっとはねあがり、ソン将軍はにわかに背が高くなる。将軍は馬のたづなをとり、弟子とならんで室《へや》を出る。それから庭をよこぎって厚い土塀《どべい》の前に来た。小さなくぐりがあいている。

「いま裏門をあけさせましょう。」助手はくぐりをはいって行く。

「いいや、それには及ばない。わたしの馬はこれぐらい、まるでなんとも思ってやしない。」将軍は馬にむちをやる。

ぎっ、ばっ、ふう。馬は土塀をはね越えて、となりのリンプー先生の、けしのはたけをめちゃくちゃに、踏みつけながら立っていた。

四　馬医リンプー先生

ソン将軍が、お医者の弟子と、けしの畑をふみつけて向こうの方へ歩いて行くと、もうあっちからもこっちからも、ぶるるるふうというような、馬の仲間の声がする。そして二人《ふたり》が正面の、大きな棟《むね》にはいって行くと、もう四方から馬どもが、二十匹もかけて来て、ひづめをことこと鳴らしたり、頭をぶらぶらしたりして、将軍の馬にあいさつする。

向こうでリンプー先生は、首のまがった茶いろの馬に、白い薬を塗っている。さっきの弟子が進んで行って、ちょっと何かをささやくと、馬医のリンプー先生は、わらってこっちをふりむいた。大きな鉄の胸甲《むなあて》を、がっしりはめていることは、ちょうどやっぱり鎧《よろい》のようだ。馬にけられぬためらしい。将軍はすぐその前へ、じぶんの馬を乗りつけた。

「あなたがリンプー先生か。わしは将軍ソンバーユーじゃ。なにぶんひとつたのみたい。」

「いや、その由を伺いました。あなたの馬はたしか三十九ぐらいですな。」

「四捨五入して、そうじゃ、やっぱり三十九じゃな。」

「ははあ、ただいま手術いたします。あなたは馬の上にいて、すこし煙《けむ》いかしれません。それをご承知くださいますか。」

「煙《けむ》い？　なんのどうして煙《けむ》ぐらい、沙漠《さばく》で風の吹くときは、一分間に四十五以上、馬を跳躍させるんじゃ、それを三つも、やすんだら、もう頭まで埋まるんじゃ。」

「ははあ、それではやりましょう。おい、フーシュ。」プー先生は弟子《でし》を呼ぶ。弟子はおじぎを一つして、小さな壺《つぼ》をもって来た。プー先生はふたをとり、何か茶いろな薬を出して馬の眼《まなこ》に塗りつけた。それから、「フーシュ」とまた呼んだ。弟子はおじぎを一つしてとなりのへやへはいって行って、しばらくごとごとしていたが、まもなく赤い小さな餅《もち》を、皿《さら》にのっけて帰って来た。先生はそれをつまみあげ、しばらく指ではさんだり、においをかいだりしていたが、何か決心したらしく、馬にぱくりと食べさせた。ソン将軍は、その白馬の上にいて、待ちくたびれてあくびをした。するとにわかに白馬は、がたがたがたがたふるえだし、それからからだ一面に、あせとけむりを吹き出した。プー先生はこわそうに、遠くへ行ってながめている。がたがたがた鳴りながら、馬はけむりをつづけて吹いた。そのまた煙がむやみにからい。ソン将軍も、はじめはがまんしていたが、とうとう両手を目にあてて、ごほんごほんとせきをした。そのうちだんだんけむりは消えて、こんどは汗が滝よりひどくながれだす。プー先生は近くへよって、両手をちょっと鞍《くら》にあて、二つばかりゆすぶった。

たちまち鞍はすぱりとはなれ、はずみを食った将軍は、床《ゆか》にすとんと落とされた。ところがさすが将軍だ、いつかきちんと立っている。おまけに鞍と将軍も、もうすっかりとはなれていて、将軍はまがった両足を、両手でぱしゃぱしゃたたいたし、馬はにわかに荷がなくなって、さも見当がつかないらしく、せなかをゆらゆらゆすぶった。するとプー先生はこんどは馬のほうきのようなしっぽを持って、いきなりぐっと引っぱった。すると何やらまっ白な、尾の形した塊《かたまり》が、ごとりと床にころがり落ちた。馬はいかにも軽そうに、いまは全く毛だけになったしっぽを、ふさふさ振っている。弟子が三人集まって、馬のからだをすっかりふいた。

「もういいだろう。歩いてごらん。」馬はしずかに歩きだす。あんなにぎちぎちきしんだひざが、いまではすっかり鳴らなくなった。プー先生は手をあげて、馬をこっちへ呼び戻し、おじぎを一つ将軍にした。

「いや謝しますじゃ。それではこれで。」将軍は、急いで馬に鞍《くら》を置き、ひらりとそれにまたがれば、そこらあたりの病気の馬は、ひんひん別れのあいさつをする。ソン将軍はへやを出て、塀《へい》をひらりと飛び越えて、となりのリンポー先生の、菊のはたけに飛び込んだ。

五　リンポー先生

　さてもリンポー先生の、草木をなおすその室《へや》は、林のようなものだった。あらゆる種類の木や花が、そこらいっぱいならべてあって、どれにもみんな金だの銀の、大きな札がついている。そこを、バーユー将軍は、馬からおりて、ゆっくりと、ポー先生の前へ行く。さっきの弟子がさきまわりして、すっかり話していたらしく、ポー先生は薬の箱と大きな赤いうちわをもって、ごくうやうやしく待っていた。ソン将軍は手をあげて、「これじゃ。」と顔を指さした。ポー先生は黄いろな粉を、薬箱から取り出して、ソン将軍の顔から肩へ、もういっぱいにふりかけて、それから例のうちわをもって、ばたばたばたばたあおぎだす。するとたちまち、将軍の顔じゅうの毛はまっ赤《か》に変わり、みんなふわふわ飛び出して、見ているうちに将軍は、すっかり顔がつるつるなった。じつにこのとき将軍は、三十年ぶりににっこりした。

「それではこれで行きますじゃ。からだもかるくなったでのう。」もう将軍はうれしくて、はやてのようにへやを出て、おもての馬に飛び乗れば、馬はたちまち病院の、大きな門を外に出た。あとから弟子《でし》が六人で、兵隊たちの顔からはえた灰いろの毛をとるために、薬の袋とうちわをもって、ソン将軍を追いかけた。

六　北守将軍仙人《せんにん》となる

さてソンバーユー将軍は、ポー先生の玄関を、光のように飛び出して、となりのリンプー病院を、はやてのごとく通り過ぎ、次のリンパー病院を、斜めに見ながらもういっさんに、さっきの坂をかけおりる。馬は五倍も速いので、もう向こうには兵隊たちの、やすんでいるのが見えてきた。兵隊たちは心配そうにこっちの方を見ていたのだが、思わず歓呼の声をあげ、みんないっしょに立ちあがる。そのときお宮の方からはさっきの使いの軍師の長がいちもくさんにかけて来た。

「ああ、王様は、すっかりおわかりになりました。あなたのことをおききになって、おん涙さえ浮かべられ、おいでをお待ちでございます。」そこへさっきの弟子たちが、薬をもってやってきた。兵隊たちはよろこんで、粉をふってばたばたあおぐ。そこで九万の軍隊は、もう輪郭もはっきりなった。

将軍は高く号令した。「馬にまたがり、気をつけいっ。」みんなが馬にまたがれば、まもなくそこらはしんとして、たった二匹の遅れた馬が、鼻をぶるっと鳴らしただけだ。「前へ進めっ。」太鼓も銅鑼《どら》も鳴りだして、軍は粛々《しゅくしゅく》行進した。

やがて九万の兵隊は、お宮の前の一里の庭に縦横ちょうど三百人、四角な陣をこしらえた。

ソン将軍は馬をおり、しずかに壇をのぼって行って床に額をすりつけた。

王はしずかにこう言った。

「じつに長らくご苦労だった。これからはもうここにいて、大将たちの大将として、なお忠勤をはげんでくれ。」

北守将軍ソンバーユーは、涙をたれてお答えした。

「おことばまことにかしこくて、なんとお答えいたしていいか、とみにことばもいでませぬ。とはいえ、いまや私は、生きた骨ともいうような、役に立たずでございます。沙漠《さばく》の中にいました間、どこから敵が見ているか、あなどられまいと考えて、いつでもりんと胸を張り、目を見開いておりましたのが、いま王様のお前に出て、おほめのことばをいただきますと、にわかに目さえ見えぬよう。背骨も曲がってしまいます。なにとぞこれでお暇を願い、郷里に帰りとうございます。」

「それではだれかおまえの代わり、大将五人の名をあげよ。」

そこでバーユー将軍は、大将四人の名をあげた。そして残りの一人の代わり、リン兄《きょう》弟《だい》の三人を国のお医者におねがいした。王はさっそく許されたので、その場でバーユー将軍は、鎧《よろい》もぬげば兜《かぶと》もぬいで、かさかさ薄い麻を着た。

そしてじぶんの生まれた村のス山のふもとへ帰って行って、粟《あわ》をすこうしまいたりした。それから粟の間引《まび》きもやった。けれどもそのうち将軍は、だんだんものを食わなくなって、せっかくじぶんでまいたりした、粟も一口たべただけ、水をがぶがぶ飲んでいた。

ところが秋の終わりになると、水もさっぱり飲まなくなって、ときどき空を見上げては、何かしゃっくりするようなきたいな形をたびたびした。

そのうちいつか将軍は、どこにも形が見えなくなった。そこでみんなは将軍さまは、もう仙人《せんにん》になったと言って、ス山の山のいただきへ小さなお堂をこしらえて、あの白馬は神馬《しんめ》に祭り、あかしや粟をささげたり、麻ののぼりをたてたりした。

けれどもこのとき国手《こくしゅ》になった例のリンパー先生は、会う人ごとにこういった。

「どうして、バーユー将軍が、雲だけ食ったはずはない。おれはバーユー将軍の、からだをよくみて知っている。肺と胃の腑《ふ》は同じでない。きっとどこかの林の中に、お骨《こつ》があるにちがいない。」

なるほどそうかもしれないと、思った人もたくさんあった。

オッペルと象

……ある牛飼いがものがたる

第一日曜

オッペルときたらたいしたもんだ。稲こき器械の六台も据《す》えつけて、のんのんのんのんのんのんと、大そろしない音をたてて[やっ]ている。

十六人の百姓どもが、顔をまるっきりまっかにして足で踏んで器械をまわし、小山のように積まれた稲を片っぱしからこいて行く。わらはどんどんうしろの方へ投げられて、また新しい山になる。そこらは籾《もみ》やわらから立ったこまかな塵《ちり》で、変にぼうっと黄いろになり、まるで沙漠《さばく》のけむりのようだ。

そのうすくらい仕事場で、オッペルは、大きな琥珀《こはく》のパイプをくわえ、吸いがらをわらに落とさないよう、目を細くして気をつけながら、両手を背中に組みあわせて、ぶらぶら行ったり来たりする。

小屋はずいぶん頑丈《がんじょう》で、学校ぐらいもあるのだが、何せ新式稲こき器械が六台もそろってまわってるから、のんのんのんのんふるうのだ。中にはいるとそのために、すっかり腹がすくほどだ。そしてじっさいオッペルは、そいつでじょうずに腹をへらし、ひるめしどきには、六寸ぐらいのビフテキの、ぞうきんほどあるオムレツの、ほくほくしたのをたべるのだ。

とにかく、そうして、のんのんのんのんやっていた。

そしたらそこへどういうわけか、その、白象がやって来た。白い象だぜ、ペンキを塗ったのでないぜ。どういうわけで来たかって？　そいつは象のことだから、たぶんぶらっと森を出て、ただなにとなく来たのだろう。

そいつが小屋の入り口に、ゆっくり顔を出したとき、百姓どもはぎょっとした。なぜぎょっとした？　よくきくねえ、何をしだすか知れないじゃないか。かかり合ってはたいへんだから、どいつもみんな、いっしょうけんめい、じぶんの稲をこいていた。

ところがそのときオッペルは、ならんだ器械のうしろの方で、ポケットに手を入れながら、ちらっと鋭く象を見た。それからすばやく下を向き、なんでもないというふうで、いままでどおり行ったり来たりしていたもんだ。

するとこんどは白象が、片足床にあげたのだ。百姓どもはぎょっとした。それでも仕事が忙しいし、かかり合ってはひどいから、そっちを見ずに、やっぱり稲をこいていた。

オッペルは奥のうすくらいところで両手をポケットから出して、も一度ちらっと象を見た。それからいかにも退屈そうに、わざと大きなあくびをして、両手を頭のうしろに組んで、行ったり来たりやっていた。ところが象が威勢よく、前足二つつきだして、小屋にあがって来ようとする。百姓どもはぎくっとし、オッペルもすこしぎょっとして、大きな琥珀のパイプから、ふっとけむりをはきだした。それでもやっぱりしらないふうで、ゆっくりそこらをあるいていた。

そしたらとうとう、象がのこのこ上がって来た。そして器械の前のとこを、のん気にあるきはじめたのだ。

ところが何せ、器械はひどく回っていて、籾《もみ》は夕立かあられのように、パチパチ象にあたるのだ。象はいかにもうるさいらしく、小さなその目を細めていたが、またよく見ると、たしかに少しわらっていた。

オッペルはやっと覚悟をきめて、稲こき器械の前に出て、象に話をしようとしたが、そのとき象が、とてもきれいなうぐいすみたいないい声で、こんな文句を言ったのだ。

「ああ、だめだ。あんまりせわしく、砂がわしの歯にあたる。」

まったく籾は、パチパチパチパチ歯にあたり、またまっ白な顔や首にぶっつかる。

さあ、オッペルは命がけだ。パイプを右手にもち直し、度胸を据えてこう言った。

「どうだい。ここはおもしろいかい。」

「おもしろいねえ。」象がからだを斜めにして、目を細くして返事した。

「ずうっとこっちにいたらどうだい。」

百姓どもははっとして、息を殺して象を見た。オッペルは言ってしまってから、にわかにがたがたふるえだす。ところが象はけろりとして、

「いてもいいよ。」と答えたもんだ。

「そうか。それではそうしよう。そういうことにしようじゃないか。」オッペルが顔をくしゃくしゃにして、まっかになって喜びながらそう言った。

どうだ、そうしてこの象は、もうオッペルの財産だ。いまに見たまえ、オッペルは、あの白象を、はたらかせるか、サーカス団に売りとばすか、どっちにしても万円以上もうけるぜ。

第二日曜

オッペルときたらたいしたもんだ。それにこの前稲こき小屋で、うまく自分のものにした、象もじっさいたいしたもんだ。力も二十馬力もある。第一みかけがまっ白で、牙《きば》

はぜんたいきれいな象牙《ぞうげ》でできている。皮も全体、立派で丈夫な象皮なのだ。そしてずいぶんはたらくもんだ。けれどもそんなにかせぐのも、やっぱり主人が偉いのだ。

「おい、おまえは時計はいらないか。」丸太で建てたその象小屋の前に来て、オッペルは琥珀《こはく》のパイプをくわえ、顔をしかめてこうきいた。

「ぼくは時計はいらないよ。」象がわらって返事した。

「まあ持ってみろ、いいもんだ。」こう言いながらオッペルは、ブリキでこさえた大きな時計を、象の首からぶらさげた。

「なかなかいいね。」象も言う。

「鎖もなくちゃだめだろう。」オッペルときたら、百キロもある鎖をさ、その前足にくっつけた。

「うん、なかなか鎖はいいね。」三あし歩いて象がいう。

「靴《くつ》をはいたらどうだろう。」

「ぼくは靴などはかないよ。」

「まあはいてみろ、いいもんだ。」オッペルは顔をしかめながら、赤い張り子の大きな靴を、象のうしろのかかとにはめた。

「なかなかいいね。」象も言う。

「靴に飾りをつけなくちゃ。」オッペルはもう大急ぎで四百キロある分銅《ふんどう》を靴の上からはめ込んだ。

「うん、なかなかいいね。」象は二あし歩いてみて、さもうれしそうに言った。

次の日、ブリキの大きな時計と、やくざな紙の靴とはやぶけ、象は鎖と分銅だけで大よろこびであるいておった。

「すまないが税金も高いから、きょうはすこうし、川から水をくんでくれ。」オッペルは両手をうしろで組んで顔をしかめて象に言う。

「ああ、ぼく水をくんで来よう。もう何ばいでもくんでやるよ。」

象は目を細くしてよろこんで、そのひるすぎに五十だけ、川から水をくんで来た。そして菜っ葉の畑にかけた。夕方象は小屋にいて、十把《ぱ》のわらをたべながら、西の三日の月を見て、

「ああ、かせぐのは愉快だねえ、さっぱりするねえ。」と言っていた。

「すまないが税金がまたあがる。きょうは少うし森から、たきぎを運んでくれ。」オッペルは房《ふさ》のついた赤い帽子をかぶり、両手をかくしにつっ込んで、次の日象にそう言った。

「ああ、ぼくたきぎを持って来よう。いい天気だねえ。ぼくはぜんたい森へ行くのは

大すきなんだ。」象はわらってこう言った。

オッペルは少しぎょっとして、パイプを手からあぶなく落としそうにしたが、もうそのときは、象がいかにも愉快なふうで、ゆっくりあるきだしたので、また安心してパイプをくわえ、小さなせきを一つして、百姓どもの仕事の方を見に行った。

そのひるすぎの半日に、象は九百把《ば》たきぎを運び、目を細くしてよろこんだ。

晩方象は小屋にいて、八把《わ》のわらをたべながら、西の四日の月を見て、

「ああ、せいせいした。サンタマリア。」とこうひとりごとしたそうだ。

その次の日だ。

「すまないが、税金が五倍になった、きょうは少うし鍛冶場《かじば》へ行って、炭火を吹いてくれないか。」

「ああ吹いてやろう。本気でやったら、ぼく、もう、息で石もなげとばせるよ。」

オッペルはまたどきっとしたが、気を落ちつけてわらっていた。

象はのそのそ鍛冶場へ行ってべたんと足を折ってすわり、ふいごの代わりに半日、炭を吹いたのだ。

その晩、象は象小屋で、七把《わ》のわらをたべながら、空の五日の月を見て、

「ああつかれたな、うれしいな、サンタマリア。」とこう言った。

どうだ、そうして次の日から、象は朝からかせぐのだ。わらもきのうはただ五把《わ》だ。よくまあ、五把のわらなどで、あんな力がでるもんだ。

じっさい象はけいざいだよ。それというのもオッペルが、頭がよくてえらいためだ。オッペルときたらたいしたもんさ。

第五日曜

オッペルかね、そのオッペルは、おれも言おうとしてたんだが、いなくなったよ。

まあ落ちついてききたまえ。前にはなしたあの象を、オッペルはすこしひどくし過ぎた。しかたがだんだんひどくなったから、象はなかなか笑わなくなった。時には赤い竜《りゅう》の目をして、じっとこんなにオッペルを見おろすようになってきた。

ある晩象は象小屋で、三把《ば》のわらをたべながら、十日の月を仰ぎ見て、

「苦しいです。サンタマリア。」と言ったということだ。

こいつを聞いたオッペルは、ことごと象につらくした。

ある晩、象は象小屋で、ふらふら倒れて地べたにすわり、わらもたべずに、十一日の月を見て、

「もう、さようなら、サンタマリア。」

とこう言った。

「おや、なんだって？　さよならだ？」

月がにわかに象にきく。

「ええ、さよならです。サンタマリア。」

「なんだい、なりばかり大きくて、からっきしいくじのないやつだなあ。仲間へ手紙を書いたらいいや。」月がわらってこう言った。

「お筆も紙もありませんよう。」象は細うい、きれいな声で、しくしくしくしく泣きだした。

「そら、これでしょう。」すぐ目の前で、かわいい子どもの声がした。象が頭を上げて見ると、赤い着物の童子が立って、硯《すずり》と紙をささげていた。象はさっそく手紙を書いた。

「ぼくはずいぶんひどい目にあっている。みんなで出て来て助けてくれ。」

童子はすぐに手紙をもって、林の方へあるいて行った。

赤衣《しゃくえ》の童子が、そうして山に着いたのは、ちょうどひるめしごろだった。このとき山の象どもは、沙羅樹《さらじゅ》の下のくらがりで、碁などをやっていたのだが、額をあつめてこれを見た。

「ぼくはずいぶんひどい目にあっている。みんなで出て来て助けてくれ。」

象はいっせいに立ちあがり、まっ黒になってほえだした。

「オッペルをやっつけよう。」議長の象が高く叫ぶと、

「おう、でかけよう。グララアガア、グララアガア。」みんながいちどに呼応する。

さあ、もうみんな、あらしのように林の中をつきぬけて、グララアガア、グララアガア、野原の方へとんで行く。どいつもみんなきちがいだ。小さな木などは根こぎになり、やぶや何かもめちゃめちゃだ。グワアグワアグワアグワア、花火みたいに野原の中へ飛び出した。それから、なんの、走って、走って、とうとう向こうの青くかすんだ野原のはてに、オッペルの邸《やしき》の黄いろな屋根を見つけると、象はいちどに噴火した。

グララアガア、グララアガア。その時はちょうど一時半、オッペルは皮の寝台の上でひるねのさかりで、からすの夢を見ていたもんだ。あまり大きな音なので、オッペルの家の百姓どもが、門から少し外へ出て、小手をかざして向こうを見た。林のような象だろう。汽車より早くやってくる。さあ、まるっきり、血の気もうせてかけ込んで、「だんなあ、象です。押し寄せやした。だんなあ、象です。」と声をかぎりに叫んだもんだ。

ところがオッペルはやはりえらい。目をぱっちりとあいたときは、もう何もかもわかっていた。

「おい、象のやつは小屋にいるのか。いる？　いる？　いるのか。よし、戸をしめろ。

戸をしめるんだよ。早く象小屋の戸をしめるんだ。ようし早く丸太を持って来い。とじこめちまえ、ちくしょうめじたばたしやがるな、丸太をそこへしばりつけろ。何ができるもんか。わざと力を減らしてあるんだ。ようし、もう五六本持って来い。さあ、大丈夫だとも。あわてるなったら。おい、みんな、こんどは門だ。門をしめろ。かんぬきをかえ。つっぱり。つっぱり。そうだ。おい、みんな心配するなったら。しっかりしろよ。」オッペルはもうしたくができて、ラッパみたいないい声で、百姓どもをはげました。ところがどうして、百姓どもは気が気じゃない。こんな主人に巻き添いなんぞ食いたくないから、みんなタオルやはんけちや、よごれたような白いようなものを、ぐるぐる腕に巻きつける。降参をするしるしなのだ。

オッペルはいよいよやっきとなって、そこらあたりをかけまわる。オッペルの犬も気が立って、火のつくようにほえながら、やしきの中をはせまわる。

まもなく地面はぐらぐらとゆられ、そこらはばしゃばしゃくらくなり、象はやしきをとりまいた。グララアガア、グララアガア、その恐ろしいさわぎの中から、

「今助けるから安心しろよ。」やさしい声もきこえてくる。

「ありがとう。よく来てくれて、ほんとに僕はうれしいよ。」象小屋からも声がする。さあ、そうすると、まわりの象は、いっそうひどく、グララアガア、グララアガア、塀《へい》

のまわりをぐるぐる走っているらしく、たびたび中から、おこってふりまわす鼻も見える。けれども塀はセメントで、中には鉄もはいっているから、なかなか象もこわせない。塀の中にはオッペルが、たった一人《ひとり》で叫んでいる。百姓どもは目もくらみ、そこらをうろうろするだけだ。そのうち外の象どもは、仲間のからだを台にして、いよいよ塀を越しかかる。だんだん、にゅうと顔を出す。そのしわくちゃで灰いろの、大きな顔を見あげたとき、オッペルの犬は気絶した。さあ、オッペルは撃《う》ちだした。六連発のピストルさ。ドーン、グララアガア、ドーン、グララアガア、ドーン、グララアガア、ところが弾《たま》は通らない、牙《きば》にあたればはねかえる。一匹なぞはこう言った。

「なかなかこいつはうるさいねえ。ぱちぱち顔へあたるんだ。」オッペルはいつかどっかで、こんな文句をきいたようだと思いながら、ケースを帯からつめかえた。そのうち、象の片足が、塀からこっちへはみ出した。それからも一つはみ出した。五匹の象が一ぺんに、塀からどっと落ちて来た。オッペルはケースを握ったまま、もうくしゃくしゃにつぶれていた。早くも門があいていて、グララアガア、グララアガア、象がどしどしなだれ込む。「牢《ろう》はどこだ。」みんなは小屋に押しよせる。丸太なんぞは、マッチのようにへし折られ、あの白象はたいへんやせて小屋を出た。

「まあ、よかったね、やせたねえ。」みんなはしずかにそばにより、鎖と分銅をはずしてやった。

「ああ、ありがとう。ほんとにぼくは助かったよ。」

白象はさびしくわらってそう言った。

おや、君、川へはいっちゃいけないったら。

どんぐりと山猫《やまねこ》

おかしなはがきが、ある土曜日の夕がた、一郎のうちにきました。

かねた一郎さま　九月十九日
あなたは、ごきげんよろしいほで、けっこです。
あした、めんどなさいばんしますから、おいでんなさい。とびどぐもたないでくなさい。

山猫　拝

こんなのです。字はまるでへたで、墨もがさがさして指につくくらいでした。けれども一郎はうれしくてうれしくてたまりませんでした。はがきをそっと学校のかばんにしまって、うちじゅうとんだりはねたりしました。

ね床にもぐってからも、山猫のにゃあとした顔や、そのめんどうだという裁判のけしきなどを考えて、おそくまでねむりませんでした。

けれども、一郎が目をさましたときは、もうすっかり明るくなっていました。おもてにでてみると、まわりの山は、みんなたったいまできたばかりのようにうるうるもりあがって、まっ青《さお》なそらのしたにならんでいました。一郎はいそいでごはんをたべて、ひとり谷川に沿ったこみちを、かみの方へのぼって行きました。

すきとおった風がざあっと吹くと、くりの木はばらばらと実をおとしました。一郎はくりの木をみあげて、

「くりの木、くりの木、やまねこがここを通らなかったかい。」とききました。くりの木はちょっとしずかになって、

「やまねこなら、けさはやく、馬車でひがしの方へ飛んで行きましたよ。」と答えました。

「東ならぼくのいく方だねえ、おかしいな、とにかくもっといってみよう。くりの木ありがとう。」

くりの木はだまってまた実をばらばらとおとしました。

一郎がすこし行きますと、そこはもう笛ふきの滝でした。笛ふきの滝というのは、まっ白な岩の崖《がけ》のなかほどに、小さな穴があいていて、そこから水が笛のように鳴って飛

び出し、すぐ滝になって、ごうごう谷におちているのをいうのでした。

一郎は滝に向いて叫びました。

「おいおい、笛ふき、やまねこがここを通らなかったかい。」滝がぴーぴー答えました。

「やまねこは、さっき、馬車で西の方へ飛んで行きましたよ。」

「おかしいな。西ならぼくのうちの方だ。けれども、まあも少し行ってみよう。笛ふき、ありがとう。」

滝はまたもとのように笛を吹きつづけました。

一郎がまたすこし行きますと、一本のぶなの木のしたに、たくさんの白いきのこが、どってこどってこどってこと、変な楽隊をやっていました。

一郎はからだをかがめて、

「おい、きのこ、やまねこがここを通らなかったかい。」

とききました。するときのこは、

「やまねこなら、けさはやく、馬車で南の方へ飛んで行きましたよ。」と答えました。

一郎は首をひねりました。

「みなみならあっちの山のなかだ。おかしいな。まあもすこし行ってみよう。きのこ、ありがとう。」

きのこはみんないそがしそうに、どってこどってこと、あの変な楽隊をつづけました。

一郎はまたすこし行きました。すると一本のくるみの木のこずえを、りすがぴょんと飛んでいました。一郎はすぐ手まねぎしてそれをとめて、

「おい、りす、やまねこがここを通らなかったかい。」

とたずねました。するとりすは、木の上から、額に手をかざして、一郎を見ながら答えました。

「やまねこなら、けさまだくらいうちに馬車でみなみの方へ飛んで行きましたよ。」

「みなみへ行ったなんて、二とこでそんなことを言うのはおかしいなあ。けれどもまあもすこし行ってみよう。りす、ありがとう。」りすはもういませんでした。ただくるみのいちばん上の枝がゆれ、となりのぶなの葉がちらっとひかっただけでした。

一郎がすこし行きましたら、谷川にそったみちは、もう細くなって消えてしまいました。そして谷川の南の、まっ黒な榧《かや》の木の森の方へ、あたらしいちいさなみちがついていました。一郎はそのみちをのぼって行きました。榧の枝はまっくろに重なりあって、青ぞらは一きれも見えず、みちはたいへん急な坂になりました。一郎が顔をまっ赤《か》にして、汗をぽとぽとおとしながら、その坂をのぼりますと、にわかにぱっと明るくなって、目がちくっとしました。そこはうつくしい黄金《きん》いろの草地で、草は風にざわざわ鳴り、

まわりは立派なオリーブいろの榧の木のもりでかこまれてありました。

その草地のまん中に、せいの低いおかしな形の男が、ひざを曲げて手に革鞭《かわむち》をもって、だまってこっちをみていたのです。

一郎はだんだんそばへ行って、びっくりして立ちどまってしまいました。その男は、片目で、見えない方の目は、白くびくびくうごき、上着のような半纏《はんてん》のようなへんなものを着て、だいいち足が、ひどくまがって山羊《やぎ》のよう、ことにそのあしさきときたら、ごはんをもるへらのかたちだったのです。一郎は気味が悪かったのですが、なるべく落ちついてたずねました。

「あなたはやまねこをしりませんか。」

するとその男は、横目で一郎の顔を見て、口をまげてにやっとわらって言いました。

「やまねこさまはいますぐに、ここに戻っておでやるよ。おまえは一郎さんだな。」

一郎はぎょっとして、一あしうしろにさがって、

「え、ぼく一郎です。けれども、どうしてそれを知ってますか。」と言いました。するとそのきたいな男は、いよいよにやにやしてしまいました。

「そんだら、はがき見だべ。」

「見ました。それで来たんです。」

「あのぶんしょうは、ずいぶんへただべ。」と男は下をむいてかなしそうに言いました。一郎はきのどくになって、

「さあ、なかなか、ぶんしょうがうまいようでしたよ。」

と言いますと、男はよろこんで、息をはあはあして、耳のあたりまでまっ赤《か》になり、きもののえりをひろげて、風をからだに入れながら、

「あの字もなかなかうまいか。」とききました。一郎はおもわず笑いだしながら、へんじしました。

「うまいですね。五年生だってあのくらいには書けないでしょう。」

すると男は、急にまたいやな顔をしました。

「五年生っていうのは、尋常五年生だべ。」その声が、あんまり力なくあわれに聞こえましたので、一郎はあわてて言いました。

「いいえ、大学校の五年生ですよ。」

すると、男はまたよろこんで、まるで、顔じゅう口のようにして、にたにたにたにた笑って叫びました。

「あのはがきはわしが書いたのだよ。」一郎はおかしいのをこらえて、

「ぜんたいあなたはなにですか。」とたずねますと、男は急にまじめになって、

「わしはやまねこさまの馬車別当《べっとう》だよ。」と言いました。

そのとき、風がどうと吹いてきて、草はいちめん波だち、別当は、急にていねいなおじぎをしました。

一郎はおかしいと思って、ふりかえって見ますと、そこに山猫《やまねこ》が黄いろな陣羽織《じんばおり》のようなものを着て、緑いろの目をまん丸にして立っていました。やっぱり山猫の耳は立ってとがっているなと、一郎が思いましたら、山猫はぴょこっとおじぎをしました。一郎もていねいにあいさつしました。

「いや、こんにちは。きのうははがきをありがとう。」

山猫はひげをぴんとひっぱって、腹をつき出して言いました。

「こんにちは、よくいらっしゃいました。じつは、一昨日《おととい》から、めんどうなあらそいがおこって、ちょっと裁判にこまりましたので、あなたのお考えを、うかがいたいとおもいましたのです。まあ、ゆっくり、おやすみください。じき、どんぐりどもがまいりましょう。どうもまい年《とし》、この裁判でくるしみます。」山猫は、ふところから巻きたばこの箱を出して、じぶんが一本くわえ、

「いかがですか。」と一郎に出しました。一郎はびっくりして、

「いいえ。」と言いましたら、山猫はおおようにわらって、

「ふふん、まだお若いから。」と言いながら、マッチをしゅっとすって、わざと顔をしかめて、青いけむりをふうと吐きました。山猫《やまねこ》の馬車別当は、気をつけの姿勢で、しゃんと立っていましたが、いかにも、たばこのほしいのをむりにこらえているらしく、なみだをぼろぼろこぼしました。

そのとき、一郎は、足もとでパチパチ塩のはぜるような音をききました。びっくりしてかがんで見ますと、草のなかに、あっちにもこっちにも、黄金《きん》いろの丸いものが、ぴかぴかひかっているのでした。よくみると、みんなそれは赤いずぼんをはいたどんぐりで、もうその数《かず》ときたら、三百でもきかないようでした。わあわあわあわあ、みんななにか言っているのです。

「あ、来たな。蟻《あり》のようにやってくる。おい、さあ、早くベルを鳴らせ。きょうはそこが日当たりがいいから、そこのとこの草を刈れ。」山猫は巻きたばこを投げすてて、大いそぎで馬車別当に言いつけました。馬車別当もたいへんあわてて、腰から大きな鎌《かま》をとりだして、ざっくざっくと、山猫の前のとこの草を刈りました。そこへ四方の草のなかから、どんぐりどもが、ぎらぎらひかって、飛び出して、わあわあわあわあ言いました。

馬車別当が、こんどは鈴をがらんがらんがらんがらんと振りました。音は榧《かや》の森に、がらんがらんがらんがらんとひびき、黄金《きん》のどんぐりどもは、すこししずかになりました。見ると山猫は、もういつか、黒い長い繻子《しゅす》の服を着て、もったいらしく、どんぐりどもの前にすわっていました。まるで奈良《なら》のだいぶつさまにさんけいするみんなの絵のようだと一郎は思いました。別当がこんどは革鞭《かわむち》を二三べん、ひゅう、ぱちっ、ひゅう、ぱちっと鳴らしました。

空が青くすみわたり、どんぐりはぴかぴかしてじつにきれいでした。

「裁判ももうきょうで三日目だぞ。いいかげんになかなおりをしたらどうだ。」山猫が、すこし心配そうに、それでもむりに威張って言いますと、どんぐりどもは口々に叫びました。

「いえいえ、だめです。なんといったって頭のとがってるのがいちばんえらいんです。そしてわたしがいちばんとがっています。」

「いいえ、ちがいます。まるいのがえらいのです。いちばんまるいのはわたしです。」

「大きなことだよ。大きなのがいちばんえらいんだよ。わたしがいちばん大きいからわたしがえらいんだよ。」

「そうでないよ。わたしのほうがよほど大きいと、きのうも判事さんがおっしゃったじゃないか。」

「だめだい、そんなこと。せいの高いのだよ。せいの高いことなんだよ。」

「押しっこのえらいひとだよ。押しっこしてきめるんだよ。」もうみんな、がやがやがやがや言って、なにがなんだか、まるで蜂《はち》の巣をつっついたようで、わけがわからなくなりました。そこで山猫が叫びました。

「やかましい。ここをなんとこころえる。しずまれ、しずまれ。」

別当がむちをひゅうぱちっとならしましたので、どんぐりどもは、やっとしずまりました。山猫は、ぴんとひげをひねって言いました。

「裁判もうきょうで三日目だぞ。いいかげんに仲なおりしたらどうだ。」

すると、もう、どんぐりどもが、くちぐちに言いました。

「いえいえ、だめです。なんといったって、頭のとがっているのがいちばんえらいのです。」

「いいえ、ちがいます。まるいのがえらいのです。」

「そうでないよ。大きなことだよ。」がやがやがやがや、もうなにがなんだかわからなくなりました。山猫が叫びました。

「だまれ、やかましい。ここをなんとこころえる。しずまれしずまれ。」別当が、むちをひゅうぱちっと鳴らしました。山猫がひげをぴんとひねって言いました。

「裁判ももうきょうで三日目だぞ。いいかげんになかなおりをしたらどうだ。」

「いえ、いえ、だめです。あたまのとがったものが……」がやがやがやがや。

山猫が叫びました。

「やかましい。ここをなんとこころえる。しずまれ、しずまれ。」別当が、むちをひゅうぱちっと鳴らし、どんぐりはみんなしずまりました。山猫が一郎にそっと申しました。

「このとおりです。どうしたらいいでしょう。」一郎はわらって答えました。

「そんなら、こう言いわたしたらいいでしょう。このなかでいちばんばかで、めちゃくちゃで、まるでなっていないようなのが、いちばんえらいとね。ぼくお説教できいたんです。」山猫はなるほどというふうにうなずいて、それからいかにも気取って、繻子《しゅす》のきもののえりを開いて、黄いろの陣羽織をちょっと出して、どんぐりどもに申しわたしました。

「よろしい、しずかにしろ。申しわたしだ。このなかで、いちばんえらくなくて、ばかで、めちゃくちゃで、てんでなっていなくて、あたまのつぶれたようなやつが、いちばんえらいのだ。」どんぐりは、しいんとしてしまいました。それはそれはしいんとして、堅まってしまいました。そこで山猫は、黒い繻子の服をぬいで、額の汗をぬぐいながら、一郎の手をとりました。別当も大よろこびで、五六ぺん、鞭《むち》をひゅうぱちっ、ひ

ゅうぱちっ、ひゅうひゅうぱちっと鳴らしました。山猫が言いました。

「どうもありがとうございました。これほどのひどい裁判を、まるで一分半でかたづけてくださいました。どうかこれからわたしの裁判所の、名誉判事になってください。これからも、はがきが行ったら、どうか来てくださいませんか。そのたびにお礼はいたします。」

「承知しました。お礼なんかいりませんよ。」

「いいえ、お礼はどうかとってください。わたしのじんかくにかかわりますから。そしてこれからは、はがきにかねた一郎どのと書いて、こちらを裁判所としますが、ようございますか。」

一郎が、

「ええ、かまいません。」と申しますと、山猫はまだなにか言いたそうに、しばらくひげをひねって、目をぱちぱちさせていましたが、とうとう決心したらしく言い出しました。

「それから、はがきの文句ですが、これからは、用事これありに付《つき》、明日出頭すべしと書いてどうでしょう。」

一郎はわらって言いました。

「さあ、なんだか変ですね。そいつだけはやめた方がいいでしょう。」

山猫は、どうも言いようがまずかった、いかにも残念だというふうに、しばらくひげをひねったまま、下を向いていましたが、やっとあきらめて言いました。

「それでは、文句はいままでのとおりにしましょう。そこできょうのお礼ですが、あなたは黄金《きん》のどんぐり一升と、塩鮭《しおざけ》のあたまと、どっちをおすきですか。」

「黄金《きん》のどんぐりがすきです。」

山猫《やまねこ》は、鮭の頭でなくて、まあよかったというように、口早に馬車別当に言いました。

「どんぐりを一升早くもってこい。一升にたりなかったら、めっきのどんぐりもまぜてこい。はやく。」

別当は、さっきのどんぐりをますに入れて、はかって叫びました。

「ちょうど一升あります。」山猫の陣羽織が風にばたばた鳴りました。そこで山猫は、大きく延びあがって、めをつぶって、半分あくびをしながら言いました。

「よし、はやく馬車のしたくをしろ。」白い大きなきのこでこしらえた馬車が、ひっぱりだされました。そしてなんだかねずみいろの、おかしな形の馬がついています。

「さあ、おうちへお送りいたしましょう。」山猫が言いました。二人は馬車にのり、別当はどんぐりのますを馬車のなかに入れました。

ひゅう、ぱちっ。

馬車は草地をはなれました。木や藪《やぶ》がけむりのようにぐらぐらゆれました。一郎は黄《き》金《ん》のどんぐりを見、山猫はとぼけたかおつきで、遠くをみていました。

馬車が進むにしたがって、どんぐりはだんだん光がうすくなって、まもなく馬車がとまったときは、あたりまえの茶いろのどんぐりに変っていました。そして、山猫の黄いろな陣羽織も、別当も、きのこの馬車も、一度に見えなくなって、一郎はじぶんのうちの前に、どんぐりを入れたますを持って立っていました。

それからあと、山ねこ拝というはがきは、もうきませんでした。やっぱり、出頭すべしと書いてもいいと言えばよかったと、一郎はときどき思うのです。

蜘蛛《くも》となめくじと狸《たぬき》

洞熊《ほらくま》学校を卒業した三人

赤い手の長い蜘蛛と、銀色のなめくじと、顔を洗ったことのない狸が、いっしょに洞熊学校にはいりました。

洞熊先生の教えることは、三つでした。

一つは競争ということで、一年生のときはうさぎと亀《かめ》のかけくらのことで、も一つは、だから、だれでもほかの人を通りこして大きくえらくならなければならんということ、も一つは大きいものがいちばん立派だということでした。

それから三人はみんな一番になろうと一生けん命競争しました。

一年生のときは、なめくじと狸とがしじゅう遅刻して罰を食ったために、蜘蛛が一番になりました。なめくじと狸とは泣いてくやしがりました。

二年生のときは、洞熊先生が点数の勘定を間違ったためになめくじが一番になりました。蜘蛛と狸とは歯ぎしりをしてくやしがりました。

三年生の試験のときは、あんまりあたりが明るいために、洞熊先生が涙をこぼして目をつぶってばかりいたものですから、狸は本を見て書きました。そして狸が一番になりました。

そこで、赤い手長の蜘蛛と、銀色のなめくじと、それから顔を洗ったことのない狸が、いっしょに洞熊学校を卒業しました。

三人はうわべはたいへん仲よそうに、洞熊先生を呼んで謝恩会ということをしたり、こんどはじぶんらの離別会ということをやったりしましたけれども、お互いにみな腹の中では、へん、あいつらに何ができるもんか、これからだれがいちばん大きくえらくなるか見ていろ、とそのことばかり考えておりました。

さて会も済んで三人はめいめいじぶんのうちに帰っていよいよ習ったことをじぶんでほんとうにやることになりました。

洞熊先生の方も、こんどはどぶねずみをつかまえて学校に入れて教育しようと毎日追いかけておりました。

ちょうどそのときは、かたくりの花の咲くころで、たくさんのたくさんの目の青い蜂《はち》の仲間が、日光のなかをぶんぶんぶんぶん飛びかいながら、一つ一つ小さな桃いろの花にあいさつして、蜜《みつ》や香料をもらったり、そのお礼に黄金《きん》いろをした丸い花粉をほかの花のところへ運んでやったり、あるいは新しい木の芽からいらなくなった蠟《ろう》を集めて六角形の巣を築いたり、もういそがしくにぎやかな春の入り口になっていました。

一　蜘蛛はどうしたか

蜘蛛《くも》は会の済んだ晩方じぶんのうちの森の入り口の楢《なら》の木に帰って来ました。ところが蜘蛛はもう洞熊学校で、お金をみんなつかっていましたから、もうなに一つもっていませんでした。

そこでひもじいのをがまんして、ぼんやりしたお月様の光で網をかけはじめました。あんまりひもじくて、からだの中にはもう糸もないくらいでした。けれども蜘蛛は、「いまに見ろ。いまに見ろ。」と言いながら一生けん命糸をたぐり出して、やっと小さな二銭銅貨くらいの網をかけました。そして枝のかげにかくれて、ひとばん目をひからして網をのぞいていました。

夜あけごろ、遠くから小さな子どものあぶが、くうんとうなってやって来て網につきあたりました。けれどもあんまりひもじいときかけた網なので、糸に少しもねばりがなくて、子どもあぶはすぐ糸を切って飛んで行こうとしました。

蜘蛛はまるできちがいのように、枝のかげから駆け出してむんずとあぶに食いつきました。

あぶの子どもは

「ごめんなさい。ごめんなさい。」と哀れな声で泣きましたが、蜘蛛は物も言わずに頭から羽からあしまで、みんな食ってしまいました。そしてほっと息をついてしばらくそらを向いて腹をこすってから、また少し糸をはきました。そして網が一まわり大きくなりました。

蜘蛛はまた枝のかげに戻って、八つの目をギラギラ光らせながら、じっと網をみつめておりました。

「ここはどこでござりまするな。」と言いながらめくらのかげろうが杖《つえ》をついてやって参りました。

「ここは宿屋ですよ。」と蜘蛛が八つの目を別々にパチパチさせて言いました。

かげろうはやれやれというように、巣へ腰をかけました。蜘蛛は走って出ました。そして、

「さあ、お茶をおあがりなさい。」と言いながら、いきなりかげろうの胴中にかみつきました。かげろうはお茶をとろうとして出した手を空にあげて、バタバタもがきながら、

「あわれやむすめ、父親が、

旅で果てたと聞いたなら、」と哀れな声で歌い出しました。

「えい。やかましい。じたばたするな。」と蜘蛛《くも》が言いました。するとかげろうは手を合わせて、

「お慈悲でございます。遺言《ゆいごん》のあいだ、ほんのしばらくお待ちなされてくだされませ。」とねがいました。

蜘蛛はすこし哀れになって、

「よし早くやれ。」といってかげろうの足をつかんで待っていました。

かげろうはほんとうにあわれな細い声で、はじめから歌い直しました。

「あわれやむすめちちおやが、
旅ではてたと聞いたなら、
ちいさいあの手に白手甲、
いとし巡礼《じゅんれい》の雨とかぜ。
もうしご冥加《みょうが》ご報謝と、
かどなみなみに立つとても、
非道の蜘蛛の網ざしき、
さわるまいぞや。よるまいぞ。」

「小しゃくなことを。」と蜘蛛はただ一息に、かげろうを食い殺してしまいました。そしてしばらくそらを向いて、腹をこすってから、ちょっと目をぱちぱちさせて、

「小しゃくなことを言うまいぞ。」とふざけたように歌いながらまた糸をはきました。

網は三まわり大きくなって、もう立派なこうもりがさのような巣です。蜘蛛はすっかり安心して、また葉のかげにかくれました。その時下の方でいい声で歌うのをききました。

「赤いてながのくうも、
　天のちかくをはいまわり、
　スルスル光のいとをはき、
　きいらりきいらり巣をかける。」

見るとそれはきれいな女の蜘蛛でした。

「ここへおいで。」と手長の蜘蛛が言って、糸を一本すうっとさげてやりました。

女の蜘蛛がすぐそれにつかまってのぼって来ました。そして二人《ふたり》は夫婦になりました。網には毎日たくさん食べるものがかかりましたのでおかみさんの蜘蛛は、それをたくさんたべてみんな子供にしてしまいました。そこで子供がたくさん生まれました。ところがその子供らはあんまり小さくてまるですきとおるくらいです。

子供らは網の上ですべったり、すもうをとったり、ぶらんこをやったり、それはそれはにぎやかです。おまけにある日とんぼが来て、今度蜘蛛《くも》を虫けら会の副会長にするというみんなの決議をつたえました。

ある日夫婦のくもは、葉のかげにかくれてお茶をのんでいますと、下の方でへらへらした声で歌うものがあります。

「ああかい手ながのくうも、
　できたむすこは二百匹、
　めくそ　はんかけ　蚊のなみだ、
　大きいところで稗《ひえ》のつぶ。」

見るとそれはいつのまにかずっと大きくなった、あの銀色のなめくじでした。

蜘蛛のおかみさんはくやしがって、まるで火がついたように泣きました。

けれども手長の蜘蛛は言いました。

「ふん。あいつはちかごろ、おれをねたんでるんだ。やい、なめくじ。おれは今度は虫けら会の副会長になるんだぞ。へっ。くやしいか。へっ。てまえなんかいくらからだばかりふとっても、こんなことはできまい。へっへっ。」

なめくじはあんまりくやしくて、しばらく熱病になって、

「うう、くもめ、よくもぶじょくしたな。うう。くもめ。」といっていました。

網は時々風にやぶられたり、ごろつきのかぶとむしにこわされたりしましたけれども、くもはすぐすうすう糸をはいて修繕しました。

二百匹の子供は百九十八匹まで蟻《あり》に連れて行かれたり、行くえ不明になったり、赤痢にかかったりして死んでしまいました。

けれども子供らは、どれもあんまりお互いに似ていましたので、親ぐもはすぐ忘れてしまいました。

そして今はもう網はすばらしいものです。虫がどんどんひっかかります。

ある日夫婦の蜘蛛は、葉のかげにかくれて、またお茶をのんでいますと、一匹の旅の蚊がこっちへ飛んで来て、それから網を見てあわてて飛び戻って行きました。

くもは二あしばかりそっちへ出て行って、あきれたようにそっちを見送りました。

すると下の方で大きな笑い声がして、それから太い声で歌うのが聞こえました。

「あかいてながのくうも、
あんまり網がまずいので、
八千二百里旅の蚊も、
くうんとうなってまわれ右。」

見るとそれは顔を洗ったことのない狸《たぬき》でした。蜘蛛《くも》はキリキリキリッとはがみをして言いました。

「何を。狸め。おれはいまに虫けら会の会長になって、きっときさまにおじぎをさせて見せるぞ。」

それからは蜘蛛は、もう一生けん命であちこちに十も網をかけたり、夜も見はりをしたりしました。

ところが諸君。困ったことには腐敗したのです。食物があんまりたまって、腐敗したのです。そして蜘蛛の夫婦と子供にそれがうつりました。そこで四人は足のさきからだんだん腐れてべとべとになり、ある日とうとう雨に流れてしまいました。

ちょうどそのときはつめくさの花のさくころで、あの目の青い蜂《はち》の群れは、野原じゅうをもうあちこちにちらばって、一つ一つの小さなぼんぼりのような花から火でももらうようにして蜜《みつ》を集めておりました。

二　銀色のなめくじはどうしたか

ちょうど蜘蛛が林の入り口の楢《なら》の木に、二銭銅貨のくらいの網をかけたころ、銀色のなめくじの立派なうちへかぶとむしがやって参りました。

そのころなめくじは、学校も出た上、人がよくて親切だという、もう林じゅうの評判でした。

かぶとむしは、

「なめくじさん。今度は私もすっかり困ってしまいましたよ。まだわたしの食べるものはなし、水はなし、すこしばかりお前さんのうちにためてあるふきのつゆをくれませんか。」と言いました。

するとなめくじが言いました。

「あげますともあげますとも。さあ、おあがりなさい。」

「ああありがとうございます。助かります。」と言いながら、かぶとむしはふきのつゆをどくどくのみました。

「もっとおあがりなさい。あなたと私とはいわば兄弟《きょうだい》。ハッハハ。さあ、さあ、も少しおあがりなさい。」となめくじが言いました。

「そんならも少しいただきます。ああありがとうございます。」と言いながら、かぶとむしはも少しのみました。

「かぶとむしさん。気分がよくなったら一つひさしぶりですもうをとりましょうか。ハッハハ。久しぶりです。」となめくじが言いました。

「おなかがすいて力がありません。」とかぶとむしが言いました。

「そんならたべ物をあげましょう。さあ、おあがりなさい。」となめくじはあざみの芽やなんか出しました。

「ありがとうございます。それではいただきます。」といいながら、かぶとむしはそれを食べました。

「さあ、すもうをとりましょう。」となめくじがもう立ちあがりました。かぶとむしもしかたなく、

「私はどうも弱いのですから強く投げないでください。」と言いながら立ちあがりました。

「よっしょ。そら。ハッハハ。」かぶとむしはひどく投げつけられました。

「もう一ぺんやりましょう。ハッハハ。」

「もうつかれてだめです。」

「まあもう一ぺんやりましょうよ。ハッハハ。よっしょ。そら。ハッハハ。」かぶとむしはひどく投げつけられました。

「もう一ぺんやりましょう。ハッハハ。」

「もうだめです。」

「まあもう一ぺんやりましょうよ。ハッハハ。よっしょ。そら。ハッハハ。」かぶとむしはひどく投げつけられました。

「もう一ぺんやりましょう。ハッハハ。」

「もうだめ。」

「まあもう一ぺんやりましょうよ。ハッハハ。よっしょ。そら。ハッハハ。」かぶとむしはひどく投げつけられました。

「もう一ぺんやりましょうよ。ハッハハ。」

「もう死にます。さよなら。」

「まあもう一ぺんやりましょうよ。ハッハハ。さあ。お立ちなさい。起こしてあげましょう。よっしょ。そら。ヘッヘッヘ。」かぶとむしは死んでしまいました。そこで銀色のなめくじはかぶとむしを殻《から》ごとみしみし食べてしまいました。

それから一か月ばかりたって、とかげがなめくじの立派なおうちへびっこをひいて来ました。そして、

「なめくじさん。こんにちは。お薬をすこしくれませんか。」と言いました。

「どうしたのです。」となめくじは笑って聞きました。

「へびにかまれたのです。」と、とかげが言いました。

「そんならわけはありません。私《わたし》がちょっとそこをなめてあげましょう。わたしがなめればへびの毒はすぐ消えます。なにせへびさえ溶けるくらいですからな。ハッハハ。」となめくじは笑って言いました。

「どうかお願い申します。」と、とかげは足を出しました。

「ええ。よござんすとも。私とあなたとはいわば兄弟。あなたとへびも兄弟ですね。ハッハハ。」となめくじは言いました。

そしてなめくじはとかげの傷に口をあてました。

「ありがとう。なめくじさん。」と、とかげは言いました。

「も少しよくなめないとあとでたいへんですよ。今度また来ても、もう直してあげませんよ。ハッハハ。」となめくじはもがもが返事をしながらやはりとかげをなめつづけました。

「なめくじさん。なんだか足が溶けたようですよ。」と、とかげはおどろいて言いました。

「ハッハハ。なあに。それほどじゃありません。ハッハハ。」となめくじはやはりもがもが答えました。

「なめくじさん。おなかがなんだか熱くなりましたよ。」と、とかげは心配して言いました。

「ハッハハ。なあにそれほどじゃありません。ハッハハ。」となめくじはやはりもがもが答えました。

「なめくじさん。からだが半分とけたようですよ。もうよしてください。」と、とかげは泣き声を出しました。

「ハッハハ。なあにそれほどじゃありません。ほんのも少しです。ハッハハ。」となめくじが言いました。

それを聞いたとき、とかげはやっと安心しました。安心したわけは、その時ちょうど心臓がとけたのです。そこでなめくじはペロリととかげをたべました。そして途方もなく大きくなりました。

あんまり大きくなったのでそのうれしまぎれについ、あの蜘蛛《くも》をからかったのでした。そしてかえって蜘蛛からあざけられて熱病を起こして、毎日毎日、ようし、おれも大きくなるくらい大きくなったら、こんどはきっとむしけら院の名誉議員になって、くもが何か言ったとき、ふうと息だけついて返事してやろうと言っておりました。

ところが、このころからなめくじの評判はどうもよくなくなりました。

ことに狸《たぬき》はなめくじの話が出るといつでもヘンと笑って言いました。

「なめくじのやりくちなんてまずいもんさ。ぶまかげんは見られたもんじゃない。あんなやりかたで大きくなってもしれたもんだ。」

なめくじはこれを聞いていよいよおこって、早く名誉議員になろうとあせっていました。

そのうちに蜘蛛《くも》が腐敗して溶けて、雨に流れてしまいましたので、なめくじも少しせいせいしながら、だれか早く来るといいと思って、せっかく待っておりました。

するとある日、雨蛙《あまがえる》がやって参りました。そして、

「なめくじさん。こんにちは。少し水を飲ませてくださいませんか。」と言いました。

なめくじはこの雨蛙もペロリとやりたかったので、思い切っていい声で申しました。

「蛙さん。これはいらっしゃい。水なんかいくらでもあげますよ。ちかごろはひでりですけれども、なあにいわばあなたと私は兄弟。ハッハハ。」そして水がめの所へ連れて行きました。

蛙はどくどくどくどく水を飲んでから、とぼけたような顔をして、しばらくなめくじを見てから言いました。

「なめくじさん。ひとつすもうをとりましょうか。」

なめくじはうまい、とよろこびました。自分が言おうと思っていたのを蛙の方が言っ

たのです。こんな弱ったやつならば五へん投げつければたいていペロリとやれる。

「とりましょう。よっしょ。そら。ハッハハ。」かえるはひどく投げつけられました。

「もう一ぺんやりましょう。ハッハハ。よっしょ。そら。ハッハハ。」かえるはまた投げつけられました。

するとかえるはたいへんあわてて、ふところから塩のふくろを出して言いました。

「土俵へ塩をまかなくちゃだめだ。そら。シュウ。」

塩が白くそこらへちらばりました。

なめくじが言いました。

「かえるさん。こんどはきっと私なんかまけますね。あなたは強いんだもの。ハッハハ。よっしょ。そら。ハッハハ。」蛙はひどく投げつけられました。

そして手足をひろげて青じろい腹を空に向けて、死んだようになってしまいました。銀色のなめくじは、すぐペロリとやろうと、そっちへ進みましたが、どうしたのか足がうごきません。見るともう足が半分とけています。

「あ、やられた。塩だ。ちくしょう。」となめくじが言いました。

蛙はそれを聞くと、むっくり起きあがって、あぐらをかいてかばんのような大きな口を一ぱいにあけて笑いました。そしてなめくじにおじぎをして言いました。

「いや、さよなら。なめくじさん。とんだことになりましたね。」

なめくじが泣きそうになって、

「蛙さん。さよ……。」と言ったときもう舌がとけました。

雨蛙はひどく笑いながら、

「さよならと言いたかったのでしょう。ほんとうにさよならさよなら。わたしもうちへ帰ってから、たくさん泣いてあげますから。」と言いながらいちもくさんに帰って行きました。

そうそう、このときはちょうど、秋にまいた蕎麦《そば》の花が、いちめんに白く咲きだしたときで、あの目の青いすがるの群れは、その四っ角な畑いっぱい、うすあかい幹の間をくぐったり、花のついたちいさな枝をぶらんこのようにゆすぶったりしながら、ことしの終わりの蜜《みつ》をせっせと集めておりました。

三　顔を洗わない狸《たぬき》

狸はわざと顔を洗わなかったのです。

狸はちょうど蜘蛛《くも》が林の入り口の楢《なら》の木に、二銭銅貨くらいの巣をかけた時、じぶんのうちのお寺へ帰っていましたけれども、やっぱりすっかりおなかがすいて、一本の松の木によりかかって目をつぶっていました。するとうさぎがやって参りました。

「狸さま。こうひもじくては全くしかたございません。もう死ぬだけでございます。」

狸がきもののえりをかき合わせて言いました。

「そうじゃ。みんな往生じゃ。山猫《やまねこ》大明神さまのおぼしめしどおりじゃ。な。なまねこ。なまねこ。」

うさぎもいっしょに念猫《ねんねこ》をとなえはじめました。

「なまねこ、なまねこ、なまねこ、なまねこ。」

狸はうさぎの手をとって、もっと自分の方へ引きよせました。

「なまねこ、なまねこ、みんな山猫さまのおぼしめしどおりになるのじゃ。なまねこ。なまねこ。」と言いながらうさぎの耳をかじりました。

うさぎはびっくりして叫びました。

「あ痛っ。狸さん。ひどいじゃありませんか。」

狸はむにゃむにゃうさぎの耳をかみながら、

「なまねこ、なまねこ、世の中のことはな、みんな山猫さまのおぼしめしのとおりじゃ。おまえの耳があんまり大きいので、それをわしにかじって直せというのはなんというありがたいことじゃ。なまねこ。」と言いながら、とうとううさぎの両方の耳をたべてしまいました。

うさぎもそうきいていると、たいへんうれしくてボロボロ涙をこぼして言いました。

「なまねこ、なまねこ。あああ りがたい、ありがたい、山猫さま。私のようなつまらないものを、耳のことまでご心配くださいますとはありがたいことでございます。助かりますなら耳の二つやそこらなんでもございませぬ。なまねこ。」

狸《たぬき》もそら涙をボロボロこぼして、

「なまねこ、なまねこ。こんどはうさぎの足をかじれとは、あんまりはねるためでございましょうか。はいはい、かじります、かじります。なまねこ、なまねこ。みんなおぼしめしのまま。」と言いながらうさぎのあとあしを、むにゃむにゃ食べました。

うさぎはますますよろこんで、

「ああ、ありがたや、山猫さま。おかげでわたくしは足がなくなって、もう歩かなくてもよくなりました。ああ、ありがたい、なまねこ、なまねこ。」

狸はもうなみだで、からだもふやけそうに泣いたふりをしました。

「なまねこ、なまねこ。みんなおぼしめしのとおりでございます。わたしのようなあさましいものでも、命をつないでお役にたてと仰せられますか。はい、はい、これもしかたはございませぬ。なまねこ、なまねこ。おぼしめしのとおりにいたしまする。むにゃむにゃ。」

うさぎはすっかりなくなってしまいました。

そして狸のおなかの中で言いました。

「すっかりだまされた。お前の腹の中はまっくろだ。ああくやしい。」

狸はおこって言いました。

「やかましい。はやく溶けてしまえ。」

うさぎはまた叫びました。

「みんな狸にだまされるなよ。」

狸は目をぎろぎろして、外へ聞こえないようにしばらくの間、口をしっかり閉じて、それから手で鼻をふさいでいました。

それからちょうど二か月たちました。ある日、狸は自分の家で、例のとおりありがたいごきとうをしていますと、狼《おおかみ》が籾《もみ》を三升さげて来て、どうかお説教をねがいますと言いました。

そこで狸は言いました。

「お前はものの命をとったことは、五百や千ではきくまいな。生きとし生けるものならば、なにとて死にたいものがあろう。な。それをおまえは食ったのじゃ。な。早くざんげさっしゃれ。でないとあとでえらい責め苦にあうことじゃぞよ。おお恐ろしや。なまねこ、なまねこ。」狼《おおかみ》はすっかりおびえあがって、しばらくきょろきょろしながらたずねました。

「そんならどうしたらいいでしょう。」

狸《たぬき》が言いました。

「わしは山ねこさまのお身代わりじゃで、わしの言うとおりさっしゃれ。なまねこ、なまねこ。」

「どうしたらようございましょう。」と狼があわててききました。

狸が言いました。

「それはな。じっとしていさっしゃれ。な。わしはお前のきばをぬくじゃ。このきばでいかほどものの命をとったか。恐ろしいことじゃ。な。お前の目をつぶすじゃ。な。この目で何ほどのものをにらみ殺したか、恐ろしいことじゃ。それから、なまねこ、なまねこ、なまねこ。お前のみみをちょっとかじるじゃ。これは罰じゃ。なまねこ。なまねこ。こらえなされ。お前のあたまをかじるじゃ。むにゃ、むにゃ。なまねこ。この世の中は堪忍《かんにん》がだいじじゃ。なま……。むにゃむにゃ。お前のあしをたべるじゃ。なかなかうまい。なまねこ。むにゃ、むにゃ。おまえのせなかを食うじゃ。ここもうまい。むにゃむにゃむにゃ。」

とうとう狼はみんな食われてしまいました。

そして狸のはらの中で言いました。

「ここはまっくらだ。ああ、ここにうさぎの骨がある。だれが殺したろう。殺したやつはあとで狸に説教されながらかじられるだろうぜ。」

狸は、

「やかましい。やかましい。ふたをしてやろう。」と言いながら、狼の持ってきた籾《もみ》を三升、ふろしきのまま呑《の》みました。

ところが狸は、次の日からどうもからだのぐあいがわるくなりました。どういうわけか非常に腹が痛くて、のどのところへちくちくささるものがあります。

はじめは水を飲んだりして、ごまかしていましたけれども、一日一日それが激しくなって来て、もういてもたってもいられなくなりました。

とうとう狼をたべてから二十五日めに、狸はからだがゴム風船のようにふくらんで、それからボローンと鳴って裂けてしまいました。

林じゅうのけだものはびっくりして集まって来ました。見ると、狸のからだの中は稲の葉でいっぱいでした。あの狼の下げて来た籾が芽を出してだんだん大きくなったのでした。

洞熊《ほらくま》先生も少し遅れて来て見ました。そして、

「ああ、三人とも賢い、いい子供らだったのにじつに残念なことをした。」と言いながら大きなあくびをしました。

このときはもう冬のはじまりで、あの目の青い蜂《はち》の群れは、もうみんなめいめいの蠟《ろう》でこさえた六角形の巣にはいって、次の春の夢を見ながらしずかに眠っておりました。

ツェねずみ

ある古い家の、まっくらな天井裏に、「ツェ」という名まえのねずみがすんでいました。

ある日ツェねずみは、きょろきょろ四方を見まわしながら、床下街道《ゆかしたかいどう》を歩いていますと、向こうからいたちが、何かいいものをたくさんもって、風のように走って参りました。そして「ツェ」ねずみを見て、ちょっとたちどまって早口に言いました。

「おい、ツェねずみ。お前んとこの戸棚《とだな》の穴から、金米糖《こんぺいとう》がばらばらこぼれているぜ。早く行ってひろいな。」

ツェねずみは、もうひげもぴくぴくするくらいよろこんで、いたちにはお礼も言わずに、いっさんにそっちへ走って行きました。ところが戸棚の下まで来たとき、いきなり足がチクリとしました。そして、「止まれ。だれかっ。」と言う小さな鋭い声がします。

ツェねずみはびっくりしてよく見ますと、それは蟻《あり》でした。蟻の兵隊は、もう金米糖のまわりに四重の非常線を張って、みんな黒いまさかりをふりかざしています。二三十匹は、金米糖を片っぱしから砕いたり、とかしたりして、巣へはこぶしたくです。ツェねずみはぶるぶるふるえてしまいました。

「ここから内へはいってならん。早く帰れ。帰れ、帰れ。」蟻《あり》の特務曹長《とくむそうちょう》が、低い太い声で言いました。

ねずみはくるっと一つまわって、いちもくさんに天井裏へかけあがりました。そして巣の中へはいって、しばらくねころんでいましたが、どうもおもしろくなくて、おもしろくなくて、たまりません。蟻はまあ兵隊だし、強いからしかたもないが、あのおとなしいいたちめに教えられて、戸棚《とだな》の下まで走って行って蟻の曹長《そうちょう》にけんつくを食うとは、なんたるしゃくにさわることだとツェねずみは考えました。そこでねずみは巣からまたちょろちょろはい出して、木小屋の奥のいたちの家にやって参りました。いたちはちょうど、とうもろこしのつぶを、歯でこつこつかんで粉にしていましたが、ツェねずみを見て言いました。

「どうだ。金米糖がなかったかい。」

「いたちさん。ずいぶんお前もひどい人だね。私《わたし》のような弱いものをだますなんて。」

「だましゃせん。たしかにあったのや。」

「あるにはあっても、もう蟻が来てましたよ。」

「蟻が、へい。そうかい。早いやつらだね。」

「みんな蟻がとってしまいましたよ。私のような弱いものをだますなんて、償《まど》うてください。償うてください。」

「それはしかたない。お前の行きようが少しおそかったのや。」

「知らん、知らん。私のような弱いものをだまして。償うてくださ い。」

「困ったやつだな。ひとの親切をさかさまにうらむとは。よしよし。そんならおれの金米糖をやろう。」

「償うてください。償うてください。」

「えい、それ。持って行け。てめえの持てるだけ持ってうせちまえ。てめえみたいな、ぐにゃぐにゃした男らしくもねえやつは、つらも見たくねえ。早く持てるだけ持ってどっかへうせろ。」いたちはプリプリして、金米糖を投げ出しました。ツェねずみはそれを持てるだけたくさんひろって、おじぎをしました。いたちはいよいよおこって叫びました。

「えい、早く行ってしまえ。てめえの取った、のこりなんかうじむしにでもくれてやらあ。」

ツェねずみは、いちもくさんに走って、天井裏の巣へもどって、金米糖をコチコチ食べました。

こんなぐあいですから、ツェねずみはだんだんきらわれて、たれもあんまり相手にしなくなりました。そこでツェねずみはしかたなしに、こんどは、柱だの、こわれたちりとりだの、バケツだの、ほうきだのと交際をはじめました。中でも柱とは、いちばん仲よくしていました。

柱がある日、ツェねずみに言いました。

「ツェねずみさん。もうじき冬になるね。ぼくらはまたかわいてミリミリ言わなくちゃならない。お前さんも今のうちに、いい夜具のしたくをしておいた方がいいだろう。幸いぼくのすぐ頭の上に、すずめが春持って来た鳥の毛やいろいろ暖かいものがたくさんあるから、いまのうちに、すこしおろして運んでおいたらどうだい。僕《ぼく》の頭は、まあ少し寒くなるけれど、僕は僕でまたくふうをするから。」

ツェねずみはもっともと思いましたので、さっそく、その日から運び方にかかりました。

ところが、途中に急な坂が一つありましたので、ねずみは三度目に、そこからストンところげ落ちました。

柱もびっくりして、

「ねずみさん、けがはないかい。けがはないかい。」と一生けん命、からだを曲げながら言いました。ねずみはやっと起き上がって、それからかおをひどくしかめながら言いました。

「柱さん。お前もずいぶんひどい人だ。僕のような弱いものをこんな目にあわすなんて。」

柱はいかにも申しわけがないと思ったので、

「ねずみさん、すまなかった。ゆるしてください。」と一生けん命わびました。

ツェねずみは図にのって、

「許してくれもないじゃないか。お前さえあんなこしゃくなさしずをしなければ、私はこんな痛い目にもあわなかったんだよ。償《まど》っておくれ。償っておくれ。さあ、償っておくれよ。」

「そんなことを言ったって困るじゃありませんか。許してくださいよ。」

「いいや、弱いものをいじめるのは私はきらいなんだから、償っておくれ。償っておくれ。さあ、償っておくれ。」

柱は困ってしまって、おいおい泣きました。そこでねずみも、しかたなく、巣へかえりました。それからは、柱はもうこわがって、ねずみに口をききませんでした。

さてそののちのことですが、ちりとりはある日、ツェねずみに半分になった最中《もなか》を一つやりました。するとちょうどその次の日、ツェねずみはおなかが痛くなりました。さあ、いつものとおりツェねずみは、まどっておくれを百ばかりも、ちりとりに言いました。ちりとりもあきれて、もうねずみとの交際はやめました。

また、そののちのことですが、ある日バケツはツェねずみに、せんたくソーダのかけらをすこしやって、

「これで毎朝お顔をお洗いなさい。」と言いましたら、ねずみはよろこんで次の日から、毎日それで顔を洗っていましたが、そのうちにねずみのおひげが十本ばかり抜けました。さあツェねずみは、さっそくバケツへやって来て、償《まど》っておくれ償っておくれを、二百五十ばかり言いました。しかしあいにくバケツにはおひげもありませんでしたし、償うわけにも行かず、すっかり参ってしまって、泣いてあやまりました。そして、もうそれからは、ちょっとも口をききませんでした。

道具仲間は、みんな順ぐりにこんなめにあって、こりてしまいましたので、ついにはだれもみんなツェねずみの顔を見るといそいでわきの方を向いてしまうのでした。

ところがその道具仲間に、ただ一人だけ、まだツェねずみとつきあってみないものが

ありました。

それは、針がねを編んでこさえたねずみ捕《と》りでした。

ねずみ捕りは全体、人間の味方なはずですが、ちかごろは、どうも毎日の新聞にさえ、猫《ねこ》といっしょにお払い物という札をつけた絵にまでして、広告されるのですし、そうでなくても、元来人間は、この針金のねずみ捕りを、一ぺんも優待したことはありませんでした。ええ、それはもうたしかにありませんとも。それに、さもさわるのさえきたないようにみんなから思われています。それですから実は、ねずみ捕りは人間よりはねずみの方に、よけい同情があるのです。けれども、たいていのねずみはなかなかこわがって、そばへやって参りません。ねずみ捕りは、毎日やさしい声で、

「ねずちゃん、おいで。今夜のごちそうはあじのおつむだよ。お前さんの食べる間、わたしはしっかり押えておいてあげるから。ね、安心しておいで。入り口をパタンとしめるようなそんなことをするもんかね。わたしも人間にはもうこりこりしてるんだから。おいでよ。そら。」

なんてねずみを呼びますが、ねずみはみんな、

「へん、うまく言ってらあ。」とか、

「へい、へい。よくわかりましてございます。いずれ、おやじや、せがれとも相談の

上で。」とか言ってそろそろ逃げて行ってしまいます。

そして朝になると、顔のまっ赤《か》な下男《げなん》が来て見て、

「またはいらない。ねずみももう知ってるんだな。ねずみの学校で教えるんだな。しかしまあもう一日だけかけてみよう。」と言いながら、新しいえさととりかえるのでした。

今夜も、ねずみ捕りは叫びました。

「おいでおいで。今夜はやわらかな半ぺんだよ。えさだけあげるよ。大丈夫さ。早くおいで。」

ツェねずみが、ちょうど通りかかりました。そして、

「おや、ねずみ捕りさん、ほんとうにえさだけをくださるんですか。」と言いました。

「おや、お前は珍しいねずみだね。そうだよ。えさだけあげるんだよ。そら、早くお食べ。」

ツェねずみはプイッと中にはいって、むちゃむちゃむちゃっと半ぺんを食べて、またプイッと外へ出て言いました。

「おいしかったよ。ありがとう。」

「そうかい。よかったね。またあすの晩おいで。」

次の朝、下男が来て見ておこって言いました。

「えい。えさだけとって行きやがった。ずるいねずみだな。しかしとにかく中にはいったというのは感心だ。そら、きょうは鰯《いわし》だぞ。」

そして鰯を半分つけて行きました。

ねずみ捕りは、鰯をひっかけて、せっかくツェねずみの来るのを待っていました。

夜になって、ツェねずみはすぐ出て来ました。そしていかにも恩に着せたように、

「今晩は、お約束どおり来てあげましたよ。」と言いました。

ねずみ捕りは少しむっとしたが、無理にこらえて、

「さあ、食べなさい。」とだけ言いました。

ツェねずみはプイッとはいって、ピチャピチャピチャッと食べて、またプイッと出て来て、それから大風《おおふう》に言いました。

「じゃ、あした、また、来て食べてあげるからね。」

「ブウ。」とねずみ捕りは答えました。

次の朝、下男が来て見て、ますますおこって言いました。

「えい。ずるいねずみだ。しかし、毎晩、そんなにうまくえさだけ取られるはずがない。どうも、このねずみ捕りめは、ねずみからわいろをもらったらしいぞ。」

「もらわん。もらわん。あんまり人を見そこなうな。」とねずみ捕りはどなりましたが、もちろん、下男の耳には聞こえません。きょうも腐った半ぺんをくっつけて行きました。

ねずみ捕りは、とんだ疑いを受けたので、一日ぷんぷんおこっていました。夜になりました。ツェねずみが出て来て、さも大儀《たいぎ》らしく言いました。

「あああ、毎日ここまでやって来るのも、並みたいていのこっちゃない。それにごちそうといったら、せいぜい魚《さかな》の頭だ。いやになっちまう。しかしまあ、せっかく来たんだからしかたない。食ってやるとしようか。ねずみ捕りさん。今晩は。」

ねずみ捕りは、はりがねをぷりぷりさせておこっていましたので、ただ一こと、

「お食べ。」と言いました。ツェねずみはすぐプイッと飛びこみましたが、半ぺんのくさっているのを見て、おこって叫びました。

「ねずみとりさん。あんまりひどいや。この半ぺんはくさってます。僕のような弱いものをだますなんて、あんまりだ。償《まど》ってください。償ってください。」

ねずみ捕りは思わず、はり金をりゅうりゅうと鳴らすくらい、おこってしまいました。そのりゅうりゅうが悪かったのです。

「ピシャッ。シインン。」えさについていたかぎがはずれて、ねずみ捕りの入り口が閉じてしまいました。さあもうたいへんです。

ツェねずみはきちがいのようになって、

「ねずみ捕りさん。ひどいや。ひどいや。うう、くやしい。ねずみ捕りさん。あんまりだ。」と言いながら、はりがねをかじるやら、くるくるまわるやら、地だんだふむやら、わめくやら、泣くやら、それはそれは大さわぎです。それでも、償ってください、償ってくださいは、もう言う力がありませんでした。

ねずみ捕りの方も、痛いやら、しゃくにさわるやら、ガタガタ、ブルブル、リュウリュウとふるえました。一晩そうやってとうとう朝になりました。

顔のまっ赤《か》な下男が来て見て、こおどりして言いました。

「しめた。しめた。とうとう、かかった。意地の悪そうなねずみだな。さあ、出て来い。こぞう。」

クねずみ

クという名前のねずみがありました。たいへん高慢でそれにそねみ深くって、自分をねずみの仲間の一番の学者と思っていました。ほかのねずみが何か生意気なことを言うとエヘンエヘンと言うのが癖でした。

クねずみのうちへ、ある日、友だちのタねずみがやって来ました。

さてタねずみはクねずみに言いました。

「今日《こんにち》は、クさん。いいお天気です。」

「いいお天気です。何かいいものを見つけましたか。」

「いいえ。どうも不景気ですね。どうでしょう。これからの景気は。」

「さあ、あなたはどう思いますか。」

「そうですね。しかしだんだんよくなるのじゃないでしょうか。オウベイのキンユウはしだいにヒッパクをテイしたそう……。」

「エヘン、エヘン。」いきなりクねずみが大きなせきばらいをしましたので、タねずみ

はびっくりして飛びあがりました。クねずみは横を向いたまま、ひげを一つぴんとひねって、それから口の中で、

「ヘイ、それから。」と言いました。

タねずみはやっと安心してまたおひざに手を置いてすわりました。

クねずみもやっとまっすぐを向いて言いました。

「先《せん》ころの地震にはおどろきましたね。」

「全くです。」

「あんな大きいのは私もはじめてですよ。」

「ええ、ジョウカドウでしたねえ。シンゲンはなんでもトウケイ四十二度二分ナンイ……。」

「エヘン、エヘン。」

クねずみはまたどなりました。

タねずみはまた面《めん》くらいましたが、さっきほどではありませんでした。

クねずみはやっと気を直して言いました。

「天気もよくなりましたね。あなたは何かうまい仕掛けをしておきましたか。」

「いいえ、なんにもしておきません。しかし、今度天気が長くつづいたら、私は少し

畑の方へ出てみようと思うんです。」

「畑には何かいいことがありますか。」

「秋ですからとにかく何かこぼれているだろうと思います。天気さえよければいいのですがね。」

「どうでしょう。天気はいいでしょうか。」

「そうですね、新聞に出ていましたが、オキナワレットウにハッセイしたテイキアツは次第にホクホクセイのほうへシンコウ……。」

「エヘン、エヘン。」クねずみはまたいやなせきばらいをやりましたので、タねずみはこんどというこんどはすっかりびっくりして半分立ちあがって、ぶるぶるふるえて目をパチパチさせて、黙りこんでしまいました。

クねずみは横の方を向いて、おひげをひっぱりながら、横目でタねずみの顔を見ていましたが、ずうっとしばらくたってから、あらんかぎり声をひくくして、

「へい。そして。」と言いました。ところがタねずみはもうすっかりこわくなって物が言えませんでしたから、にわかに一つていねいにおじぎをしました。そしてまるで細いかすれた声で、

「さよなら。」と言ってクねずみのおうちを出て行きました。

クねずみは、そこであおむけにねころんで、「ねずみ競争新聞」を手にとってひろげながら、

「ヘッ。タなどはなってないんだ。」とひとりごとを言いました。

さて、「ねずみ競争新聞」というのは実にいい新聞です。これを読むと、ねずみ仲間の競争のことはなんでもわかるのでした。ペねずみが、たくさんとうもろこしのつぶをぬすみためて、大砂糖持ちのパねずみと意地ばりの競争をしていることでも、ハねずみヒねずみフねずみの三匹のむすめねずみが学問の競争をやって、比例の問題まで来たとき、とうとう三匹とも頭がペチンと裂けたことでも、なんでもすっかり出ているのでした。

さあ、さあ、みなさん。失礼ですが、クねずみのきょうの新聞を読むのを、お聞きなさい。

「ええと、カマジン国の飛行機、プハラを襲うと。なるほどえらいね。これはたいへんだ。まあしかし、ここまでは来ないから大丈夫だ。ええと、ツェねずみの行くえ不明。ツェねずみというのはあの意地わるだな。こいつはおもしろい。

天井裏街一番地、ツェ氏は昨夜行くえ不明となりたり。本社のいちはやく探知するところによればツェ氏は数日前よりはりがねせい、ねずみとり氏と交際を結びおりしが一

昨夜に至りて両氏の間に多少感情の衝突ありたるもののごとし。台所街四番地ネ氏の談によれば昨夜もツェ氏は、はりがねせい、ねずみとり氏を訪問したるがごとし、と。なお床下通り二十九番地ポ氏は、昨夜深更より今朝にかけて、ツェ氏並びにはりがねせい、ねずみとり氏の激しき争論、時に格闘の声を聞きたりと。以上を総合するに、本事件には、はりがねせい、ねずみとり氏、最も深き関係を有するがごとし。本社はさらに深く事件の真相を探知の上、大いにはりがねせい、ねずみとり氏に筆誅《ひっちゅう》を加えんと欲す。と。はははは、ふん、これはもう疑いもない。ツェのやつめ、ねずみとりに食われたんだ。おもしろい。そのつぎはと。なんだ、ええと、新任ねずみ会議員テ氏。エヘン、エヘン。エン。エッヘン。ヴェイヴェイ。なんだちくしょう。テなどがねずみ会議員だなんて。えい、おもしろくない。おれでもすればいいんだ。えい。おもしろくもない、散歩に出よう。」

そこでクねずみは散歩に出ました。そしてプンプンおこりながら、天井裏街の方へ行く途中で、二匹のむかでが親孝行の蜘蛛《くも》の話をしているのを聞きました。

「ほんとうにね、そうはできないもんだよ。」

「ええ、ええ、全くですよ。それにあの子は、自分もどこかからだが悪いんですよ。それだのにね、朝は二時ごろから起きて薬を飲ませたり、おかゆをたいてやったり、夜だって寝るのはいつもおそいでしょう。たいてい三時ごろでしょう。ほんとうにからだがやすまるってないんでしょう。感心ですねえ。」

「ほんとうにあんな心がけのいい子は今ごろあり……。」

「エヘン、エヘン。」と、いきなりクねずみはどなって、おひげを横の方へひっぱりました。

むかではびっくりして、はなしもなにもそこそこに別れて逃げて行ってしまいました。

クねずみはそれからだんだん天井裏街の方へのぼって行きました。天井裏街のガランとした広い通りでは、ねずみ会議員のテねずみがもう一ぴきのねずみとはなしていました。

クねずみはこわれたちり取りのかげで立ちぎきをしておりました。

テねずみが、

「それで、その、わたしの考えではね、どうしてもこれは、その、共同一致、団結、和睦《わぼく》の、セイシンで、やらんと、いかんね。」と言いました。

クねずみは、

「エヘン、エヘン。」と聞こえないようにせきばらいをしました。相手のねずみは、

「へい。」と言って考えているようです。

テねずみははなしをつづけました。

「もしそうでないとすると、つまりその、世界のシンポハッタツ、カイゼンカイリョウがそのつまりテイタイするね。」

「エン、エン、エイ、エイ。」クねずみはまたひくくせきばらいをしました。

相手のねずみは、「へい。」と言って考えています。

「そこで、その、世界文明のシンポハッタツ、カイリョウカイゼンがテイタイすると、政治はもちろんケイザイ、ノウギョウ、ジツギョウ、コウギョウ、キョウイク、ビジュツそれからチョウコク、カイガ、それからブンガク、シバイ、ええと、エンゲキ、ゲイジュツ、ゴラク、そのほかタイイクなどが、ハッハッハ、たいへんそのどうもわるくなるね。」テねずみはむつかしいことをあまりたくさん言ったので、もう愉快でたまらないようでした。クねずみはそれがまたむやみにしゃくにさわって、「エン、エン。」と聞こえないように、そしてできるだけ高くせきばらいをやって、にぎりこぶしをかためました。

相手のねずみはやはり「へい。」と言っております。

テねずみはまたはじめました。

「そこでそのケイザイやゴラクが悪くなるというと、不平を生じてブンレツを起こすというケッカにホウチャクするね。そうなるのは実にそのわれわれのシンガイでフホンイであるから、やはりその、ものごとは共同一致団結和睦のセイシンでやらんといかんね。」

クねずみはあんまりテねずみのことばが立派で、議論がうまくできているのがしゃくにさわって、とうとうあらんかぎり、

「エヘン、エヘン。」とやってしまいました。するとテねずみはぶるるるっとふるえて、目を閉じて、小さく小さくちぢまりましたが、だんだんそろりそろりと延びて、そおっと目をあいて、それから大声で叫びました。

「こいつは、ブンレツだぞ。ブンレツ者だ。しばれ、しばれ。」と叫びました。すると相手のねずみは、まるでつぶてのようにクねずみに飛びかかってねずみの捕《と》り縄《なわ》を出して、クルクルしばってしまいました。

クねずみはくやしくてくやしくてなみだが出ましたが、どうしてもかないそうがありませんでしたから、しばらくじっとしておりました。するとテねずみは紙切れを出してするするするっと何か書いて捕り手のねずみに渡しました。

捕り手のねずみは、しばられてごろごろころがっているクねずみの前に来て、すてきにおごそかな声でそれを読みはじめました。

「クねずみはブンレツ者によりて、みんなの前にて暗殺すべし。」クねずみは声をあげてチュウチュウ泣きました。

「さあ、ブンレツ者。あるけ、早く。」と、捕り手のねずみは言いました。さあ、そこでクねずみはすっかり恐れ入ってしおしおと立ちあがりました。あっちからもこっちからもねずみがみんな集まって来て、

「どうもいい気味だね。いつでもエヘンエヘンと言ってばかりいたやつなんだ。」

「やっぱり分裂していたんだ。」

「あいつが死んだらほんとうにせいせいするだろうね。」というような声ばかりです。捕り手のねずみは、いよいよ白いたすきをかけて、暗殺のしたくをはじめました。その時みんなのうしろの方で、フウフウと言うひどい音が聞こえ、二つの目玉が火のように光って来ました。それは例の猫大将《ねこたいしょう》でした。

「ワーッ。」とねずみはみんなちりぢり四方に逃げました。

「逃がさんぞ。コラッ。」と猫大将はその一匹を追いかけましたが、もうせまいすきまへずうっと深くもぐり込んでしまったので、いくら猫大将が手をのばしてもとどきませんでした。

猫大将は「チェッ。」と舌打ちをして戻って来ましたが、クねずみのただ一匹しばら

れて残っているのを見て、びっくりして言いました。

「貴様はなんと言うものだ。」クねずみはもう落ち着いて答えました。

「クと申します。」

「フ、フ、そうか。なぜこんなにしているんだ。」

「暗殺されるためです。」

「フ、フ、フ。そうか。それはかあいそうだ。よしよし、おれが引き受けてやろう。おれのうちへ来い。ちょうどおれのうちでは、子供が四人できて、それに家庭教師がなくて困っているところなんだ。来い。」

猫大将はのそのそ歩きだしました。

クねずみはこわごわあとについて行きました。猫のおうちはどうもそれは立派なもんでした。紫色の竹で編んであって中はわらや布きれでホクホクしていました。おまけにちゃあんとご飯を入れる道具さえあったのです。

そしてその中に、猫大将の子供が四人、やっと目をあいて、にゃあにゃあと鳴いておりました。

猫大将は子供らを一つずつなめてやってから言いました。

「お前たちはもう学問をしないといけない。ここへ先生をたのんで来たからな。よく習うんだよ。決して先生を食べてしまったりしてはいかんぞ。」

子供らはよろこんでニヤニヤ笑って口々に、

「おとうさん、ありがとう。きっと習うよ。先生を食べてしまったりしないよ。」と言いました。

クねずみはどうも思わず足がブルブルしました。

猫大将《ねこたいしょう》が言いました。

「教えてやってくれ。おもに算術をな。」

「へい。しょう、しょう、承知いたしました。」とクねずみが答えました。

猫大将はきげんよくニャーと鳴いてするりと向こうへ行ってしまいました。

子供らが叫びました。

「先生、早く算術を教えてください。先生。早く。」

クねずみはさあ、これはいよいよ教えないといかんと思いましたので、口早に言いました。

「一に一をたすと二です。」

「そうだよ。」子供らが言いました。

「一から一を引くとなんにもなくなります。」

「わかったよ。」

子供らが叫びました。

「一に一をかけると一です。」

「きまってるよ。」と猫の子供らが目をりんと張ったまま答えました。

「一を一で割ると一です。」

「それでいいよ。」と猫の子供らがよろこんで叫びました。そこでクねずみはすっかりのぼせてしまいました。

「一に二をたすと三です。」

「合ってるよ。」

「一から二を引くと……」と言おうとしてクねずみは、はっとつまってしまいました。するると猫の子供らは一度に叫びました。

「一から二は引かれないよ。」

クねずみはあんまり猫の子供らがかしこいので、すっかりむしゃくしゃして、また早口に言いました。そうでしょう。クねずみはいちばんはじめの一に一をたして二をおぼえるのに半年かかったのです。

「一に二をかけると二です。」

「そうともさ。」

「一を二で割ると……。」クねずみはまたつまってしまいました。すると猫《ねこ》の子供らはまた一度に声をそろえて、

「一割る二では半分だよ。」と叫びました。

クねずみはあんまり猫の子供らの賢いのがしゃくにさわって、思わず「エヘン。エヘン。エイ。エイ。」

とやりました。すると猫の子供らは、しばらくびっくりしたように、顔を見合わせていましたが、やがてみんな一度に立ちあがって、

「なんだい。ねずめ、人をそねみやがったな。」と言いながらクねずみの足を一ぴきが一つずつかじりました。

クねずみは非常にあわててばたばたして、急いで「エヘン、エヘン、エイ、エイ。」

とやりましたがもういけませんでした。

クねずみはだんだん四方の足から食われて行って、とうとうおしまいに四ひきの子猫は、クねずみの胃の腑《ふ》のところで頭をコツンとぶっつけました。

そこへ猫大将が帰って来て、

「何か習ったか。」とききました。

「ねずみをとることです。」と四ひきがいっしょに答えました。

鳥箱先生とフウねずみ

あるうちに一つの鳥かごがありました。

鳥かごというよりは、鳥箱という方が、よくわかるかもしれません。それは天井と、底と、三方の壁とが、むやみに厚い板でできていて、正面だけが、針がねの網でこさえた戸になっていました。

そして小さなガラスの窓が横の方についていました。ある日一羽の子供のひよどりがその中に入れられました。ひよどりは、そんなせまい、くらいところへ入れられたので、いやがってバタバタバタバタバタしました。

鳥かごは、さっそく、「バタバタ言っちゃいかん。」と言いました。ひよどりは、それでもまだバタバタしていましたが、つかれてうごけなくなると、こんどは、おっかさんの名を呼んで泣きました。

鳥かごは、さっそく、「泣いちゃいかん。」と言いました。この時、鳥かごは、急にははあおれは先生なんだなと気がつきました。なるほど、そう気がついてみると、小さなガラスの窓は、鳥かごの顔、正面の網戸が、立派なチョッキというわけでした。

いよいよそうきまってみると、鳥かごは、もう、一分もじっとしていられませんでした。そこで、

「おれは先生なんだぞ。鳥箱先生というんだぞ。お前を教育するんだぞ。」と言いました。

けれども、ひよどりもしかたなく、それからは鳥箱先生と呼んでいました。毎日じっと先生の腹の中にいるのでしたが、もう、それを見るのもいやでしたから、いつも目をつぶっていました。目をつぶっても、もしか、ひょっと、先生のことを考えたら、もうむねが悪くなるのでした。ところが、そのひよどりは、ある時、七日というもの一つぶの粟《あわ》ももらいませんでした。みんな忘れていたのです。

そこで、もうひもじくって、ひもじくって、とうとう、くちばしをパクパクさせながら、死んでしまいました。鳥箱先生も「ああ哀れなことだ。」と言いました。その次に来たひよどりの子供も、ちょうどそのとおりでした。ただ、その死に方が、すこし変わっていただけです。それは腐った水をもらったために、赤痢になったのでした。

その次に来たひよどりの子供は、あんまり空や林が恋しくて、とうとう胸がつまって死んでしまいました。

四番目のは、先生がある夏、ちょっとゆだんをして網のチョッキを大きくあけたまま眠っているあいだに、乱暴な猫大将《ねこたいしょう》が来て、いきなりつかんで行ってしまったのです。

鳥箱先生も目をさまして、

「あっ、いかん。生徒をかえしなさい。」と言いましたが、猫大将はニヤニヤ笑って、向こうへ走って行ってしまいました。鳥箱先生も「ああ哀れなことだ。」と言いました。

しかし鳥箱先生は、それからはすっかり信用をなくしました。そしていきなり物置きの棚《たな》へ連れて来られました。

「ははあ、ここは、たいへん空気の流通が悪いな。」と鳥箱先生は言いながら、あたりを見まわしました。棚の上には、こわれかかった植木鉢《うえきばち》や、古い朱塗りの手おけや、そんながらくたがいっぱいでした。そして鳥箱先生のすぐうしろに、まっくらな小さな穴がありました。

「はてな。あの穴はなんだろう。獅子《しし》のほらあなかもしれない。少なくとも竜《りゅう》のいわやだね。」と先生はひとりごとを言いました。

それから夜になりました。ねずみがその穴から出て来て、先生をちょっとかじりました。先生はたいへんびっくりしましたが、無理に心をしずめてこう言いました。

「おいおい。みだりに他人をかじるべからずという、カマジン国の王様の格言を知らないか。」

ねずみはびっくりして、三歩ばかりあとへさがって、ていねいにおじぎをしてから申しました。

「これはまことにありがたいお教えでございます。実に私の肝臓までしみとおります。私は、去年みだりに他人をかじるということは、ほんとうに悪いことでございます。みだりに金づちさまをかじりましたので、前歯を二本欠きました。また、ことしの春は、みだりに人間の耳をかじりましたので、あぶなく殺されようとしました。実にかたじけないおさとしでございます。ついては、私のせがれ、フウと申すものは、まことにおろかものでございますが、どうか毎日、お教えをいただくように願われませんでございましょうか。」

「うん。とにかく、その子をよこしてごらん。きっと立派にしてあげるから。わしはね、今こそこんな所へ来ているが、前は、それはもう、ガラスでこさえた立派な家の中にいたんだ。ひわ鳥を四人も育てて教えてやったんだ。どれもみんなはじめはバタバタ言って、手もつけられない子供らばかりだったがね。みんな、まもなくわしの感化で、おとなしく立派になった。そして、それはそれは安楽に一生を送ったのだ。栄耀栄華《えいようえいが》をきわめたもんだ。」

親ねずみは、あんまりうれしくて声も出ませんでした。そして、ペコペコ頭をさげて、急いで自分の穴へもぐり込んで、子供のフウねずみを連れ出して、鳥箱先生の所へやって参りました。

「この子供でございます。どうか、よろしくおねがいいたします。どうかよろしくおねがいいたします。」二人《ふたり》は頭をペコペコさげました。

すると、先生は、

「ははあなかなか賢《かしこ》そうなお子さんですな。頭のかたちがたいへんよろしい。いかにも承知しました。きっと教えてあげますから。」

ある日、フウねずみが先生のそばを急いで通って行こうとしますと、鳥箱先生があわてて呼びとめました。

「おい。フウ。ちょっと待ちなさい。なぜ、おまえは、そう、ちょろちょろ、つまだてしてあるくのだ。男というものは、もっとゆっくり、もっと大股《おおまた》にあるくものだ。」

「だって先生。僕の友だちは、だれだってちょろちょろ歩かない者はありません。僕はその中で、いちばん威張って歩いているんです。」

「お前の友だちというのは、どんな人だ。」

「しらみに、くもに、だにです。」

「そんなものとお前はつきあっているのか。なぜもう少しりっぱなものとつきあわん。なぜもっと立派なものとくらべないか。」

「だって、僕は、猫《ねこ》や、犬や、獅子《しし》や、虎《とら》は、大きらいなんです。」

「そうか。それならしかたないが、もう少しりっぱにやってもらいたい。」

「もうわかりました。先生。」フウねずみはいちもくさんに逃げて行ってしまいました。

それからまた五六日たって、フウねずみが、いそいで鳥箱先生のそばをかけ抜けようとしますと、先生が叫びました。

「おい。フウ。ちょっと待ちなさい。なぜお前は、そんなにきょろきょろあたりを見てあるくのです。男はまっすぐに行く方を向いて歩くもんだ。それに決して、よこめなんかはつかうものではない。」

「だって先生。私の友だちはみんなもっときょろきょろしています。」

「お前の友だちというのはだれだ。」

「たとえばくもや、しらみや、むかでなどです。」

「お前は、また、そんなつまらないものと自分をくらべているが、それはよろしくない。お前はりっぱなねずみになる人なんだからそんな考えはよさなければいけない。」

「だって私の友だちは、みんなそうです。私はその中ではいちばんちゃんとしているんです。」

そしてフウねずみはいちもくさんに逃げて穴の中へはいってしまいました。

それからまた五六日たって、フウねずみが、いつものとおり、大いそぎで鳥箱先生のそばを通りすぎようとしますと、先生が網のチョッキをがたっとさせながら、呼びとめました。

「おい。フウ。ちょっと待ちなさい。おまえはいつでもわしが何か言おうとすると、早く逃げてしまおうとするが、きょうは、まあ、すこしおちついて、ここへすわりなさい。お前はなぜそんなにいつでも首をちぢめて、せなかを丸くするのです。」

「だって、先生。私の友だちは、みんなもっとせなかを丸くして、もっと首をちぢめていますよ。」

「お前の友だちといっても、むかでなどはせなかをすっくりとのばしてあるいているではないか。」

「いいえ。むかではそうですけれども、ほかの友だちはそうではありません。」

「ほかの友だちというのは、どんな人だ。」

「けしつぶや、ひえつぶや、おおばこの実などです。」

「なぜいつでも、そんなつまらないものとだけ、くらべるのだ。ええ、おい。」

フウねずみはめんどうくさくなったのでいちもくさんに穴の中へ逃げ込みました。

鳥箱先生も、今度という今度はすっかりおこってしまって、ガタガタガタガタふるえて叫びました。

「フウの母親、こら、フウの母親。出て来い。おまえのむすこは、もうどうしても退校だ。引き渡すからさっそく出て来い。」

フウのおっかさんねずみは、ブルブルふるえているフウねずみのえり首をつかんで、鳥箱先生の前に連れて来ました。

鳥箱先生はおこって、ほてって、チョッキをばたばたさせながら言いました。

「おれは四人もひよどりを教育したが、きょうまでこんなひどいぶじょくを受けたことはない。実にこの生徒はだめなやつだ。」

その時、まるで、あらしのように黄色なものが出て来て、フウをつかんで地べたへたたきつけ、ひげをヒクヒク動かしました。それは猫大将《ねこたいしょう》でした。

猫大将は、

「ハッハッハ、先生もだめだし、生徒も悪い。先生はいつでも、もっともらしいうそばかり言っている。生徒は志がどうもけしつぶより小さい。これではもうとても国家の前途が思いやられる。」と言いました。

注文の多い料理店

二人《ふたり》の若い紳士が、すっかりイギリスの兵隊のかたちをして、ぴかぴかする鉄砲をかついで、白熊《しろくま》のような犬を二匹つれて、だいぶ山奥の、木の葉のかさかさしたとこを、こんなことを言いながら、あるいておりました。

「ぜんたい、ここらの山はけしからんね。鳥も獣も一匹もいやがらん。なんでもかまわないから、早くタンタアーンと、やってみたいもんだなあ。」

「鹿《しか》の黄いろな横っ腹なんぞに、二三発お見舞いもうしたら、ずいぶん痛快だろうねえ。くるくるまわって、それからどたっと倒れるだろうねえ。」

それはだいぶの山奥でした。案内してきた専門の鉄砲打ちも、ちょっとまごついて、どこかへ行ってしまったくらいの山奥でした。

それに、あんまり山が物すごいので、その白熊のような犬が、二匹いっしょにめまいを起こして、しばらくうなって、それから泡《あわ》を吐いて死んでしまいました。

「じつにぼくは、二千四百円の損害だ。」と一人の紳士が、その犬のまぶたを、ちょっとかえしてみて言いました。

「ぼくは二千八百円の損害だ。」と、もひとりが、くやしそうにあたまをまげて言いました。

はじめの紳士は、すこし顔いろを悪くして、じっと、もひとりの紳士の顔つきを見ながら言いました。

「ぼくはもう戻ろうとおもう。」

「さあ、ぼくもちょうど寒くはなったし、腹はすいてきたし戻ろうとおもう。」

「そいじゃ、これで切りあげよう。なあに戻りに、きのうの宿屋で、山鳥を十円も買って帰ればいい。」

「うさぎもでていたねえ。そうすれば結局おんなじこった。では帰ろうじゃないか。」

ところがどうも困ったことは、どっちへ行けば戻れるのか、いっこう見当がつかなくなっていました。

風がどうと吹いてきて、草はざわざわ、木の葉はかさかさ、木はごとんごとんと鳴りました。

「どうも腹がすいた。さっきから横っ腹が痛くてたまらないんだ。」

「ぼくもそうだ。もうあんまりあるきたくないな。」

「あるきたくないよ。ああ困ったなあ、何かたべたいなあ。」

「食べたいもんだなあ。」

二人の紳士は、ざわざわ鳴るすすきの中で、こんなことを言いました。

その時ふとうしろを見ますと、立派な一軒の西洋造りの家がありました。

そして玄関には、

RESTAURANT
西洋料理店
WILDCAT HOUSE
山《やま》猫《ねこ》軒《けん》

という札がでていました。

「君、ちょうどいい。ここはこれでなかなか開けてるんだ。はいろうじゃないか。」

「おや、こんなとこにおかしいね。しかしとにかく何か食事ができるんだろう。」

「もちろんできるさ。看板にそう書いてあるじゃないか。」

「はいろうじゃないか。ぼくはもう何か食べたくて倒れそうなんだ。」

二人は玄関に立ちました。玄関は白い瀬戸の煉瓦《れんが》で組んで、実に立派なもんです。

そしてガラスの開き扉《ど》がたって、そこに金文字でこう書いてありました。

【どなたもどうかおはいりください。決してご遠慮はありません。】

二人はそこで、ひどくよろこんで言いました。

「こいつはどうだ、やっぱり世の中はうまくできてるねえ、きょう一日なんぎしたけれど、こんどはこんないいこともある。このうちは料理店だけれどもただでごちそうするんだぜ。」

「どうもそうらしい。決してご遠慮はありませんというのはその意味だ。」

二人は扉《とびら》を押して、なかへはいりました。そこはすぐ廊下になっていました。そのガラス扉《ど》の裏側には、金文字でこうなっていました。

【ことに太ったおかたや若いおかたは、大歓迎いたします。】

二人は大歓迎というので、もう大よろこびです。

「君、ぼくらは大歓迎にあたっているのだ。」

「ぼくらは両方兼ねてるから。」

ずんずん廊下を進んで行きますと、こんどは水いろのペンキ塗りの扉《とびら》がありました。

「どうも変な家だ。どうしてこんなにたくさん戸があるのだろう。」

「これはロシア式だ。寒いとこや山の中はみんなこうさ。」

そして二人はその扉をあけようとしますと、上に黄いろな字でこう書いてありました。

【当軒は注文の多い料理店ですからどうかそこはご承知ください。】

「なかなかはやってるんだ。こんな山の中で。」

「そりゃあそうだ。見たまえ。東京の大きな料理屋だって大通りにはすくないだろう。」

二人は言いながら、その扉をあけました。するとその裏側に、

【注文はずいぶん多いでしょうがどうかいちいちこらえてください。】

「これはぜんたいどういうんだ。」ひとりの紳士は顔をしかめました。

「うん、これはきっと注文があまり多くて、したくが手間取るけれどもごめんくださいと、こういうことだ。」

「そうだろう。早くどこかへやの中にはいりたいもんだな。」

「そしてテーブルにすわりたいもんだな。」

ところがどうもうるさいことは、また扉《とびら》が一つありました。そしてそのわきに鏡がかかって、その下には長い柄のついたブラシが置いてあったのです。

扉には赤い字で、

【お客さまがた、ここで髪をきちんとして、それからはきものの泥《どろ》を落としてください。】

と書いてありました。

「これはどうももっともだ。僕もさっき玄関で、山のなかだとおもって見くびったんだよ。」

「作法のきびしい家だ。きっとよほど偉い人たちが、たびたび来るんだ。」

そこで二人は、きれいに髪をけずって、靴《くつ》の泥を落としました。

そしたら、どうです。ブラシを板の上に置くや否や、そいつがぼうっとかすんで無くなって、風がどうっとへやの中にはいって来ました。

二人はびっくりして、互いによりそって、扉をがたんとあけて、次のへやへはいって行きました。早く何か暖かいものでもたべて、元気をつけておかないと、もう途方もないことになってしまうと、二人とも思ったのでした。

扉の内側に、また変なことが書いてありました。

【鉄砲と弾丸《たま》をここへ置いてください。】

見るとすぐ横に黒い台がありました。

「なるほど、鉄砲を持ってものを食うという法はない。」

「いや、よほど偉い人が始終来ているんだ。」

二人は鉄砲をはずして帯皮を解いて、それを台の上に置きました。

また黒い扉がありました。

【どうか帽子と外套《がいとう》と靴をおとりください。】

「どうだ。とるか。」

「しかたない、とろう。たしかによっぽど偉い人なんだ。奥に来ているのは。」

二人は帽子とオーバコートをくぎにかけ、靴をぬいでぺたぺたあるいて扉の中にはいりました。

扉の裏側には、

【ネクタイピン、カフスボタン、めがね、さいふ、その他金物類、ことにとがったものは、みんなここに置いてください。】

と書いてありました。扉のすぐ横には黒塗りの立派な金庫も、ちゃんと口をあけて置いてありました。かぎまで添えてあったのです。

「ははあ、何かの料理に電気をつかうと見えるね。金けのものはあぶない。ことにとがったものはあぶないとこう言うんだろう。」

「そうだろう。してみると勘定は帰りにここで払うのだろうか。」

「どうもそうらしい。」

「そうだ。きっと。」

二人はめがねをはずしたり、カフスボタンをとったり、みんな金庫の中に入れて、ぱちんと錠をかけました。すこし行きますとまた扉《とびら》があって、その前にガラスの壺《つぼ》が一つありました。扉にはこう書いてありました。

【壺のなかのクリームを顔や手足にすっかり塗ってください。】

みるとたしかに壺のなかのものは牛乳のクリームでした。

「クリームを塗れというのはどういうんだ。」

「これはね、外がひじょうに寒いだろう。へやのなかがあんまり暖かいとひびがきれるから、その予防なんだ。どうも奥には、よほど偉い人がきている。こんなとこで、案外ぼくらは、貴族とちかづきになるかもしれないよ。」

二人は壺のクリームを、顔に塗って手に塗って、それから靴下をぬいで足に塗りました。それでもまだ残っていましたからそれは二人ともめいめいこっそり顔へ塗るふりをしながら食べました。

それから大急ぎで扉をあけますと、その裏側には、

【クリームをよく塗りましたか、耳にもよく塗りましたか。】

と書いてあって、ちいさなクリームの壺がここにも置いてありました。

「そうそう、ぼくは耳には塗らなかった。あぶなく耳にひびを切らすとこだった。ここの主人はじつに用意周到だね。」

「ああ、細かいとこまでよく気がつくよ。ところでぼくは早く何か食べたいんだが、どうもこうどこまでも廊下じゃしかたないね。」

するとすぐその前に次の扉がありました。

【料理はもうすぐできます。
十五分とお待たせはいたしません。
すぐたべられます。
早くあなたの頭にびんの中の香水をよく振りかけてください。】

そして戸の前には金ピカの香水のびんが置いてありました。

二人はその香水を、頭へぱちゃぱちゃ振りかけました。

ところがその香水は、どうも酢のようなにおいがするのでした。

「この香水はへんに酢くさい。どうしたんだろう。」

「まちがえたんだ。下女がかぜでもひいてまちがえて入れたんだ。」

二人は扉《とびら》をあけて中へはいりました。

扉の裏側には、大きな字でこう書いてありました。

【いろいろ注文が多くてうるさかったでしょう。お気の毒でした。
もうこれだけです。
どうかからだじゅうに、壺の中の塩をたくさんよくもみ込んでください。】

なるほど立派な青い瀬戸の塩壺は置いてありましたが、こんどというこんどは二人ともぎょっとしてお互いにクリームをたくさん塗った顔を見合わせました。

「どうもおかしいぜ。」

「ぼくもおかしいとおもう。」

「たくさんの注文というのは、向こうがこっちへ注文してるんだよ。」

「だからさ、西洋料理店というのは、ぼくの考えるところでは、西洋料理を、来た人に食べさせるのではなくて、来た人を西洋料理にして、食べてやる家、とこういうことなんだ。これは、その、つ、つ、つ、つまり、ぼ、ぼ、ぼくらが……。」がたがたがたがた、ふるえだしてもうものが言えませんでした。

「その、ぼ、ぼくらが、……うわあ。」がたがたがたがたふるえだして、もうものが言えませんでした。

「逃げ……。」がたがたしながら一人の紳士はうしろの扉を押そうとしましたが、どうです、扉はもう一分《いちぶ》も動きませんでした。

奥の方にはまだ一枚扉があって、大きなかぎ穴が二つつき、銀いろのホークとナイフの形が切りだしてあって、

【いや、わざわざご苦労です。
たいへんけっこうにできました。
さあさあおなかにおはいりください。】

と書いてありました。おまけにかぎ穴からはきょろきょろ、二つの青い目玉がこっちをのぞいています。

「うわあ。」がたがたがたがた。

「うわあ。」がたがたがたがた。

ふたりは泣きだしました。

すると扉の中では、こそこそこんなことを言っています。

「だめだよ。もう気がついたよ。塩をもみこまないようだよ。」

「あたりまえさ。親分の書きようがまずいんだ。あすこへ、いろいろ注文が多くてうるさかったでしょう。お気の毒でしたなんて、間抜けたことを書いたもんだ。」

「どっちでもいいよ。どうせぼくらには、骨も分けてくれやしないんだ。」

「それはそうだ。けれども、もしここへあいつらがはいって来なかったら、それはぼくらの責任だぜ。」

「呼ぼうか、呼ぼう。おい、お客さんがた、早くいらっしゃい。いらっしゃい。いらっしゃい。お皿《さら》も洗ってありますし、菜っ葉ももうよく塩でもんでおきました。あとはあなたがたと、菜っ葉をうまくとりあわせて、まっ白なお皿にのせるだけです。はやくいらっしゃい。」

「へい、いらっしゃい、いらっしゃい。それともサラドはおきらいですか。そんならこれから火をおこして、フライにしてあげましょうか。とにかくはやくいらっしゃい。」

二人はあんまり心を痛めたために、顔がまるでくしゃくしゃの紙くずのようになり、お互いにその顔を見合わせ、ぶるぶるふるえ、声もなく泣きました。

中ではふつふつとわらってまた叫んでいます。

「いらっしゃい、いらっしゃい。そんなに泣いてはせっかくのクリームが流れるじゃありませんか。へい、ただいま。じきもってまいります。さあ早くいらっしゃい。」

「早くいらっしゃい。親方がもうナフキンをかけて、ナイフもって、舌なめずりして、お客さまがたを待っていられます。」

二人は泣いて泣いて泣いて泣いて泣きました。

そのときうしろからいきなり、

「わん、わん、ぐゎあ。」と言う声がして、あの白熊《しろくま》のような犬が二匹、扉《とびら》をつきやぶってへやの中に飛び込んできました。かぎ穴の目玉はたちまちなくなり、犬どもはううとうなってしばらくへやの中をくるくる回っていましたが、また一声、

「わん。」と高くほえて、いきなり次の扉に飛びつきました。扉はがたりとひらき、犬どもは吸い込まれるように飛んで行きました。

その扉の向こうのまっくらやみのなかで、

「にゃあお、くゎあ、ごろごろ。」と言う声がして、それからがさがさ鳴りました。

へやはけむりのように消え、二人は寒さにぶるぶるふるえて、草の中に立っていました。

見ると、上着や靴《くつ》やさいふやネクタイピンは、あっちの枝にぶらさがったり、こっちの根もとにちらばったりしています。風がどうと吹いてきて、草はざわざわ、木の葉はかさかさ、木はごとんごとんと鳴りました。

犬がふうとうなって戻ってきました。

そしてうしろからは、

「だんなあ、だんなあ。」と叫ぶものがあります。

二人はにわかに元気がついて

「おおい、おおい、ここだぞ、早く来い。」と叫びました。

簑帽子《みのぼうし》をかぶった専門の猟師が、草をざわざわ分けてやってきました。

そこで二人はやっと安心しました。

そして猟師のもってきた団子をたべ、途中で十円だけ山鳥を買って東京に帰りました。

しかし、さっき一ぺん紙くずのようになった二人の顔だけは、東京に帰っても、お湯にはいっても、もうもとのとおりになおりませんでした。

からすの北斗七星

つめたいいじの悪い雲が、地べたにすれすれにたれましたので、野はらは雪のあかりだか、日のあかりだかわからないようになりました。

からすの義勇艦隊は、その雲におしつけられて、しかたなくちょっとの間、トタンの板をひろげたような雪の田んぼのうえに、横にならんで仮泊ということをやりました。

どの艦もすこしも動きません。

まっ黒くなめらかなからすの大尉、若い艦隊長もしゃんと立ったままうごきません。

からすの大監督はなおさらうごきもゆらぎもいたしません。からすの大監督は、もうずいぶんの年よりです。目が灰いろになってしまっていますし、鳴くとまるで悪い人形のようにギイギイ言います。それですから、からすの年を見分ける法を知らない一人《ひとり》の子供が、いつかこう言ったのでした。

「おい、この町には咽喉《のど》のこわれたからすが二匹いるんだよ。おい。」これはたしかに間違いで、一匹しかおりませんでしたし、それも決してのどがこわれたのではなく、あんまり長い間、空で号令したために、すっかり声がさびたのです。それですからからすの義勇艦隊は、その声をあらゆる音の中で一等だと思っていました。

雪のうえに、仮泊ということをやっているからすの艦隊は、石ころのようです。ごまつぶのようです。また望遠鏡でよくみると、大きなのや小さなのがあって馬鈴薯《ばれいしょ》のようです。

しかしだんだん夕方になりました。

雲がやっと少し上の方にのぼりましたので、とにかくからすの飛ぶくらいのすきまができました。

そこで大監督が息を切らして号令をかけます。

「演習はじめいおいっ、出発。」

艦隊長烏の大尉が、まっさきにぱっと雪をたたきつけて飛びあがりました。からすの大尉の部下が十八隻《せき》、順々に飛びあがって大尉に続いてきちんと間隔をとって進みました。

それから戦闘艦隊が三十二隻、次々に出発し、その次に大監督の大艦長がおごそかに舞いあがりました。

そのときはもうまっ先のからすの大尉は、四へんほど空でうずを巻いてしまって、雲の鼻っ端《ぱし》まで行って、そこからこんどはまっすぐに、向こうの森に進むところでした。二十九隻の巡洋艦、二十五隻の砲艦が、だんだんだんだん飛びあがりました。おしまいの二隻は、いっしょに出発しました。ここらがどうもからすの軍隊の不規律なところです。

からすの大尉は、森のすぐ近くまで行って、左に曲がりました。

そのときからすの大監督が、

「大砲撃てっ。」と号令しました。

艦隊はいっせいに、があがあがあがあ、大砲をうちました。

大砲をうつとき、片足をぷんとうしろへ上げる艦《ふね》は、この前のニダナトラの戦役での負傷兵で、音がまだ足の神経にひびくのです。

さて、空を大きく四へん回ったとき、大監督が、

「別れ、解散。」と言いながら、列をはなれて杉《すぎ》の木の大監督官舎におりました。みんな列をほごしてじぶんの営舎に帰りました。

からすの大尉は、けれども、すぐに自分の営舎に帰らないで、ひとり、西のほうのさいかちの木に行きました。

雲はうす黒く、ただ西の山のうえだけ濁った水色の天の淵《ふち》がのぞいて底光《そこびかり》しています。

そこでからす仲間でマシリイと呼ぶ銀の一つ星がひらめきはじめました。

からすの大尉は、矢のようにさいかちの枝におりました。その枝に、さっきからじっととまって、ものを案じているからすがあります。それはいちばん声のいい砲艦で、からすの大尉の許嫁《いいなずけ》でした。

「があがあ、おそくなって失敬。きょうの演習で疲れないかい。」

「かあお、ずいぶんお待ちしたわ。いっこうつかれなくてよ。」

「そうか。それは結構だ。しかしおれはこんどしばらくおまえと別れなければならないよ。」

「あら、どうして、まあたいへんだわ。」

「戦闘艦隊長のはなしでは、おれはあした山がらすを追いに行くのだそうだ。」

「まあ、山がらすは強いのでしょう。」

「うん、目玉が出しゃばって、くちばしが細くて、ちょっと見かけは偉そうだよ。しかしわけないよ。」

「ほんとう。」

「大丈夫さ。しかしもちろん戦争のことだから、どういう張り合いでどんなことがあるかもわからない。そのときはおまえはね、おれとの約束はすっかり消えたんだから、ほかへ嫁《い》ってくれ。」

「あら、どうしましょう。まあ、たいへんだわ。あんまりひどいわ。あんまりひどいわ。それではあたし、あんまりひどいわ、かあお、かあお、かあお、かあお。」

「泣くな、みっともない。そら、たれか来た。」

からすの大尉の部下、からすの兵曹長《へいそうちょう》が急いでやってきて、首をちょっと横にかしげて礼をして言いました。

「があ、艦長どの、点呼の時間でございます。一同整列しております。」

「よろしい、本艦は即刻帰隊する。おまえは先に帰ってよろしい。」

「承知いたしました。」兵曹長は飛んで行きます。

「さあ、泣くな。あした、も一度列の中で会えるだろう。丈夫でいるんだぞ。おい、お前ももう点呼だろう、すぐ帰らなくてはいかん。手を出せ。」

二匹はしっかり手を握りました。大尉はそれから枝をけって、急いでじぶんの隊に帰りました。娘のからすは、もう枝に凍りついたように、じっとして動きません。

夜になりました。

それから夜中になりました。

雲がすっかり消えて、新しく灼《や》かれた鋼《はがね》の空に、つめたいつめたい光がみなぎり、小さな星がいくつか連合して爆発をやり、水車の心棒がキイキイ言います。

とうとう薄い鋼の空に、ピチリとひびがはいって、まっ二つに開き、その裂け目から、あやしい長い腕がたくさんぶら下がって、からすをつかんで空の天井の向こう側へ持って行こうとします。からすの義勇艦隊はもう総がかりです。みんな急いで黒い股引《ももひき》をはいて一生けん命宙をかけめぐります。兄貴のからすも弟をかばう暇がなく、恋人どうしもたびたびひどくぶっつかり合います。

いや、ちがいました。

そうじゃありません。

月が出たのです。青いひしげた二十日《はつか》の月が、東の山から泣いて登ってきたのです。そこでからすの軍隊はもうすっかり安心してしまいました。

たちまち森はしずかになって、ただおびえて足をふみはずした若い水兵が、びっくりして目をさまして、があと一発、ねぼけ声の大砲を撃つだけでした。

ところがからすの大尉は、目がさえて眠れませんでした。

「おれはあした戦死するのだ。」大尉はつぶやきながら、許嫁《いいなずけ》のいる森の方にあたまを曲げました。

その昆布《こんぶ》のような黒いなめらかな梢《こずえ》の中では、あの若い声のいい砲艦が、次から次といろいろな夢を見ているのでした。

からすの大尉とただ二人、ばたばた羽をならし、たびたび顔を見合わせながら、青黒い夜の空を、どこまでもどこまでものぼって行きました。もうマジエル様と呼ぶ北斗七星が、大きく近くなって、その一つ星のなかにはえている青じろいりんごの木さえ、ありありと見えるころ、どうしたわけか二人とも、急にはねが石のようにこわばって、まっさかさまに落ちかかりました。マジエル様と叫びながら驚いて目をさましますと、ほんとうにからだが枝から落ちかかっています。急いではねをひろげ姿勢を直し、大尉のいる方を見ましたが、またいつかうとうとしますと、こんどは山がらすが鼻めがねなどをかけてふたりの前にやって来て、大尉に握手しようとします。大尉が、いかんいかん、と言って手をふりますと、山がらすはピカピカするピストルを出して、いきなりずどんと大尉を射殺し、大尉はなめらかな黒い胸を張って倒れかかります。マジエル様と叫びながらまた驚いて目をさますというあんばいでした。

からすの大尉はこちらで、その姿勢を直すはねの音から、そらのマジエル様を祈る声まですっかり聞いておりました。

じぶんもまたためいきをついて、そのうつくしい七つのマジエルの星を仰ぎながら、ああ、あしたの戦《いくさ》でわたくしが勝つことがいいのか、山がらすが勝つのがいいのかそれはわたくしにわかりません。ただあなたのお考えのとおりです。わたくしはわたくしにきまったように力いっぱいたたかいます。みんなみんなあなたのお考えのとおりですとしずかに祈っておりました。そして東の空には早くも少しの銀の光がわいたのです。

ふと遠い冷たい北の方で、なにか鍵《かぎ》でも触れあったようなかすかな声がしました。からすの大尉は夜間双眼鏡《ナイトグラス》を手早く取って、きっとそっちを見ました。星あかりのこちらのぼんやり白い峠の上に、一本のくりの木が見えました。その梢《こずえ》にとまって空を見あげているものは、たしかに敵の山がらすです。大尉の胸は勇ましくおどりました。

「があ、非常召集、があ、非常召集。」

大尉の部下はたちまち枝をけたてて飛びあがり、大尉のまわりをかけめぐります。

「突貫。」からすの大尉は先頭になってまっしぐらに北へ進みました。

もう東の空は新しく研《と》いだ鋼《はがね》のような白光《しろびかり》です。

山がらすはあわてて枝をけ立てました。そして大きくはねをひろげて北の方へ逃げ出そうとしましたが、もうそのときは駆逐艦たちはまわりをすっかり囲んでいました。

「があ、があ、があ、があ、があ。」大砲の音は耳もつんぼになりそうです。山がらすはしかたなく足をぐらぐらしながら上の方へ飛びあがりました。大尉はたちまちそれに追いついて、そのまっくろな頭に鋭く一突き食らわせました。山がらすはよろよろっとなって地面に落ちかかりました。そこを兵曹長が横からもう一突きやりました。山がらすは灰いろのまぶたをとじ、あけ方の峠の雪の上につめたく横たわりました。

「があ、兵曹長。その死骸《しがい》を営舎までもって帰るように。があ。引き揚げっ。」

「かしこまりました。」強い兵曹長はその死骸をさげ、からすの大尉はじぶんの森の方に飛びはじめ、十八隻《せき》はしたがいました。

森に帰ってからすの駆逐艦は、みなほうほう白い息をはきました。

「けがは無いか。だれかけがしたものはないか。」からすの大尉はみんなをいたわってあるきました。

夜がすっかり明けました。

桃の果汁《しる》のような日の光は、まず山の雪にいっぱいに注ぎ、それからだんだん下に流れて、ついにはそこらいちめん、雪のなかに白ゆりの花を咲かせました。

ぎらぎらの太陽が、かなしいくらい光って、東の雪の丘の上にかかりました。

「観兵式、用意っ、集まれい。」大監督が叫びました。

「観兵式、用意っ、集まれい。」各艦隊が叫びました。

みんなすっかり雪のたんぼにならびました。

からすの大尉は列からはなれて、ぴかぴかする雪の上を、足をすくすく延ばして、まっすぐに走って大監督の前に行きました。

「報告、きょうあけがた、セピラの峠の上に敵艦の碇泊《ていはく》を認めましたので、本艦隊は直ちに出動、撃沈いたしました。わが軍死者なし。報告終わりっ。」

駆逐艦隊はもうあんまりうれしくて、熱い涙をぼろぼろ雪の上にこぼしました。

からすの大監督も、灰いろの目から涙をながして言いました。

「ギイギイ、ご苦労だった。ご苦労だった。よくやった。もうおまえは少佐になってもいいだろう。おまえの部下の叙勲はおまえにまかせる。」

からすの新しい少佐は、おなかがすいて山から出て来て、十九隻《せき》に囲まれて殺された、あの山がらすを思い出して、新しい涙をこぼしました。

「ありがとうございます。ついては敵の死骸《しがい》を葬りたいとおもいますが、お許しくださいましょうか。」

「よろしい、厚く葬ってやれ。」

からすの新しい少佐は礼をして大監督の前をさがり、列に戻って、いまマジエルの星のいるあたりの青ぞらを仰ぎました。

（ああ、マジエル様、どうか憎むことのできない敵を殺さないでいいように、早くこの世界がなりますように、そのためならば、わたくしのからだなどは、何べん引き裂かれてもかまいません。)

マジエルの星が、ちょうど来ているあたりの青ぞらから、青い光がうらうらとわきました。

美しくまっ黒な砲艦のからすは、そのあいだじゅう、みんなといっしょに、不動の姿勢をとって並びながら、始終きらきらきらきら涙をこぼしました。砲艦長はそれを見ないふりしていました。あしたから、また許嫁《いいなずけ》といっしょに、演習ができるのです。あんまりうれしいので、たびたびくちばしを大きくあけて、まっ赤《か》に日光に透かせましたが、それも砲艦長は横を向いて見のがしていました。

雁《かり》の童子《どうじ》

流沙《るさ》の南の楊《やなぎ》で囲まれた小さな泉で、私は炒《い》った麦粉を水にといて、昼の食事をしておりました。

その時一人《ひとり》の巡礼のおじいさんが、やっぱり食事のためにそこへやって来ました。私たちはだまって軽く礼をしました。

けれども、半日まるっきり人には出会わないそんな旅でしたから、私は食事がすんでも、すぐに泉とその年とった巡礼とから、別れてしまいたくはありませんでした。

私はしばらくその老人の、高い咽喉仏《のどぼとけ》のぎくぎく動くのを、見るともなしに見ていました。

何か話しかけたいと思いましたが、どうもあんまり向こうが寂《しず》かなので、私は少しきゅうくつにも思いました。

けれども、ふと私は泉のうしろに、小さな祠《ほこら》のあるのを見つけました。それはたいへん小さくて、地理学者や探険家ならば、ちょっと標本に持って行けそうなものではありましたが、まだ全くあたらしく、黄いろと赤のペンキさえ塗られて、いかにも異様に思われ、その前にはそまつながら一本の幡《はた》も立っていました。

私は老人がもう食事も終わりそうなのを見てたずねました。

「失礼ですがあのお堂はどなたをおまつりしたのですか。」

その老人もたしかに何か、私に話しかけたくていたのです。だまって二三度うなずきながら、そのたべものをのみ下して、低く言いました。

「……童子《どうじ》のです。」

「童子ってどういうかたですか。」

「雁《かり》の童子とおっしゃるのは。」老人は食器をしまい、かがんで泉の水をすくい、きれいに口をすすいでからまた言いました。

「雁の童子とおっしゃるのは、まるでこのごろあった昔ばなしのようなのです。この地方にこのごろ降りられました天の童子だというのです。このお堂はこのごろ流沙《るさ》の向こう側にも、あちこち建っております。」

「天のこどもが降りたのですか。罪があって天から流されたのですか。」

「さあ、よくわかりませんが、よくこの辺でそう申します。たぶんそうでございましょう。」

「いかがでしょう、聞かせてくださいませんか。お急ぎでさえなかったら。」

「いいえ、急ぎはいたしません。私の聞いただけお話しいたしましょう。」

沙車《しゃしゃ》に、須利耶圭《すりやけい》という人がございました。名門ではございましたそうですが、おちぶれて奥さまと二人、ご自分は昔からの写経をなさり、奥さまは機《はた》を織って、しずかにくらしていられました。

ある明け方、須利耶さまが鉄砲をもったご自分の従弟《いとこ》のかたとごいっしょに、野原を歩いていられました。

地面はごく麗わしい青い石で、空がぼおっと白く見え、雪もま近でございました。

須利耶さまがお従弟《いとこ》さまにおっしゃるには、お前もさような慰みの殺生《せっしょう》を、もういいかげんやめたらどうだと、こうでございました。

ところが従弟のかたがまるですげなく、やめられないと、ご返事です。

（お前はずいぶんむごいやつだ、お前の傷《いた》めたり殺したりするものが、いったいどんなものだかわかっているか、どんなものでもいのちは悲しいものなのだぞ。）と須利耶さまは重ねておさとしになりました。

（そうかもしれないよ。けれどもそうでないかもしれない。そうだとすればおれはいっそうおもしろいのだ。まあそんなくだらない話はやめろ、そんなことは昔の坊主どもの言うこった。見ろ、向こうを雁《かり》が行くだろう、おれは仕止めて見せる。）と従弟のかたは鉄砲を構えて、走って見えなくなりました。

須利耶さまは、その大きな黒い雁の列を、じっとながめて立たれました。そのときにわかに向こうから黒いとがった弾丸《たま》がのぼって、まっ先の雁の胸を射ました。

雁は二三べん揺《ゆ》らぎました。見る見るからだに火が燃えだし、世にも悲しく叫びながら、落ちて参ったのでございます。

弾丸がまたのぼって次の雁の胸をつらぬきました。それでもどの雁も逃げはいたしませんでした。

かえって泣き叫びながらも、落ちて来る雁に従いました。

第三の弾丸がのぼり、第四の弾丸がまたのぼりました。

六発の弾丸が六匹の雁を傷つけまして、一ばんしまいの小さな一匹だけが、傷つかずに残っていたのでございます。燃え叫ぶ六匹は、もだえながら空を沈み、しまいの一匹は泣いて従い、それでも雁の正しい列は決して乱れはいたしません。

そのとき須利耶さまの驚きには、いつか雁がみな空を飛ぶ人の形に変わっておりました。

赤い炎に包まれて、歎き叫んで手足をもだえ、落ちて参る六人、それからしまいにただ一人、完《まった》いものはかわいらしい天の子供でございました。

そして須利耶さまは、たしかにその子供に見覚えがございました。最初のものは、もはや地面に達しまする。それは白い鬚《ひげ》の老人で、倒れて燃えながら、骨立った両手を合わせ、須利耶さまを拝むようにして、せつなく叫びますのには、

(須利耶さま、須利耶さま、おねがいでございます。どうか私の孫をお連れくださいませ。)

もちろん須利耶さまは、はせ寄って申されました。

(いいとも、いいとも、確かにおれが引き取ってやろう。しかしいったいお前らは、どうしたのだ。)

そのとき次々に雁が地面に落ちて来て燃えました。大人《おとな》もあれば美しい瓔珞《ようらく》をかけた女子《おなご》もございました。その女子《おなご》はまっ赤《か》な炎に燃えながら、手をあのおしまいの子にのばし、子供は泣いてそのまわりをはせめぐったと申しまする。雁の老人が重ねて申しますには、

(私どもは天の眷属《けんぞく》でございます。罪があってただいままで雁の形を受けておりました。ただ今報いを果たしました。私どもは天に帰ります。ただ私の一人の孫はまだ帰れ

ませんか。これはあなたとは縁のあるものでございます。どうぞあなたの子にしてお育てを願います。おねがいでございます。）とこうでございます。

須利耶さまが申されました。

（いいとも、すっかりわかった。引き受けた。安心してくれ。）すると老人は手をさすって、地面に頭をたれたと思うと、もう燃えつきて影もかたちもございませんでした。須利耶さまも、従弟《いとこ》さまも鉄砲をもったままぼんやりと立っていられましたそうで、いったい二人いっしょに夢を見たのかとも思われましたそうですが、あとで従弟さまの申されますには、その鉄砲はまだ熱く、弾丸《たま》は減っており、そのみんなのひざまずいた所の草は、たしかに倒れておったそうでございます。そしてもちろんそこには、その童子が立っていられましたのです。

須利耶さまはわれにかえって童子に向かって言われました。

（お前はきょうからおれの子供だ。もう泣かないでいい。お前の前のおかあさんやにいさんたちは、立派な国にのぼって行かれた。さあおいで。）

須利耶さまはごじぶんのうちへ戻られました。途中の野原は青い石で、しんとして子供は泣きながらついて参りました。

須利耶さまは奥さまとご相談で、なんと名前をつけようか三四日お考えでございましたが、そのうち話はもう沙車全体にひろがり、みんなは子供を雁《かり》の童子と呼びましたので、須利耶さまもしかたなくそう呼んでおいででございました。」

老人はちょっと息を切りました。私は足もとの小さな苔《こけ》を見ながら、この怪しい、空から落ちて赤い炎につつまれ、かなしく燃えて行く人たちの姿を、はっきりと思い浮かべました。老人はしばらく私を見ていましたが、また語りつづけました。

「沙車の春の終わりには、野原いちめん楊《やなぎ》の花が光って飛びます。遠くの氷の山からは、白いなんとも言えず瞳《ひとみ》を痛くするような光が、日光の中をはって参ります。それから果樹がちらちらゆすれ、ひばりはそらですきとおった波をたてまする。

童子は早くも六つになられました。春のある夕方のこと、須利耶さまは雁から来たお子さまをつれて、町を通って参られました。ぶどういろの重い雲の下を、影法師の蝙蝠《こうもり》がひらひらと飛んで過ぎました。

子供らが長い棒にひもをつけて、それを追いました。

(雁の童子だ。雁の童子だ。)

子供らは棒を捨て、手をつなぎ合って大きな輪になり、須利耶さま親子を囲みました。

須利耶さまは笑っておいででございました。

子供らは声をそろえていつものようにはやしまする。

(雁の子、雁の子雁童子、
　空から須利耶におりて来た。)とこうでございます。

けれども一人の子供が冗談に申しますには、

(雁《かり》のすてご、雁のすてご、
　春になってもまだいるか。)

みんなはどっと笑いまして、それからどういうわけか、小さな石が一つ飛んで来て童子の頬《ほお》を打ちました。須利耶さまは童子をかばってみんなに申されますのには、

(おまえたちは何をするんだ。この子供は何か悪いことをしたか。冗談にも石を投げるなんていけないぞ。)

子供らが、叫んでばらばら走って来て、童子にわびたり、慰めたりいたしました。ある子は前掛けの衣嚢《かくし》から、干した無花果《いちじく》を出してやろうといたしました。

童子は初めからおしまいまでにこにこ笑っておられました。須利耶さまもお笑いになり、みんなを許して、童子を連れてそこをはなれなさいました。

そして浅黄の瑪瑙《めのう》の、しずかな夕もやの中で言われました。

(よくお前はさっき泣かなかったな。)

その時童子はおとうさまにすがりながら、

（おとうさん、わたしの前のおじいさんはね、からだに弾丸《たま》を七つ持っていたよ。）とこう申されたと伝えます。」

巡礼の老人は私の顔を見ました。

私もじっと老人のうるんだ目を見あげておりました。老人はまた語りつづけました。

「またある晩のこと童子は寝つけないでいつまでも床《とこ》の上でもがきなさいました。

（おっかさんねむられないよう。）とおっしゃりまする。

須利耶の奥さまは立って行って静かに頭をなでておやりなさいました。

童子さまの脳《あたま》はもうすっかり疲れて、白い網のようになって、ぶるぶるゆれ、その中に赤い大きな三日月が浮かんだり、そのへんいっぱいにぜんまいの芽のようなものが見えたり、また四角な変に柔らかな白いものが、だんだん広がって恐ろしい大きな箱になったりするのでございました。

かあさまはその額《ひたい》があまり熱いといって心配なさいました。

須利耶さまは写しかけの経文に、掌《て》を合わせて立ちあがられ、それから童子さまを立たせて、紅革《べにがわ》の帯を結んでやり、表へ連れておいでになりました。駅《まち》のどの家ももう戸を締めてしまって、一面の星の下に棟々《むねむね》が黒く並びました。その時童子はふと水の流れる音を聞かれました。そしてしばらく考えてから、

（おとうさん、水は夜でも流れるのですか。）とお尋ねです。須利耶さまは沙漠《さばく》の向こうからのぼって来た、大きな青い星をながめながら、お答えなされます。

（水は夜でも流れるよ。水は夜でも昼でも、平らなところでさえなかったら、いつまでもいつまでも流れるのだ。）

童子の脳《あたま》は急にすっかり静まって、そして今度は早くかあさまのところへお帰りなりとうなりまする。

（おとうさん。もう帰ろうよ。）と申されながら、須利耶さまのたもとを引っ張りなさいます。お二人は家にはいり、かあさまが迎えなされて戸の環《かん》をはめていられますうちに、童子はいつかご自分の床《とこ》に登って、着替えもせずにぐっすり眠ってしまわれました。

また次のようなことも申します。

ある日須利耶さまは童子と食卓におすわりなさいました。食べ物の中に、蜜《みつ》で煮た二つの鮒《ふな》がございました。須利耶の奥さまは、一つを須利耶さまの前に置かれ、一つを童子にお与えなされました。

（食べたくないよ。おっかさん。）童子が申されました。

（おいしいのだよ。どれ、箸《はし》をお貸し。）須利耶の奥さまは童子の箸をとって、魚《さかな》を小さく砕きながら、

（さあおあがり、おいしいよ。）と勧められます。

童子はかあさまの魚を砕く間、じっとその横顔を見ていられましたが、にわかに胸が変なぐあいに迫って来て、気の毒なような悲しいようななんともたまらなくなりました。くるっと立って鉄砲玉のように外へ走って出られました。そしてまっ白な雲のいっぱいに満ちた空に向かって、大きな声で泣きだしました。

まあどうしたのでしょう、と須利耶の奥さまが驚かれます。どうしたのだろう、行ってみろ、と須利耶さまも気づかわれます。そこで須利耶の奥さまは戸口にお立ちになりましたら、童子はもう泣きやんで笑っていられました。

とそんなことも申し伝えます。

またある時須利耶さまは童子をつれて馬市《うまいち》の中を通られましたら、一匹の子馬が乳を飲んでおったと申します。

黒い粗布《そふ》を着た馬商人《うまあきんど》が来て、子馬を引きはなし、もう一匹の子馬に結びつけ、そして黙ってそれを引いて行こうといたしまする。

母親の馬はびっくりして高く鳴きました。けれども子馬はぐんぐん連れて行かれまする。向こうの角《かど》を曲がろうとして、子馬は急いであと足を一方あげて、腹の蠅《はえ》をたたきました。

童子は母馬の茶いろな瞳《ひとみ》を、ちらっと横目で見られましたが、にわかに須利耶さまにすがりついて泣きだされました。けれども須利耶さまはおしかりなさいませんでした。ご自分の袖《そで》で童子の頭をつつむようにして、馬市を通りすぎてから、河岸《かし》の青い草の上に童子をすわらせて杏《あんず》の実を出しておやりになりながら、しずかにおたずねなさいました。

（お前はさっきどうして泣いたの。）

（だっておとうさん。みんなが子馬をむりに連れて行くんだもの。）

（馬はしかたない。もう大きくなったからこれからひとりで働くんだ。）

（あの馬はまだ乳を飲んでいたよ。）

（それはそばに置いては、いつまでも甘えるからしかたがない。）

（だっておとうさん。みんながあのおっかさんの馬にも子供の馬にもあとで荷物をいっぱいつけてひどい山へ連れて行くんだ。それから食べ物がなくなると殺して食べてしまうんだろう。）

須利耶さまは何げないふうで、そんな成人《おとな》のようなことを言うもんじゃないとはおっしゃいましたが、ほんとうは少しその天の子供が恐ろしくもお思いでした。とまあそう申し伝えます。

須利耶さまは童子を十二のとき、少し離れた首都《みやこ》のある外道《げどう》の塾にお入れなさいました。

童子のかあさまは、一生けん命機《はた》を織って塾料やこづかいやらをこしらえてお送りなさいました。

冬が近くて天山はもうまっ白になり、桑の葉が黄いろに枯れてカサカサ落ちましたころ、ある日のこと、童子がにわかに帰っておいでです。かあさまが窓から目ざとく見つけて出て行かれました。

須利耶さまは知らないふりで写経を続けておいでです。

(まあお前は今ごろどうしたのです。)

(私、もうおっかさんといっしょに働こうと思います。勉強している暇はないんです。)

かあさまは、須利耶さまの方に気がねしながら申されました。

(お前はまたそんなおとなのようなことを言って、しかたないではありませんか。早く帰って勉強して、立派になって、みんなのためにならないとなりません。)

(だっておっかさん。おっかさんの手はそんなにガサガサしているのでしょう。それだのに私の手はこんななんでしょう。)

(そんなことをお前が言わなくてもいいのです。だれでも年をとれば手は荒れます。そんな事より、早く帰って勉強をなさい。お前の立派になる事ばかり私には楽しみなんだから。おとうさんがお聞きになるとしかられますよ。ね、さあ、おいで。)とこう申されます。

童子はしょんぼり庭から道に出られました。それでもまた立ちどまってしまわれましたので、かあさまも出て行かれて、もっと向こうまでお連れになりました。そこは沼地でございました。かあさまは戻ろうとしてまた(さあ早くおいで、早く)とおっしゃったのでしたが、童子はやっぱりとまったまま、家の方をぼんやり見ておられますので、かあさまもしかたなくまた振り返って、蘆《あし》を一本抜いて小さな笛をつくり、それをお持たせになりました。

童子はやっと歩きだされました。そしてはるかに冷たい縞《しま》をつくる雲のこちらに、蘆がそよいで、やがて童子の姿が小さく小さくなってしまわれました。

にわかに空を羽音がして雁《かり》の一列が通りました時、須利耶さまは窓からそれを見て、思わずどきっとなされました。

そうして冬にはいりましたのでございます。

そのきびしい冬が過ぎますと、まず楊《やなぎ》の芽が温和《おとな》しく光り、沙漠《さばく》には砂糖水のようなかげろうが徘徊《はいかい》いたしまする。あんずやすももの白い花が咲き、次いでは木立ちも草地もまっ青《さお》になり、もはや玉髄の雲の峰が、四方の空をめぐるころとなりました。

ちょうどそのころ沙車の町はずれの砂の中から、古い沙車大寺のあとが掘り出されたとのことでございました。一つの壁がまだそのままで見つけられ、そこには三人の天の童子が描かれ、ことにその一人はまるで生きたようだとみんなが評判しましたそうです。あるよく晴れた日、須利耶さまは都に出られ、童子の師匠をたずねていろいろ礼を述べ、また三巻《まき》の粗布《そふ》を贈り、それから半日、童子をつれて歩きたいと申されました。

お二人は雑踏の通りを過ぎて行かれました。

須利耶さまが歩きながら、何げなく言われますには、

(どうだ、きょうの空の青いことは。お前がたの年は、ちょうど今あのそらへ飛びあがろうとして、羽をばたばた言わせているようなものだ。)

童子がたいへんに沈んで答えられました。

(おとうさん。私はおとうさんをはなれてどこへも行きたくありません。)

須利耶さまはお笑いになりました。

(もちろんだ。この人の大きな旅では、自分だけひとり遠い光の空へ飛び去ることはいけないのだ。)

（いいえ、おとうさん。私はどこへも行きたくありません。そしてだれもどこへも行かないでいいのでしょうか。）

とこういう不思議なお尋ねでございます。

（だれもどこへも行かないでいいかってどういうことだ。）

（だれもね、ひとりで離れてどこへも行かないでいいのでしょうか。）

（うん。それは行かないでいいだろう。）と須利耶さまはなんの気もなく、ぼんやりとこうお答えでした。

そしてお二人は町の広場を通り抜けて、だんだん郊外に来られました。砂がずうっとひろがっておりました。その砂が一ところ深く掘られて、たくさんの人がその中に立ってございました。

お二人もおりて行かれたのです。そこに古い一つの壁がありました。色はあせてはいましたが、三人の天の童子たちが描いてございました。

須利耶さまは思わずどきっとなりました。

何か大きな重いものが、遠くの空からばったりかぶさったように思われましたのです。

それでも何げなく申されますには、

（なるほど立派なもんだ。あまりよくできて、なんだかこわいようだ。この天童はどこかお前に似ているよ。)

須利耶さまは童子をふりかえりました。そしたら童子はなんだか、わらったまま倒れかかっていられました。

須利耶さまは驚いて急いで抱き留められました。童子はおとうさんの腕の中で、夢のようにつぶやかれました。

(おじいさんがお迎えをよこしたのです。)

須利耶さまは急いで叫ばれました。

(お前どうしたのだ。どこへも行ってはいけないよ。)

童子がかすかに言われました。

(おとうさん。お許しください。私はあなたの子です。この壁は前におとうさんが描《か》いたのです。)

人々が集まって口々に叫びました。

(雁《かり》の童子だ。雁の童子だ。)

童子はも一度、少しくちびるをうごかして何かつぶやいたようでございましたが、須利耶さまはもうそれをお聞きとりなさらなかったと申します。

私の知っておりますのはただこれだけでございます。」

老人はもう行かなければならないようでした。

私はほんとうになごり惜しく思い、まっすぐ立って合掌して申しました。

「尊《とうと》いお物語をありがとうございました。まことにお互いちょっと沙漠《さばく》のへりの泉でお目にかかって、ただ一時《ひととき》をいっしょに過ごしただけではございますが、これもかりそめの事ではないと存じます。ほんの通りがかりの二人の旅人とは見えますが、実はお互いがどんなものかもよくわからないのでございます。いずれはもろともに、善逝《すがた》の示された光の道を進み、かの無上菩提《むじょうぼだい》に至ることでございます。それではお別れいたします。さようなら。」

老人は黙って礼を返しました。何か言いたいようでしたが黙ってにわかに向こうを向き、今まで私の来た方の荒地にとぼとぼ歩きだしました。

私もまた、ちょうどその反対の方の、さびしい石原を合掌したまま進みました。

二十六夜

旧暦の六月二十四日の晩でした。

北上川《きたかみがわ》の水は黒の寒天よりももっとなめらかにすべり、獅子鼻《ししばな》はかすかな星のあかりの底に、まっくろに突き出ていました。

獅子鼻の上の松林は、もちろんもちろん、まっくろでしたが、それでも林の中にはいって行きますと、その足の長い松の木の高い梢《こずえ》が、一本一本空の天《あま》の川《がわ》や、星座にすかし出されて見えていました。

松かさだか鳥だかわからない黒いものが、たくさんその梢にとまっているようでした。

そして林の底の萱《かや》の葉は、夏の夜のしずくをもうポトポト落としておりました。

その松林のずうっとずうっと高いところで、だれかゴホゴホ唱えています。

「爾《そ》の時《とき》に疾翔大力《しっしょうたいりき》、爾迦夷《るかい》に告《つ》げて曰《いわ》く、諦《あきらか》に聴《き》け、諦《あきらか》に聴《き》け、善《よ》く之《これ》を思念《しねん》せよ。我今汝《われいまなんじ》に、梟鵄《きょうし》諸《もろもろ》の悪禽《あくきん》、離苦解脱《りくげだつ》の道《みち》を述《の》べんと。

爾迦夷《るかい》、即《すなわ》ち両翼《りょうよく》を開張《かいちょう》し、虔《うやうや》しく頸《くび》を垂《た》れて、座《ざ》を離《はな》れ、低《ひく》く飛揚《ひよう》して、疾翔大力《しっしょうたいりき》を讃嘆《さんたん》すること三匝《さんそう》にして、徐《おもむろ》に座《ざ》に復《ふく》し、拝跪《はいき》して唯願《ただねご》うらく、疾翔大力《しっしょうたいりき》、疾翔大力《しっしょうたいりき》、ただ我等《われら》が為《ため》に、これを説《と》き給《たま》え。ただ我等《われら》が為《ため》に、之《これ》を説《と》き給《たま》えと。

疾翔大力《しっしょうたいりき》、微笑《びしょう》して、金色《こんじき》の円光《えんこう》を以《もっ》て頭《こうべ》に被《こうむ》れるに、その光遍《ひかりあまね》く一座《いちざ》を照《てら》し、諸鳥《しょちょう》歓喜充満《かんきじゅうまん》せり。則《すなわ》ち説《と》いて曰《いわ》く、

汝等審《なんだちつまびらか》に諸《もろもろ》の悪業《あくごう》を作《つく》る。或《あるい》は夜陰《やいん》を以《もっ》て、小禽《しょうきん》の家《いえ》に至《いた》る。時《とき》に小禽《しょうきん》、既《すで》に終日日光《しゅうじつにっこう》に浴《よく》し、歌唄跳躍《かばいちょうやく》して疲労《ひろう》をなし、唯唯甘美《ただただかんび》の睡眠中《すいみんちゅう》にあり。汝等飛躍《なんだちひやく》して之《これ》を握《つか》む。利爪深《りそうふか》くその身《み》に入《い》り、諸《もろもろ》の小禽《しょうきん》、痛苦又声《つうくまたこえ》を発《はっ》するなし。則《すなわ》ち之《これ》を裂《さ》きて擅《ほしいまま》に噉食《たんじき》す。

或《あるい》は沼田《しょうでん》に至《いた》り、螺蛤《らこう》を啄《ついば》む。螺蛤軟泥中《らこうなんでいちゅう》にあり、心柔軟《こころにゅうなん》にして、唯温水《ただおんすい》を憶《おも》う。時《とき》に俄《にわ》かに身《み》、空中《くうちゅう》にあり、或《あるい》は直《ただ》ちに身《み》を破《やぶ》る。悶乱声《もんらんこえ》を絶《ぜっ》す。汝等之《なんだちこれ》を噉食《たんじき》するに、又懺悔《またざんげ》の念《ねん》あることなし。

斯《かく》の如《ごと》きの諸《もろもろ》の悪業《あくごう》、挙《あ》げて数《かぞ》うるなし。悪業《あくごう》を以《もっ》ての故《ゆえ》に、更《さら》に又諸《またもろもろ》の悪業《あくごう》を作《つく》る。継起《けいき》して遂《つい》に竟《おわ》ることなし。昼《ひる》は則《すなわ》ち日光《にっこう》を懼《おそ》れ、又人及諸《またひとおよびもろもろ》の強鳥《きょうちょう》を恐《おそ》る。心暫《こころしばら》くも安《やす》らかなることなし。一度梟身《ひとたびきょうしん》を尽《つく》して、又新《またあらた》に梟身《きょうしん》を得《う》。審《つまびらか》に諸《もろもろ》の苦患《くげん》を被《こうむ》りて又尽《またつく》ることなし。」

にわかに声が絶え、林の中はしいんとなりました。ただかすかなかすかなすすり泣き

の声が、あちこちに聞こえるばかり、たしかにそれは梟《ふくろう》のお経《きょう》だったのです。

しばらくたって、西の遠くの方を、汽車のごうと走る音がしました。その音は、今度は東の方の丘に響いて、ごとんごとんとこだまをかえして来ました。

林はまたしずまりかえりました。よくよく梢《こずえ》をすかして見ましたら、やっぱりそれは梟《ふくろう》でした。一匹の大きなのは、林の中のいちばん高い松の木の、いちばん高い枝にとまり、そのまわりの木のあちこちの枝には、大きなのや小さいのや、もうたくさんの梟が、じっととまってだまっていました。ほんのときどき、かすかなかすかなため息の音や、すすり泣きの声がするばかりです。

ゴホゴホ声がまた起こりました。

「ただ今のご文は、梟鵄守護章《きょうしじゅごしょう》というて、たれも存知《ぞんじ》のありがたいお経の中の一とこじゃ。ただ今から、暫時《ざんじ》の間、そのご文の講釈をいたす。みなの衆、ようく心を留めて聞かしゃれ。せっかく鳥に生まれて来ても、ただ腹がすいた、取って食う、眠くなった、巣にはいるでは、なんのしょせんもないことじゃぞよ。それも鳥に生まれてただやすやすと生きるというても、まことはただの一日とても、ただごとではないのぞよ。こちらが一日生きるには、すずめやつぐみや、たにしやみみずが、十や二十も殺されねばならぬ。ただ今のご文にあらしゃるとおりじゃ。

ここの道理をよく聞きわけて、必ずうかうか短い一生をあだにすごすではないぞよ。これからご文にはいるじゃ。子供らも、こらえて眠るではないぞ。よしか。」

林の中はまたしいんとなりました。さっきの汽車が、まだ遠く遠くの方で鳴っています。

「爾《そ》の時に疾翔大力《しっしょうたいりき》、爾迦夷《るかい》に告げて曰《いわ》くと、まず疾翔大力とは、いかなるおかたじゃか、それを話さなければならんじゃ。

疾翔大力と申しあげるは、捨身大菩薩《しゃしんだいぼさつ》のことじゃ。もと鳥の中から菩提心《ぼだいしん》を発《おこ》して、発願《ほつがん》した大力の菩薩じゃ。疾翔とは早く飛ぶということじゃ。捨身菩薩がもとの鳥の形に身をなして、空をお飛びになるときは、一揚《いちよう》というて、一はばたきに、六千由旬《ゆじゅん》を行きなさる。そのいわれより疾翔と申さるる。大力というは、お徳によって、たとえ火の中水の中、ただこの菩薩を念ずるものは、捨身大菩薩、必ず飛び込んで、お救いになり、その浄明《じょうみょう》の天上にお連れなさる、その時火に入って身の毛一つも傷つかず、水にくぐって、羽、ちりほどもぬれぬというそのお徳をば、大力とこう申しあげるのじゃ。されば疾翔大力《しっしょうたいりき》とは捨身大菩薩《しゃしんだいぼさつ》を、鳥より申しあげる別号じゃ。まあそう申しては失礼なれど、鳥より仰ぎ奉る一つのあだ名じゃと、こう考えてよろしかろう。」

声がしばらくとぎれました。林はしいんとなりました。ただ下の北上川の淵《ふち》で、鱒《ます》か何かのはねる音が、バチャンと聞こえただけでした。

梟《ふくろう》の、きっと大僧正《だいそうじょう》か僧正《そうじょう》でしょう。坊さんの講義がまたはじまりました。

「さらば疾翔大力は、いかなればとて、われわれ同様賤《いや》しい鳥の身分より、そのような結構のお身となられたか。結構のことじゃ。

ご自分もまたほかのいっさいのものも、本願のごとくにお救いなされることなのじゃ。さほど尊いご身分に、いかなことでなられたかとなれば、なかなか容易なことではあらぬぞよ。

疾翔大力さまは、もとは一匹のすずめでござらしゃったのじゃ。南天竺《なんてんじく》の、あの家《や》の棟《むね》に棲《す》まわれた。ある年非常な饑饉《ききん》が来て、米もとれねば木の実もならず、草さえ枯れたことがござった。鳥もけものもみな飢え死にじゃ。人もばたばた倒れたじゃ。もう炎天と飢渇《きかつ》のために人にも鳥にも、親兄弟の見さかいなく、この世からなる餓鬼道じゃ。その時疾翔大力は、まだ力ないすずめでござらしゃったなれど、つくづくこれをご覧じて、世のあさましさはかなさに、涙をながしていらしゃれた。中にもその家の親子二人、子はまだ六つになるならず、母親とてもその大飢渇に、どこから食《じき》を得《う》るでなし、もうあすあすに二人もろとも、みすみす餓死を待ったのじゃ。この時、疾翔大力は、上よりこれをながめられ、あまりのことに、しばしは途方にくれなされたが、日ごろの恩を報ずるは、ただこの時と勇み立ち、つかれた羽をうちのばし、はるか遠くの林まで、親子の食《じき》をたずねたげな。一念天に届いたか、ある大林のその中に、名さえも知らぬ木なれども、色もにおいもいと高き、十の木の実をお見つけなされたじゃ。さればもはや、疾翔大力は、われを忘れて、十たびその実をおのがあるじの棟《むね》に運び、親子の上より落とされたじゃ。その十たび目は、あまりの飢えと身にあまる、その実の重さにまなこもくらみ、五たび地に落ちたれど、ただ報恩の一念についご自分にはその実を啄《ついば》みなさらなんだ、おもいとどいてその十番目の実を、無事に親子に届けたとき、あまりの疲れと張りつめた心のゆるみに、ついそのままにお倒れなされたじゃ。されどもややあって正気に復し下の模様を見てあれば、いかにもその子は勢いも増し、ただいたいけなく喜んでいるごとくなれども、親はかの実も自らは口にせなんだじゃ、いよいよ飢えて倒れるようす、疾翔大力これを見て、はやこの上はこの身をもって親の餌食《えじき》とならんものと、いきなり堅く身をちぢめ、息を殺してはりより床《ゆか》へと落ちなされたのじゃ。その痛さより、身は砕くるかと思えども、なおも命はあらしゃった。されども慈悲もある人の、生きたと見てはとても食《たう》べはせまいとて、息を殺し目をつぶっていられたじゃ。そしてとうとう願いかなってその親子をば養われたじゃ。その功徳《くどく》より、疾翔大力様は、ついに仏にあわれたじゃ。そして次第に法力《ほうりき》を得て、やがてはさきにも申したごとく、火の中に入れどもその毛一つも傷つかず、水に入れどもその羽一つぬれぬという、大力《だいりき》の菩薩となられたじゃ。今このご文は、この大菩薩が、悪業《あくごう》のわれらをあわれみて、救護《くご》の道をば説かしゃれた、その始めの方じゃ。しばらく休んで次の講座で述べるといたす。

南無《なむ》疾翔大力《しっしょうたいりき》　南無《なむ》疾翔大力《しっしょうたいりき》

みなの衆しばらくゆるりとやすみなされ。」

いちばん高い木の黒い影が、ばたばた鳴って向こうの低い木の方へ移ったようでした。やっぱり梟《ふくろう》だったのです。

それと同時に、林の中はにわかにばさばさ羽の音がしたり、くちばしのカチカチ鳴る音、低くごろごろつぶやく音などで、いっぱいになりました。天《あま》の川《がわ》がだいぶまわり、大熊星《おおくまぼし》がチカチカまたたき、それから東の山脈の上の空は、ぼおっと古めかしい黄金《きん》いろに明るくなりました。

前の汽車と停車場で交換したのでしょうか、こんどは南の方へごとごと走る音がしました。なんだか車のひびきがたいへんおそく、貨物列車らしかったのです。

そのとき、黒い東の山脈の上に、何かちらっと黄いろなとがった変なかたちのものがあらわれました。梟どもはにわかにざわっとしました。二十四日の黄金《きん》の角《つの》、鎌《かま》の形の月だったのです。たちまちすうっとのぼってしまいました。沼の底の光のような、おぼろな青いあかりが、ぼおっと林の高い梢《こずえ》にそそぎ、一匹の大きな梟が、翅《はね》をひるがえしているのも、ひらひら銀いろに見えました。さっきの説教の松の木のまわりになった六本には、どれにも四匹から八匹ぐらいまで梟がとまっていました。低く出た三本のならんだ枝に、三匹の子供の梟がとまっていました。きっと兄弟だったでしょうが、どれも銀いろで大いさはみな同じでした。その中でこちらの二匹はだいぶあきているようでした。片っ方の翅《はね》をひらいたり、片足でぶるぶる立ったり、枝へつめを引っかけてくるっと逆さになって、小笠原島《おがさわらじま》のこうもりのまねをしたりしていました。

それから何か言っていました。

「そら、大の字やって見せようか。大の字なんかなんでもないよ。」

「大の字なんか、僕だってできらあ。」

「できるかい。できるならやってごらん。」

「そら。」その小さな子供の梟は、ほんのちょっとの間、消防のやるような逆さ大の字をやりました。

「なんだい。そればっかしかい。そればっかしかい。」

「だって、やったんならいいんだろう。」

「大の字にならなかったい。ただの十の字だったい、足が開かないじゃないか。」

「おい、おとなしくしろ、みんなに笑われるぞ。」すぐ上の枝にいたおとうさんの梟が、その大きなぎらぎら青びかりする目で、こっちを見ながら言いました。目のまわりの赤いくまもはっきり見えました。

ところがなかなか小さな梟の兄弟は、言うことをききませんでした。

「十の字、ほう。たての棒の二つある十の字があるだろうか。」

「二つに開かなかったい。」

「開いたよ。」

「なんだ生意気な。」もう一匹は枝から飛び立ちました。もう一匹も飛び立ちました。

二匹はばたばた蹴《け》り合って、はねが月の光に銀色にひるがえりながら下へ落ちました。

おっかさんの梟《ふくろう》らしい、さっきのおとうさんのとならんでいた茶いろの少し小型のが、すうっと下へおりて行きました。それから下の方で泣き声が起こりました。けれどもまもなくおっかさんの梟は、もとのところへ飛びあがり、小さな二匹ものぼって来て、二匹とももとのところにとまって、片足で目をこすりました。

おっかさんの梟がも一度しかりました。その目も青くぎらぎらしました。

「ほんとうにお前たちったらしかたがないねえ。みなさんの見ていらっしゃるところで、もうすぐきっとけんかするんだもの。なぜ穂吉《ほきっ》ちゃんのように、じっとおとなしくしていないんだろうねえ。」

穂吉《ほきち》と呼ばれた梟は、三匹の中ではいちばん小さいようでしたが、いちばんおとなしいようでした。

じっとまっすぐを向いて、枝にとまったまま、はじめからおしまいまで、しんとしていました。

その木のいちばん高い枝にとまり、からだじゅう銀いろで大きく頬《ほお》をふくらせ、今の講義のやすみのひまを、水銀のような月光をあびて、ゆらりゆらりといねむりしているのは、たしかに梟のおじいさんでした。

月はもうよほど高くなり、星座もずいぶんめぐりました。蝎座《さそりざ》は西へ沈むところでしたし、天の川もすっかり斜めになりました。

向こうの低い松の木から、さっきの年よりの坊さん梟が、斜めに飛んでさっきのとおり、説教の枝にとまりました。

急に林のざわざわがやんで、しずかにしずかになりました。風のためか、今まで聞こえなかった遠くの瀬の音が、ひびいて参りました。

坊さんの梟は、ゴホンゴホンと二つ三つせきばらいをして、またはじめました。

「爾《そ》の時《とき》に疾翔大力《しっしょうたいりき》、爾迦夷《るかい》に告《つ》げて曰《いわ》く、諦《あきら》かに聴《き》け、諦《あきら》かに聴《き》け。善《よ》く之《これ》を思念《しねん》せよ。我今汝《われいまなんじ》に、梟鵄諸《きょうしもろもろ》の悪禽《あくきん》、離苦解脱《りくげだつ》の道《みち》を述《の》べんと。

爾迦夷《るかい》、則《すなわ》ち両翼《りょうよく》を開張《かいちょう》し、虔《うやうや》しく頸《くび》を垂《た》れて、座《ざ》を離《はな》れ、低《ひく》く飛揚《ひよう》して、疾翔大力《しっしょうたいりき》を讃嘆《さんたん》すること三匝《さんそう》にして、徐《おもむろ》に座《ざ》に復《ふく》し、拝跪《はいき》して唯願《ただねご》うらく、疾翔大力《しっしょうたいりき》、疾翔大力《しっしょうたいりき》、ただ我等《われら》が為《ため》に、これを説《と》き給《たま》え。ただ我等《われら》が為《ため》にこれを説《と》き給《たま》えと。

疾翔大力《しっしょうたいりき》、微笑《びしょう》して、金色《こんじき》の円光《えんこう》を以《もっ》て頭《こうべ》に被《こうむ》れるに、その光遍《ひかりあまね》く一座《いちざ》を照《てら》し、諸《しょ》鳥歓喜充満《ちょうかんきじゅうまん》せり。則《すなわ》ち説《と》いて曰《いわ》く、

汝等審《なんだちつまびらか》に諸《もろもろ》の悪業《あくごう》を作《つく》る。或《あるい》は夜陰《やいん》を以《もっ》て、小禽《しょうきん》の家《いえ》に至《いた》る。時《とき》に小禽《しょうきん》、既《すで》に終《しゅう》日日光《じつにっこう》に浴《よく》し、歌唄跳躍《かばいちょうやく》して疲労《ひろう》をなし、唯唯甘美《ただただかんび》の睡眠中《すいみんちゅう》にあり。汝等飛躍《なんだちひやく》して之《これ》を握《つか》む。利爪深《りそうふか》くその身《み》に入《い》り、諸《もろもろ》の小禽《しょうきん》、痛苦又声《つうくまたこえ》を発《はっ》するなし。則《すなわ》ち之《これ》を裂《さ》きて擅《ほしいまま》に噉食《たんじき》す。或《あるい》は沼田《しょうでん》に至《いた》り、螺蛤《らこう》を啄《ついば》む。螺蛤軟泥中《らこうなんでいちゅう》にあり、心柔軟《こころにゅうなん》にして、唯温水《ただおんすい》を憶《おも》う。時《とき》に俄《にわ》かに身《み》、空中《くうちゅう》にあり、或《あるい》は直《ただ》ちに身《み》を破《やぶ》る、悶乱声《もんらんこえ》を絶《ぜっ》す。汝等之《なんだちこれ》を噉食《たんじき》するに、又懺悔《またざんげ》の念《ねん》あることなし。

斯《かく》の如《ごと》きの諸《もろもろ》の悪業《あくごう》、挙《あ》げて数《かぞ》うるなし。悪業《あくごう》を以《もっ》ての故《ゆえ》に、更《さら》に又諸《またもろもろ》の悪業《あくごう》を作《つく》る。継起《けいき》して遂《つい》に竟《おわ》ることなし。昼《ひる》は則《すなわ》ち日光《にっこう》を懼《おそ》れ、又人及《またひとおよび》諸《もろもろ》の強鳥《きょうちょう》を恐《おそ》る。心暫《こころしばら》くも安《やす》らかなることなし。一度梟身《ひとたびきょうしん》を尽《つく》して、又新《またあらた》に梟身《きょうしん》を得《う》。審《つまびらか》に諸《もろもろ》の苦患《くげん》を被《こうむ》りて又尽《またつく》ることなし。

で、前の座では、捨身菩薩《しゃしんぼさつ》を疾翔大力《しっしょうたいりき》と呼びあげるわけあい、また、その願成《がんじょう》の因縁《いんねん》をお話しいたしたじゃが、次に爾迦夷《るかい》に告げて曰《いわ》くとある。爾迦夷というはこのときわれらと同様梟《ふくろう》じゃ。われらのご先祖と、いっしょにお棲《す》まいなされたおかたじゃ。今でも爾迦夷上人《るかいしょうにん》と申し上げて、毎月十三日がご命日じゃ。いずれの家でも、梟の限りは、十三日には楢《なら》の木の葉を取って参って、爾迦夷上人さまにさしあげるということをやるじゃ。これは爾迦夷さまが楢の木にお棲まいなされたからじゃ。この爾迦夷さまは、早くから梟の身のあさましいことをご覚悟あそばされ、出離《しゅつり》の道を求められたじゃげなが、とうとうその一心のかいあって、疾翔大力さまにめぐりあい、ついにその尊《とうと》い教えを聴聞《ちょうもん》あって、天上へ行かしゃれた。その爾迦夷さまへのご説法じゃ。諦《あきら》かに聞け、諦《あきら》かに聞け。善《よ》く之《これ》を思念せよ。と。心をしずめてよく聞けよ、心をしずめてよく聞けよということじゃ。いずれの説法の座でも、よくよく心をしずめ、耳をすまして聞くことはたいせつなのじゃ。上《うわ》の空で聞いていたではなんにもならぬじゃ。」

ところがこのとき、さっきのけんかをした二匹の子供の梟が、もう説教を聞くのはあきて、お互いにらめくらをはじめていました。

そこは茂りあった枝のかげで、まっくらでしたが、二匹はどっちもあらんかぎり、りんと眼を開いていましたので、ぎろぎろ燐《りん》を燃したように青く光りました。そこでとう

とう二人とも一ぺんにふき出していっしょに、

「お前の目は大きいねえ。」と言いました。

その声は幸いに少しつんぼの坊さんには聞こえませんでしたが、ほかの梟たちはみんなこっちを振り向きました。兄弟の穂吉という梟《ふくろう》は、そこでたいへんきまり悪く思って、もじもじしながら頭だけはじっとたれていました。二匹はみんなのこっちを見るのを、枝のかげになってかくれるようにしながら、

「おい、もう逃げて遊びに行こう。」

「どこへ。」

「実相寺《じっそうじ》の林さ。」

「行こうか。」

「うん、行こう。穂吉ちゃんも行かないか。」

「ううん。」穂吉は頭をふりました。

「我今汝《われいまなんじ》に、梟鵄《きょうし》諸《もろもろ》の悪禽《あくきん》、離苦解脱《りくげだつ》の道を述べんということは。」説教がまた続きました。

二匹はもうそっと逃げ出し、穂吉はいよいよ堅くなって、兄弟三人分一人で聞こうというふうでした。

＊　＊

その次の日の六月二十五日の晩でした。

ちょうどゆうべと同じ時刻でしたのに、説教はまだ始まらず、あの説教の坊さんは、目をつむってだまって説教の木の高い枝にとまり、まわりにゆうべと同じにとまったたくさんの梟どもは、なぜかたいへんみな興奮している模様でした。女の梟には、おろおろ泣いているのもありましたし、男の梟は、もうとてもこうしていられないというように、プリプリしていました。それにあのゆうべの三人兄弟の家族の中では、いちばん高いところにいるおじいさんの梟は、もうすっかり目を泣きはらして、頬《ほお》がときどき、びくびくいい、涙は声なくその赤くふくれた目から落ちていました。

もちろん梟のおっかさんは、しくしく泣いていました。乱暴ものの二匹の兄弟も、不思議にその晩はきちんとすわって、大きな目をじっと下に落としていました。

また梟のおとうさんは、しきりに西の方を見ていました。けれどもいったいどうしたのか、あのおとなしい穂吉の形が見えませんでした。

風が少し出て来ましたので、松の梢《こずえ》はみなしずかにゆすれました。

空にはところどころ雲もうかんでいるようでした。それは星が、あちこちめくらにでもなったように黒くて、光っていなかったからです。

にわかに西の方から、一匹の大きな褐色《かっしょく》の梟《ふくろう》が飛んで来ました。そしてみんなの入り口の低い木にとまって、声をひそめて言いました。

「やっぱりだめだ。穂吉さんも、もうあきらめているようだよ。さっきまでは、ばたばたばたばた言っていたけれども、もう今はおとなしく臼《うす》の上にとまっているよ。それからひもがなんだか変わったようだよ。前は右足だったが、今度は左足に結びつけられて、それにひもの色が赤いんだ。けれどもただひとついいことは、みんなたいてい寝てしまったんだ。さっきまで穂吉さんの目を指でつつこうとした子供などは、腹かけだけして、大の字になって寝ているよ。」

穂吉のおっかさんの梟は、まるで火がついたように声をあげて泣きました。それにつれて林じゅうの女の梟が、みんなしいんしいんと泣きました。

梟の坊さんは、じっと星空を見あげて、それからしずかにたずねました。

「この世界は全くこのとおりじゃ。ただもうみんなかなしいことばかりなのじゃ。どうしてまたあんなおとなしい子が、人につかまるようなところに出たもんじゃろうなあ。」

説教の木のとなりにいたねずみいろの梟は、うやうやしく答えました。

「けさあけ方近くなってから、兄弟三人で出かけたそうでございます。いつも人の来るようなところではなかったのでございます。そのうち朝日が出ましたので、まぶしさに三人とも、しばらく目をつむっていたそうでございます。すると、ちょうど子供が二人草刈りに来ていましたそうで、穂吉もそれを知らないうちに、一人がそっとのぼって来て、穂吉の足をつかまえてしまったと申します。」

「ああ、あわれなことじゃ、ふびんなはなしじゃ、あんなおとなしいいい子でも、なんの因果じゃやら。できるなればわしなどで代わってやりたいじゃ。」

林はまたしいんとなりました。しばらくたって、またばたばたと一匹の梟が飛んで戻って参りました。

「穂吉さんはね、臼の上をあるいていたよ。あの赤いひもを引き裂こうとしていたようだったけれど、なかなか容易じゃないんだ。私はもう、どこかすきまから飛び込んで行って、手伝ってあげようと、何べんも何べんも家のまわりを飛んで見たけれども、どこにもあいているところはないんだろう。ほんとうにかわいそうだねえ。穂吉さんは、けれども泣いちゃいないよ。」

梟のおっかさんが泣いて、大きな目をまぶしそうにしょぼしょぼしながらたずねました。

「あの家に猫《ねこ》はいないようでございましたか。」

「ええ、猫《ねこ》はいなかったようですよ。きっといないんです。ずいぶんしばらく、私はのぞいていたんですけれど、とうとう見えなかったのですから。」

「そんなら、まあ、安心でございます。ほんとうにみなさまに飛んだご迷惑をかけてお申しわけもございません。みんな穂吉の不注意からでございます。」

「いいえ、いいえ、そんなことはありません。あんな賢いお子さんでも災難というものはしかたありません。」

林じゅうの女の梟がまるで口々に答えました。その音は二町ばかり西の方の、大きな藁屋根《わらやね》の中に捕《と》られている穂吉のところまで、ほんのかすかにでしたけれども聞こえたのです。

梟《ふくろう》のおじいさんが、たびたび声がかすれながら梟のおとうさんに言いました。

「もうそうなってはしかたない。お前は行って穂吉にそっと、教えてやったらよかろう。もうこの上は決してばたばたもがいたり、おこって人にかみ付いたりしてはいけない。きょうじゅうだれもお前を殺さないところを見ると、きっと田螺《たにし》か何かで飼って置くつもりだろうから、今までのようにおとなしくして、決して人に逆らうな、とな。こう言うて教えて来たらよかろう。」

梟のおとうさんは、首をたれてだまって聞いていました。梟の和尚《おしょう》さんも、遠くからこれにできるだけ耳を傾けていましたが、だいたいそのわけがわかったらしく言い添えました。

「そうじゃ、そうじゃ。いい分別じゃ。ついでにこう教えて来なされ。このようなひどい目におうて、何悪いことしたむくいじゃと、恨むようなことがあってはならぬ。この世の罪も数知らず、さきの世の罪も数かぎりない事じゃほどに、この災難もあるのじゃと、よくあきらめて、あんまりひとり嘆くでない、あんまり泣けば心も沈み、からだもとかくそこねるじゃ。たとえ足にはひもがあるとも、今ここへ来て、はじめてとまったところじゃと、いつも気軽にいねばならぬ、とな。こう言うてくだされ。ああ、されども、されども、とられた者はまた別じゃ。なんのさわりも無いものが、とやこう言うても、なんにもならぬ。ああかわいそうなことじゃ。ふびんなことじゃ。」

おとうさんの梟は何べんも頭を下げました。

「ありがとうございます。ありがとうございます。もうきっとそう申し伝えて参ります。こんなおことばを伝え聞いたら、もう死んでもよいと申しますでございましょう。」

「いや、いや、そうじゃ。こうも言うてくだされ。いくら飼われるときまっても、子供心はもとよりいっこうたよりないもの、また近くには猫《ねこ》犬などもおることじゃ、もし万一の場合には、ただあの疾翔大力《しっしょうたいりき》のおん名を唱えなされとな。そう言うてくだされ。

おおふびんじゃ。」

「ありがとうございます。では行って参ります。」

梟《ふくろう》のおっかさんが、泣きむせびながら申しました。

「ああ、もしどうぞ、いのちのある間は朝夕二度、私に聞こえるよう高く鳴いてくれとおっしゃってくださいませ。」

「いいよ。ではみなさん、行って参ります。」

梟のおとうさんは、二三度羽ばたきをしてみてから、音もなくすべるように向こうへ飛んで行きました。梟の坊さんが、それをじっと見送っていましたが、にわかにからだをりんとして言いました。

「みなの衆。いつまで泣いてもはてないじゃ。ここの世界は苦界《くがい》という、また忍土《にんど》とも名づけるじゃ。みんなせつないことばかり、涙のかわくひまはないのじゃ。ただこの上は、われらと衆生と、早くこの苦を離れる道を知るのが肝要じゃ。この因縁でみなの衆も、よくよく心をひそめて聞きなされ。ただ一人でも穂吉のことから、まことに菩提《ぼだい》の心を発《おこ》すなれば、穂吉の功徳《くどく》またこの座のみなの衆の功徳、かぎりもあらぬことなれば、必ずとくと聴聞《ちょうもん》なされや。昨夜の続きを講じます。

爾《そ》の時《とき》に疾翔大力《しっしょうたいりき》、爾迦夷《るかい》に告《つ》げて曰《いわ》く、諦《あきらか》に聴《き》け、諦《あきらか》に聴《き》け、善《よ》く之《これ》を思念《しねん》せよ。

我今汝《われいまなんじ》に、梟鵄諸《きょうしもろもろ》の悪禽《あくきん》、離苦解脱《りくげだつ》の道《みち》を述《の》べんと。

爾迦夷《るかい》、則《すなわ》ち両翼《りょうよく》を開張《かいちょう》し、虔虔《うやうや》しく頸《くび》を垂《た》れて、座《ざ》を離《はな》れ、低《ひく》く飛揚《ひよう》して、疾翔大《しっしょうたい》力《りき》を讃嘆《さんたん》すること三匝《さんそう》にして、徐《おもむろ》に座《ざ》に復《ふく》し、拝跪《はいき》して唯願《ただねご》うらく、疾翔大力《しっしょうたいりき》、疾翔大《しっしょうたい》力《りき》、ただ我等《われら》が為《ため》に、これを説《と》き給《たま》え。ただ我等《われら》が為《ため》に、これを説《と》き給《たま》えと。

疾翔大力《しっしょうたいりき》、微笑《びしょう》して、金色《こんじき》の円光《えんこう》を以《もっ》て頭《こうべ》に被《こうむ》れるに、その光遍《ひかりあまね》く一座《いちざ》を照《てら》し、諸鳥《しょちょう》歓喜充満《かんきじゅうまん》せり。則《すなわ》ち説《と》いて曰《いわ》く、

汝等審《なんだちつまびらか》に諸《もろもろ》の悪業《あくごう》を作《つく》る。或《あるい》は夜陰《やいん》を以《もっ》て、小禽《しょうきん》の家《いえ》に至《いた》る。時《とき》に小禽《しょうきん》、既《すで》に終《しゅう》日日光《じつにっこう》に浴《よく》し、歌唄跳躍《かばいちょうやく》して疲労《ひろう》をなし、唯唯甘美《ただただかんび》の睡眠中《すいみんちゅう》にあり。汝等飛躍《なんだちひやく》して之《これ》を握《つか》む。利爪深《りそうふか》くその身《み》に入《い》り、諸《もろもろ》の小禽《しょうきん》、痛苦又声《つうくまたこえ》を発《はっ》するなし。則《すなわ》ち之《これ》を裂《さ》きて擅《ほしいまま》に噉食《たんじき》す。或《あるい》は沼田《しょうでん》に至《いた》り、螺蛤《らこう》を啄《ついば》む。螺蛤軟泥中《らこうなんでいちゅう》にあり、心柔軟《こころにゅうなん》にして、唯温水《ただおんすい》を憶《おも》う。時《とき》に俄《にわ》かに身《み》、空中《くうちゅう》にあり、或《あるい》は直《ただ》ちに身《み》を破《やぶ》る、悶乱声《もんらんこえ》を絶《ぜっ》す。汝等之《なんだちこれ》を噉食《たんじき》するに、又懺悔《またざんげ》の念《ねん》あることなし。斯《かく》の如《ごと》きの諸《もろもろ》の悪業《あくごう》、挙《あ》げて数《かぞ》うるなし。悪業《あくごう》を以《もっ》ての故《ゆえ》に、更《さら》に又諸《またもろもろ》の悪業《あくごう》を作《つく》る。継起《けいき》して遂《つい》に竟《おわ》ることなし。昼《ひる》は則《すなわ》ち日光《にっこう》を懼《おそ》れ、又人及《またひとおよび》諸《もろもろ》の強鳥《きょうちょう》を恐《おそ》る。心暫《こころしばら》くも安《やす》らかなることなし。一度梟身《ひとたびきょうしん》を尽《つく》して、又新《またあらた》に梟身《きょうしん》を得《う》。審《つまびらか》に諸《もろもろ》の苦患《くげん》を被《こうむ》りて、又尽《またつく》ることなし。

で前の晩は、諸鳥歓喜充満《しょちょうかんきじゅうまん》せりまで、文《もん》のごとくに講じたが、この席はその次じゃ。

則《すなわ》ち説いて曰《いわ》くと、これは疾翔大力さまが、爾迦夷上人のご懇請によって、直ちに説法をなされたとこうじゃ。汝等審《なんだちつまびらか》に諸《もろもろ》の悪業《あくごう》を作ると汝等《なんだち》というは、元来はわれわれ梟《ふくろう》や鵄《とび》などに対して申さるるのじゃが、ご本意は梟にあるのじゃ、あとのご文の罪相を拝するに、みなわれわれのことじゃ。悪業というは、悪《あく》は悪いじゃ、業《ごう》とは梵語《ぼんご》でカルマというて、すべて過去になしたることのまだ報《ほう》となってあらわれぬを業という。。善業悪業あるじゃ。ここでは悪業という、その事がらを次にあげなされたじゃ。或《あるい》は夜陰を以《もっ》て、小禽《しょうきん》の家に至ると。みなの衆。他人事《ひとごと》ではないぞよ。よくよく自らの胸にたずねてみなされ。夜陰とは夜のくらやみじゃ。以てとは、これに乗じてというがようの意味じゃ。夜のくらやみに乗じてと、こうじゃ。小禽の家に至る。小禽とは、すずめ、山雀《やまがら》、四十雀《しじゅうから》、ひわ、もず、みそさざい、かけす、つぐみ、すべて形小《しょう》にして、力ないものは、みな小禽じゃ。その形小さく力無い鳥の家に参るというのじゃが、参るというてもただたずねて参るでもなければ、遊びに参るでもないじゃ。内に深く残忍の想《おもい》を潜め、外また恐るべく悲しむべき夜叉相《やしゃそう》を浮かべ、密《ひそ》やかに忍んで参るとこういうことじゃ。このご説法のころは、われらの心もいまだなかなか善心もあったじゃ、小禽の家に至るとお説きなされば、はや聴法《ちょうぼう》の者、みな慄然《りつぜん》として座に耐えなかったじゃ。今はなかなかそうでない。今ならば、疾翔大力《しっしょうたいりき》さま、まだまだ強く烈しくご説法であろうぞよ。

みなの衆、よくよく心にしみて聞いてくだされ。

次のご文は、時に小禽既《しょうきんすで》に終日日光に浴し、歌唄《かばい》跳躍して疲労をなし、唯唯《ただただ》甘美の睡眠中にあり。他人事《ひとごと》ではないぞよ。どうじゃ、けさもけさとて穂吉どの、ところを替えてこの身の上じゃ。」

説法の坊さんの声が、にわかにおろおろして変わりました。穂吉のおっかさんの梟《ふくろう》はまるで絹を裂くように泣きだし、一座の女の梟は、たちまちそれについて泣きました。

それから男の梟も泣きました。林の中は、ただむせび泣く声ばかり、風も出て来て、木はみなぐらぐらゆれましたが、なかなかたれも泣きやみませんでした。

星はだんだんめぐり、赤い火星ももう西ぞらにはいりました。梟の坊さんはしばらくゴホゴホ咳嗽《せき》をしていましたが、やっと心を取り直してまた講義をつづけました。

「みなの衆、まずためしに、自分がみそさざいにでもなったと考えてごろうじな。天道さまが、東の空へ金色の矢を射なさるじゃ、林樹は青く枝は揺るる、楽しく歌をばうとうのじゃ、仲よくおうた友だちと、枝から枝へ木から木へ、天道様の光の中を歌って歌って参るのじゃ、ひるごろならば、涼しい葉かげにしばらくやすんで黙るのじゃ、またちちと鳴いて飛び立つじゃ、空の青枝をめざすのじゃ、また小流れに参るのじゃ、心のおうた友だちと、ただしばらくも離れずに、歌って歌って参るのじゃ。さてお天道さまが、おかくれなされる。からだはつかれてとろりとなる、油のごとく、溶けるごとくじゃ。いつかまぶたは閉じるのじゃ、昼の景色を夢見るじゃ、からだは枝に留まれど、心はなおも飛びめぐる、たのしく甘いつかれの夢の光の中じゃ。そのときにわかにひやりとする。夢かうつつか、驚き見れば、わが身は裂けて、血は流れるじゃ。燃えるようなる、二つの眼が光ってわれを見つむるじゃ。どうじゃ、声さえ立てようにも、咽喉《のど》が狂うて音が出ぬじゃ。これがすなわち利爪《りそう》深くその身に入り、諸《もろもろ》の小禽《しょうきん》痛苦又《また》声を発するなしの意なのじゃぞ。

されどもこれは、取らるる鳥より見たるものじゃ。捕るこのほうよりながむれば、飛躍して之《これ》を握《つか》むとこうじゃ。なんの罪なく眠れるものを、ただ一打ちととびかかり、鋭い爪《つめ》でその柔らかなからだをちぎる。鳥は声さえよう立てぬ。こちらはそれを嘲笑《あざわら》いつつ、引き裂くじゃ。なんたるあわれのことじゃ。この身とて、今は法師にて、鳥も魚《さかな》も襲わねど、昔おもえば身も世もあらぬ。

ああ罪業《ざいごう》のこのからだ、夜ごと夜ごとの夢とては、同じく夜叉《やしゃ》の業《ごう》をなす。宿業《しゅくごう》の恐ろしさ、ただただあきるるばかりなのじゃ。」

風がざあっとやって来ました。木はみな波のようにゆすれ、坊さんの梟《ふくろう》も、その中に漂う舟のように動きました。

そして東の山の端《は》から、きのうの金角、二十五日のお月さまが、きのうよりはまたずうっとやせて上りました。林の中はうすいうすい霧のようなものでいっぱいになり、西の方からあの梟のおとうさんが、しょんぼり飛んで帰って来ました。

＊　＊

旧暦六月二十六日の晩でした。そらがあんまりよく晴れてもう天《あま》の川《がわ》の水は、すっかりすきとおって冷たく、底のすなごも数えられるよう、またじっと目をつぶっていると、その流れの音さえも聞こえるような気がしました。けれどもそれは、あるいは空の高いところを吹いていた風の音だったかも知れません。なぜなら、星がかげろうの向こう側にでもあるように、少しゆれたり、明るくなったり暗くなったりしていましたから。

獅子鼻《ししばな》の上の松林には、今夜も梟の群れが集まりました。今夜は穂吉が来ていました。来てはいましたが、一昨日《おととい》の晩のところにでなしに、おじいさんのとまるところよりもっと高いところで、小さな枝の二本行きちがい、それからもっと小さな枝が四五本出て、ちょっと杯のような形になったところへ、どこから持って来たか藁屑《わらくず》や髪の毛などを敷いて、臨時に巣がつくられていました。その中に穂吉が半分横になって、じっと目をつぶっていました。

梟のおっかさんと、二人の兄弟とが穂吉のまわりにすわって、穂吉のからだをささえるようにしていました。林じゅうの梟《ふくろう》は、今夜は一人も泣いてはいませんでしたが、おこっていることはみんな、ゆうべどころではありませんでした。

「いたみはどうじゃ、いくらか薄らいだかの。」

あの坊さんの梟が、いつもの高いところからやさしくたずねました。穂吉は何か言おうとしたようでしたが、ただ目をパチパチしたばかり、おっかさんが代わって答えました。

「せっかくこらえているようでございます。よく物が申せないのでございます。それでもどうしても、今夜のお説教を聴聞《ちょうもん》いたしたいというようでございましたので。もうどうかかまわずご講義をねがいとう存じます。」

梟の坊さんは空を見上げました。

「殊勝《しゅしょう》なお心がけじゃ。それなればこそ、たとえ足をば折られても、二度と父母のところへも戻ったのじゃ。なれども健やかな二本の足を、何おもしろいこともないに、ひねって折って放すとは、なんというあさましい人間の心じゃ。」

「放されましても二本の足を折られて、どうしてまあすぐ飛べましょう。あの萱原《かやはら》の中に落ちて、ひいひい泣いていたのでございます。それでも昼の間は、だれも気づかず、やっと夕刻、私が顔を見ようと出て行きましたらこのていたらくでございまする。」

「うん。もっともじゃ。なれども他人は恨むものではないぞよ。みな自らが、もとなのじゃ。恨みの心は修羅《しゅら》となる。かけても他人は恨むではない。」

穂吉はこれを、ぼんやり夢のように聞いていました。子供がもうあきて「にがしてやるよ」といって外へ連れて出たのでした。

そのときポキッと足を折ったのです。その両足は今でもまだしんしんと痛みます。目をあいても、あたりがみんなぐらぐらして、空さえ高くなったり低くなったり、わくわくゆれているよう、みんなの声も、ただぼんやりと水の中からでも聞くようです。ああ僕はきっともう死ぬんだ。こんなにつらいくらいなら、ほんとうに死んだ方がいい。それでもおとうさんやおっかさんは泣くだろう。泣くたっていったいおとうさんたちは、まだ僕の近くにいるだろうか、ああ痛い痛い。穂吉は声もなく泣きました。

「あんまりひどいやつらだ。こっちは何一つ向こうのために悪いようなことをしないんだ。それをこんなことをしてよこす。もうだまってはいられない。何かし返しをしてやろう。」

一匹の若い梟が高く言いました。すぐ隣りのが答えました。

「火をつけようじゃないか。今度屑焼《くずや》きのある晩に燃えている長い藁《わら》を、一本あの屋根までくわえて来よう。なあに十本も二十本も運んでいるうちには、どれかすぐ燃えつくよ。けれども火事で焼けるのはあんまり楽《らく》だ。何かも少しひどいことがないだろうか。」

またその隣りが答えました。

「戸のあいている時をねらって赤子の頭を突いてやれ。ちくしょうめ。」

梟《ふくろう》の坊さんは、じっとみんなの言うのを聞いていましたが、この時しずかに言いました。

「いやいやみなの衆、それはいかぬじゃ。それほど手ひどい事なれば、必ず仇《あだ》を返したいはもちろんの事ながら、それでは血で血を洗うのじゃ。こなたの胸が晴れるときは、かなたの心は燃えるのじゃ。いつかはまたもっと手ひどく仇を受けるじゃ。この身終わって次の生《しょう》まで、その妄報《もうしゅう》は絶えぬのじゃ。ついにはともに修羅《しゅら》に入り闘諍《とうじょう》しばらくもひまはないじゃ。必ずともにさようのたくみはならぬぞや。」

けたたましく梟のおっかさんが叫びました。

「穂吉穂吉しっかりおし。」

みんなびくっとしました。穂吉のおとうさんも、あわてて穂吉のいた枝に飛んで行きましたが、とまるところがありませんでしたから、その上の枝にとまりました。穂吉のおじいさんも行きました。みんなもまわりに集まりました。穂吉はどうしたのか折られた足を、ぷるぷるいわせ、その目は白く閉じたのです。おとうさんの梟は高く叫びました。

「穂吉、しっかりするんだよ。今お説教がはじまるから。」

穂吉はパチッと目をひらきました。それから少し起きあがりました。見えない目で無理に向こうを見ようとしているようでした。

「まあよかったね。やっぱりつかれているんだろう。」女の梟たちは言い合いました。

坊さんの梟はそこで言いました。

「さあ講釈をはじめよう。みなの衆座にお戻りなされ。今夜は二十六日じゃ。来月二十六日はみなの衆も存知《ぞんじ》のとおり、二十六夜待ちじゃ。月天子《がってんし》山の端《は》を出《い》でんとして、光を放ちたもうとき、疾翔大力《しっしょうたいりき》、爾迦夷《るかい》、波羅夷《はらい》の三尊が、東の空に出現まします。こよいは月は異なれど、まことの心にはまたあらわれたまわぬことでない。穂吉どのも、ただひたすらに聴聞《ちょうもん》の志じゃげなで、これからさっそく講ずるといたそう。穂吉どの、さぞ痛かろう苦しかろう、お経《きょう》の文とて、なかなか耳には入るまいなれど、そのいたみ悩みの心の中に、いよいよ深く疾翔大力さまのお慈悲を刻みつけるじゃぞ、いいかや、まことにそれこそ菩提《ぼだい》のたねじゃ。」

梟の坊さんの声がまた少し変わりました。一座はしいんとなりました。林の中にはもう鳴きだした秋の虫があります。坊さんはしばらく息をこらして気を取り直し、それから厳《いかめ》しい声で願《がん》を立ててから、昨夜の続きをはじめました。

「梟鵄守護章《きょうししゅごしょう》、梟鵄守護章《きょうししゅごしょう》。

諸《もろもろ》の仁者《にんしゃ》掌《たなごころ》を合《あわ》せて至心《ししん》に聴《き》き給《たま》え。我今《われいま》疾翔大力《しっしょうたいりき》が威神力《いじんりき》を享《う》けて梟鵄守護章《きょうししゅごしょう》の一節《いっせつ》を講《こう》ぜんとす。唯願《ただねご》うらくはかの如来大慈大悲《にょらいだいじだいひ》、我《わ》が小願《しょうがん》の中《うち》に於《おい》て大神力《だいじんりき》を現《げん》じ給《たま》い妄言綺語《もうげんきご》の淤泥《おでい》を化《か》して、光明顕色《こうみょうけんじき》の浄瑠璃《じょうるり》となし、浄華《じょうげ》の中《なか》より清浄《せいじょう》の青蓮華《しょうれんげ》を開《ひら》かしめ給《たま》わんことを、至心欲願《ししんよくがん》、南無仏南無仏南無仏《なむぶつなむぶつなむぶつ》。

爾《そ》の時《とき》に疾翔大力《しっしょうたいりき》、爾迦夷《るかい》に告《つ》げて曰《いわ》く、諦《あきらか》に聴《き》け、諦《あきらか》に聴《き》け。善《よ》く之《これ》を思念《しねん》せよ。我今汝《われいまなんじ》に、梟鵄諸《きょうしもろもろ》の悪禽《あくきん》、離苦解脱《りくげだつ》の道《みち》を述《の》べんと。

爾迦夷則《るかいすなわ》ち、両翼《りょうよく》を開張《かいちょう》し、虔《うやうや》しく頸《くび》を垂《た》れて、座《ざ》を離《はな》れ、低《ひく》く飛揚《ひよう》して、疾翔大力《しっしょうたいりき》を讃嘆《さんたん》すること三匝《さんそう》にして、徐《おもむろ》に座《ざ》に復《ふく》し、拝跪《はいき》して唯願《ただねご》うらく、疾翔大力《しっしょうたいりき》、疾翔大力《しっしょうたいりき》、ただ我等《われら》が為《ため》に、これを説《と》き給《たま》え。ただ我等《われら》が為《ため》に、之《これ》を説《と》き給《たま》えと。

疾翔大力《しっしょうたいりき》、微笑《びしょう》して、金色《こんじき》の円光《えんこう》を以《もっ》て頭《こうべ》に被《こうむ》れるに、その光遍《ひかりあまね》く一座《いちざ》を照《てら》し、諸鳥《しょちょう》歓喜充満《かんきじゅうまん》せり。則《すなわ》ち説《と》いて曰《いわ》く、

汝等審《なんだちつまびらか》に諸《もろもろ》の悪業《あくごう》を作《つく》る。或《あるい》は夜陰《やいん》を以《もっ》て、小禽《しょうきん》の家《いえ》に至《いた》る。時《とき》に小禽《しょうきん》、既《すで》に終日日光《じつにっこう》に浴《よく》し、歌唄跳躍《かばいちょうやく》して疲労《ひろう》をなし、唯唯甘美《ただただかんび》の睡眠中《すいみんちゅう》にあり。汝等飛躍《なんだちひやく》して之《これ》を

握《つか》む。利爪《りそうふか》深くその身《み》に入《い》り、諸《もろもろ》の小禽《しょうきん》、痛苦《つうく》又声《またこえ》を発《はっ》するなし。則《すなわ》ち之《これ》を裂《さ》きて擅《ほしいまま》に噉食《たんじき》す。或《あるい》は沼田《しょうでん》に至《いた》り、螺蛤《らこう》を啄《ついば》む。螺蛤軟泥中《らこうなんでいちゅう》にあり、心柔軟《こころにゅうなん》にして、唯温水《ただおんすい》を憶《おも》う。時《とき》に俄《にわ》かに身《み》、空中《くうちゅう》にあり、或《あるい》は直《ただ》ちに身《み》を破《やぶ》る。悶乱声《もんらんこえ》を絶《ぜっ》す。汝等之《なんだちこれ》を噉食《たんじき》するに、又懺悔《まただんげ》の念《ねん》あることなし。斯《かく》の如《ごと》きの諸《もろもろ》の悪業《あくごう》、挙《あ》げて数《かぞ》うるなし。悪業《あくごう》を以《もっ》ての故《ゆえ》に、更《さら》に又諸《またもろもろ》の悪業《あくごう》を作《つく》る。継起《けいき》して遂《つい》に竟《おわ》ることなし。昼《ひる》は則《すなわ》ち日光《にっこう》を懼《おそ》れ、又人及《またひとおよび》諸《もろもろ》の強鳥《きょうちょう》を恐《おそ》る。心暫《こころしばら》くも安《やす》らかなることなし。一度梟身《ひとたびきょうしん》を尽《つく》して、又新《またあらた》に梟身《きょうしん》を得《う》。審《つまびらか》に諸《もろもろ》の苦患《くげん》を被《こうむ》りて、又尽《またつく》ることなし。

で前の晩は、斯《かく》の如《ごと》きの諸《もろもろ》の悪業《あくごう》、挙《あ》げて数うるなし、まで講じたが、今夜はその次じゃ。

悪業を以《もっ》ての故《ゆえ》に、更に又諸《またもろもろ》の悪業を作ると、これは誠に短いながら強いおことばじゃ。先刻人間に恨みを返すとの議があった節、申したごとくじゃ。一つの悪業によって一つの悪果を見る。その悪果ゆえに、また新たなる悪業を作る。かくのごとく展転《てんでん》して、ついにやむときないじゃ。車輪のめぐれどもめぐれども終わらざるがごとくじゃ。これを輪廻《りんね》といい、流転《るてん》という。悪より悪へとへめぐることじゃ。継起して遂《つい》に竟《おわ》ることなしと言うがそれじゃ。いつまでたっても終わりにならぬ、どこどこまでも悪因悪果、悪果によって新たに悪因をつくる。な。こうじゃ。浮かぶ瀬とてもあるまいじゃ。昼は則《すなわ》ち日光を懼《おそ》れ、又人及《および》諸《もろもろ》の強鳥を恐る。心暫《しばら》くも安らかなることなし。これは流《る》転《てん》の中の、つらい模様をわれらにわかるよう、じかに申されたのじゃ。もったいなくも、われらは光明《こうみょう》の日天子《にってんし》をばはばかり奉る。いつも闇《やみ》とみちづれじゃ。東の空が明るくなりて、日天子さまの黄金《きん》の矢が高く射出さるれば、われらは恐れて逃げるのじゃ、もし白昼にまなこを正《まさ》しく開くならば、その日天子の黄金《きん》の征矢《そや》にうたれるじゃ。それほどまでにわれらは悪業の身じゃ。又人及《および》諸《もろもろ》の強鳥を恐る。な。人を恐るることは、今夜今ごろ講ずることの限りでない。思い合わせてよろしかろう。諸の強鳥を恐る。鷹《たか》やはやぶさ、またさほど強くはなけれども、日中なればからすなどまで恐れねばならぬ情けない身じゃ。はやぶさなれば、空よりすぐに落ちて来て、こなたが小鳥をつかむときと同じようなるありさまじゃ。たちまち空で引き裂かれるじゃ、少しのさからいをしたとて、なんにもならぬ、げにもげにもあさましくなさけないわれらの身じゃ。」

梟《ふくろう》の坊さんはちょっと声を切りました。今夜ももう一時の上りの汽車の音が聞こえて来ました。その音を聞くと梟どもは泣きながらも、汽車の赤い明るいならんだ窓のことを考えるのでした。講釈がまた始まりました。

「心暫《しばら》くも安らかなることなしと、どうじゃ。みなの衆、ただ一時でもゆっくりとなんの心配もなく落ち着いたことがあるかの。もういつでもいつでもびくびくものじゃ。

一度梟身《ひとたびきょうしん》を尽くして又新たに梟身を得《う》とこうじゃ。泣いて悔やんで悲しんで、ついには年よる、病気になる、あらんかぎりの難儀をして、それで死んだら、もうこのような悪鳥の身を離れるかとならば、なかなかそうは参らぬぞや。身にしみ込んだ罪業から、また梟に生まれるじゃ。かくのごとくにして百生《しょう》、二百生《しょう》、ないし劫《こう》をも亘《わた》るまで、この梟身を免れぬのじゃ。審《つまびらか》に諸《もろもろ》の苦患《くげん》を被《こうむ》りて又尽くることなし。もう何もかもつらいことばかりじゃ。さて今東の空は黄金色《きんいろ》になられた。もう月天子《がってんし》がお出ましなのじゃ。来月二十六夜ならば、このお光に疾翔大力さまを拝み申すじゃなれど、こよいとてまた拝み申さぬことでない。みなの衆、ようくまごころをもって仰ぎ奉るじゃ。」

二十六夜の黄金《きん》いろの鎌《かま》の形のお月さまが、しずかにお登りになりました。そこらはぼうっと明るくなり、下では虫がにわかにしいんしいんと鳴きだしました。

遠くの瀬の音もはっきり聞こえて参りました。お月さまは今はすうっと桔梗《ききょう》いろの空におのぼりになりました。それは不思議な黄金《きん》の船のように見えました。

にわかにみんなは息がつまるように思いました。それはそのお月さまの船のとがった右のへさきから、まるで花火のように美しい紫いろのけむりのようなものが、ばりばりばりと噴《ふ》き出したからです。

けむりは見るまにたなびいて、お月さまの下、すっかり山の上に目もさめるような紫の雲をつくりました。その雲の上に、金いろな立派な人が三人まっすぐに立っています。まん中の人はせいも高く、大きな目でじっとこっちを見ています。衣《ころも》のひだまで、一々はっきりわかります。

お星さまをちりばめたような立派な瓔珞《ようらく》をかけていました。お月さまがちょうどそのかたの頭のまわりに輪になりました。

右と左に少し丈《たけ》の低い立派な人が合掌して立っていました。

その円光はぼんやり黄金《きん》いろにかすみ、うしろにある青い星も見えました。雲がだんだんこっちへ近づくようです。

「南無《なむ》疾翔大力《しっしょうたいりき》、南無《なむ》疾翔大力《しっしょうたいりき》。」

みんなは高く叫びました。その声は林をとどろかしました。雲がいよいよ近くなり、捨身菩薩《しゃしんぼさつ》のおからだは、十丈ばかりに見え、そのかがやく左手がこっちへ招くように伸びたと思うと、にわかになんとも言えない、いいかおりがそこらいちめんにして、もうその紫の雲も疾翔大力の姿も見えませんでした。

ただその澄み切った桔梗《ききょう》いろの空に、さっきの黄金《きん》いろの二十六夜のお月さまが、しずかにかかっているばかりでした。

「おや、穂吉さん、息つかなくなったよ。」

にわかに穂吉の兄弟が高く叫びました。

ほんとうに穂吉はもう冷たくなって少し口をあき、かすかにわらったまま、息がなくなっていました。

そして汽車の音がまた聞こえて来ました。

竜《りゅう》と詩人

竜のチャーナタは洞《ほら》のなかへさして来る上げ潮からからだをうねり出した。洞のすきまから朝日がきらきらさして来て、水底《みなそこ》の岩の凹凸《おうとつ》をはっきり陰影で浮き出させ、またその岩につくたくさんの赤や白の動物を写し出した。

チャーナタはうっとりその青くすこしおぼろな水を見た。それから洞のすきまを通して火のようにきらきら光る海の水と、浅黄いろの天末にかかる火球日天子の座を見た。

(おれはその幾千由旬《ゆじゅん》の海を自由に漕《こ》ぎ、その清いそらを絶え絶え息して黒雲を巻きながら翔《か》けれるのだ。それだのにおれはここを出て行けない。この洞の外の海に通ずるすきまはからくも外をのぞくことができるに過ぎぬ。)

(聖竜王、聖竜王。わたくしの罪を許しわたくしの呪《のろ》いをお解きください。)

チャーナタはかなしくまた洞のなかをふりかえり見た。そのとき日光の柱は水のなかの尾びれにさして、青くまた白くぎらぎら反射した。そのとき竜は洞の外で人の若々しい声が呼ぶのを聞いた。竜は外をのぞいた。

（敬うべき老いた竜チャーナタよ。朝日の力をかりてわたしはおまえに許しを乞《こ》いに来た。）

瓔珞《ようらく》をかざり黄金《きん》の太刀《たち》をはいた一人の立派な青年が、外の畳石の青い苔《こけ》にすわっていた。

（何を許せというのか。）

（竜《りゅう》よ。きのうの詩賦の競いの会に、わたしも出て歌った。そしてみんなはたいへんわたしをほめた。

いちばん偉い詩人のアルタは座をおりて来て、わたしを礼してじぶんの高い座にのぼせ（三字不詳）の草蔓《くさづる》をわたしに被《き》せて、わたしをほめる四句の偈《げ》をうたい、じぶんは遠く東の方の雪ある山のふもとに去った。わたしは車にのせられて、わたしのうたった歌のうつくしさに酒のように酔い、みんなのほめることばや、わたしを埋める花の雨にわれを忘れて胸を鳴らしていたが、夜ふけてわたしは長者のルダスの家を辞して、きらきらした草の露を踏みながら、わたしの貧しい母親のもとに戻っていたら、にわかに月天子《がってんし》の座に瑪瑙《めのう》の雲がかかり、くらくなったので、わたしがそれをふり仰いでいたら、だれかがミルダの森でこうひそひそ語っているのを聞いた。

（わかもののスールダッタは、洞《ほら》に封ぜられているチャーナタ老竜の歌をぬすみ聞いて、それをきょう歌の競べにうたい、古い詩人のアルタを東の国に去らせた。）

わたしはどういうわけか足がふるえて、思うように歩けなかった。そして昨夜一《ひと》ばんそこらの草はらにすわってもだえた。

考えてみるとわたしはここにおまえのいるのを知らないで、この洞穴のま上の岬《みさき》に毎日すわり、考え、歌いつかれては眠った。

そしてあのうたは、ある雲くらい風の日のひるまのまどろみのなかで聞いたような気がする。そこで老いたる竜のチャーナタよ。わたしはあしたから灰をかぶって町の広場にすわり、おまえとみんなにわびようと思う。あのうつくしい歌を歌った尊ぶべきわが師の竜よ。おまえはわたしを許すだろうか。）

（東へ去った詩人のアルタはどういう偈《げ》でおまえをほめたろう。）

（わたしはあまりのことに心が乱れて、あの気高《けだか》い韻を覚えなかった。けれどもたぶんは

風がうたい
雲が応じ
波が鳴らすそのうたを

ただちにうたうスールダッタ
星がそうなろうと思い
陸地がそういう形をとろうと覚悟する
あしたの世界にかのうべき
まことと美との模型をつくり
やがては世界をこれにかなわしむる予言者
設計者スールダッタ

と、こういうことであったと思う。

(尊敬すべき詩人アルタに幸いあれ。

スールダッタよ、あのうたこそはわたしのうたでひとしくおまえのうたである。いったいわたしはこの洞《ほら》にいて、うたったのであるか考えたのであるか。おまえはこの洞の上にいて、それを聞いたのであるか考えたのであるか。

おおスールダッタ。そのときわたしは雲であり風であった。そしておまえも雲であり風であった。

詩人アルタがもしそのときに冥想《めいそう》すれば、おそらく同じいうたをうたったであろう。

けれどもスールダッタよ。

アルタのことばとおまえのことばはひとしくなく、おまえのことばとわたしのことばはひとしくない。韻もおそらくそうである。このゆえにこそあの歌こそはおまえのうたで、またわれわれの雲と風とを御《ぎょ》する分のその精神のうたである。）

（おお竜《りゅう》よ。そんならわたしは許されたのか。）

（だれが許してだれが許されるのであろう。われらがひとしく風で、また雲で水であるというのに。スールダッタよ。もしわたしが外に出ることができ、おまえが恐れぬならばわたしはおまえを抱き、また撫《ぶ》したいのであるが、いまはそれができないのでわたしはわたしの小さな贈り物をだけしよう。ここに手をのばせ。）竜は一つの小さな赤い珠《たま》を吐いた。そのなかで幾億の火を燃やした。

（その珠は埋《うず》もれた諸経をたずねに海にはいるとき、ささげるのである。）

スールダッタはひざまずいてそれを受けて竜に言った。

（おお竜よ。それをどんなにわたしは久しくねがっていたか、わたしはなんと謝していいかを知らぬ。力ある竜よ。なにゆえ窟《いわや》をいでぬのであるか。）

（スールダッタよ。わたしは千年の昔、はじめて風と雲とを得たとき、おのれの力を試みるために人々の不幸をきたしたために、竜王の（二字空白）から十万年この窟《いわや》に封ぜられて、陸と水との境を見張らせられたのだ。わたしは日々ここにいて罪を悔い王に謝する。）

（おお竜よ。わたしはわたしの母に侍し、母が首尾よく天に生まれたならば、すぐに海にはいって大経《たいきょう》を探ろうと思う。おまえはその日までこの窟《いわや》に待つであろうか。）

（おお、人の千年は竜にはわずかに十日に過ぎぬ。）

（さらばその日まで竜よ珠を蔵せ。わたしはきたれる日ごとにここに来てそらを見、水を見、雲をながめ、新しい世界の造営の方針をおまえと語り合おうと思う。）

（おお、老いたる竜のなんたる喜びであろう。）

（さらばよ。）

（さらば。）

スールダッタは心あかるく岩をふんで去った。

竜のチャーナタは洞の奥の深い水にからだを潜めて、しずかに懺悔《ざんげ》の偈《げ》をとなえはじめた。

飢餓陣営

コミック　オペレット

人物　バナナン大将
特務曹長《そうちょう》
曹長
兵士一、二、三、四、五、六、七、八、九、十………

場所　不明なるも劇中マルトン原と呼ばれたり

時　不明

幕あく。
砲弾にて破損せる古き穀倉の内部、からくも全滅を免かれしバナナン軍団、マルトン原の臨時幕営。右手より曹長《そうちょう》先頭にて兵士一、二、三、四、五登場、一列四壁に沿いて行進。

曹長　「一時半なのにどういうのだろう
　　バナナン大将はまだやってこない
　　　胃 時計《ストマクウォッチ》はもう十時なのに
　　バナナン大将は　帰らない。」

正面壁に沿い左向き足踏み。

（銅鑼《どら》の音）

左手より特務曹長《とくむそうちょう》並びに兵士六、七、八、九、十、五人登場、一列壁に沿いて行進、

右隊足踏みつつ挙手の礼、左隊答礼。

特務曹長「もう二時なのにどうしたのだろう
　　バナナン大将はまだ来ていない
　　ストマクウォッチはもう十時なのに
　　バナナン大将は　帰らない。」

左隊右壁に沿い足踏み。

（銅鑼）

曹長、特務曹長（互いに進み寄り足踏みつつ歌う）
　「糧食はなし　四月の寒さ

ストマクウォッチもうめちゃめちゃだ。」

合唱　「どうしたのだろうバナナン大将

もう一ぺんだけ　見て来《こ》よう。」別々に退場。

（銅鑼）

右隊登場、すべて始めのごとし、かなり疲れたり。

曹長　「もう四時なのにどうしたのだろう

バナナン大将はまだ来ていない

もう四時なのにどうしたのだろう

バナナン大将は　帰らない。」

左隊登場

「もう四時半なのにどうしたのだろう

バナナン大将はまだ来ていない

もう五時なのにどうしたのだろう

バナナン大将は　帰らない。」

曹長、特務曹長

「大将ひとりでどこかの並み木の

りんごをたたいているかもしれない
大将いまごろどこかのはたけで
にんじんがりがり、かんでるぞ。」
（銅鑼《どら》）退場。
右隊入場　著しく疲れ、かろうじて歩行す。
曹長　「七時半なのにどうしたのだろう
バナナン大将はまだ来ていない
七時半なのにどうしたのだろう
バナナン大将は　帰らない。」
左隊登場　最も疲れたり。
曹長、特務曹長
「もう八時なのにどうしたのだろう
バナナン大将はまだ来ていない
もう八時なのにどうしたのだろう
バナナン大将は　帰らない。」
（銅鑼）

立てるもの合唱（きれぎれに）

「いくさで死ぬならあきらめもするが
いまごろ飢えて死にたくはない
ああただひときれこの世のなごりに
バナナかなにかを　食いたいな。」

（共に倒る）　（銅鑼）

バナナン大将登場。バナナのエポレットを飾り、菓子の勲章を胸に満たせり。

バナナン大将

「つかれたつかれたすっかりつかれた
足はまるっきり　二本のステッキ
いったいすこうし飲み過ぎたのだし
馬肉もあんまり食いすぎた。」

（叫ぶ）「なんだ。まっくらじゃないか。今ごろになってまだあかりもつけんのか。」

兵士らかろうじて立ちあがり挙手の礼。

大将　「灯《ひ》をつけろ、間抜けめ。」

曹長点燈す。兵士ら大将のエポレット勲章等を見て食せんとするの衝動はなはだし。

大将　「間抜けめ、どれもみんなまるで泥人形《どろにんぎょう》だ。」

足を重ねて椅子《いす》に座す。ポケットより新聞と老眼鏡とを取り出し、ことさらに顔をしかめつつこれを読む。しきりにゲップす。やがて眠る。

曹長　(低く)「大将の勲章は実にうまそうだなあ。」

特務曹長「それはうまそうだ。」

曹長　「食べるというわけにはいかないものでありますか。」

特務曹長「それはけだしいかない。軍人が名誉ある勲章を食ってしまうという前例はない。」

曹長　「食ったらどうなるのでありますか。」

特務曹長「軍法会議だ。それから銃殺にきまっている。」間、兵卒一同再び倒る。

曹長　(面《おもて》をあぐ)「上官。私は決心いたしました。この飢餓陣営の中におきましては、もはや私どもの運命は定まってあります。戦争のためにでなく飢餓のために全滅するばかりであります。かの巨大なるバナナン軍団のただ十六人の生存者、われわれもまた死ぬばかりであります。この際私が将軍の勲章とエポレットとを盗み、これを食しますれば私どもは死ななくてもすみます。そして私はその責任を負って軍法会議にかかり、また銃殺されようと思います。」

特務曹長「曹長よく言ってくれた。貴様だけは殺さない。おれもきっといっしょに行くぞ。十の生命の代わりに二人《ふたり》の命を投げ出そう。よし、さあやろう。集まれっ。気をつけっ。右いおい。直れっ。番号。」
兵士「一、二、三、四、五、六、七、八、九、十、十一、」
特務曹長「よし。閣下はまだおやすみだ。いいか。われわれは軍律上少しく変則ではあるが、これから食事を始める。」兵士喜ぶ。
曹長（一足進む）「盗みましょうか。」
特務曹長「いや、盗むというのはいかん。もっと正々堂々とやらなくちゃいけない。いいか、おれがやろう。」
特務曹長、バナナン大将の前に進み直立す。曹長以下これに従い一列に並ぶ。
特務曹長（挙手、叫ぶ）「閣下！」
バナナン大将（おもむろに眼を開く）「なんじゃ、そうぞうしい。」
特務曹長「閣下の御勲功は実に四海を照らすのであります。」
大将「ふん、それはよろしい。」
特務曹長「閣下の御名誉はすなわち私どもの名誉であります。」
大将「うん、それはよろしい。」

特務曹長「閣下の勲章は皆実に立派であります。私どもは閣下の勲章を仰ぎますごとに、実に感激してなみだがでたり、のどが鳴ったりするのであります。」

大将「ふん、それはそうじゃろう。」

特務曹長「しかるに私どもはいまだ不幸にしてその機会を得ず、充分的確に閣下の勲章を拝見するの光栄を所有しなかったのであります。」

大将「それはそうじゃ、今まではいそがしかったじゃからな。」

特務曹長「閣下。この機会をもちまして、私ども一同にとくとお示しを得たいものであります。」

大将「それはよろしい。どの勲章を見たいのだ。」

特務曹長「いちばん大きいやつから。」

大将「これがいちばん大きいじゃ。獅子奮進章《ししふんじんしょう》だ。ロンテンプナルール勲章じゃ。」

胸より最大なる勲章をはずし、特務曹長に渡す。

特務曹長「これはどの戦役でご受領なされましたのでありますか。」

大将「インド戦争だ。」

特務曹長「このまん中の青い所はほんもののザラメでありますか。」

大将「ほんとうのザラメとも。」

特務曹長「実に立派であります。」（曹長に渡す。曹長兵卒一に渡す。兵卒一直ちにこれを嚥《えん》下《か》す。）

大将「次のは何でありますか。」

特務曹長「ファンテプラーク章じゃ。」はずす。

大将「あまり光って目がくらむようであります。」

特務曹長「そうじゃ。それはシナ戦のニコチン戦役にもらったのじゃ。」

大将「立派であります。」

特務曹長「それはそうじゃろう。」（兵卒二これを嚥下す。）

大将「どうじゃ、これはチベット戦争じゃ。」

特務曹長「なるほどチベット馬のしるしがついております。」（兵卒三これを嚥下す。）

大将「これは普仏《ふふつ》戦争じゃ。」

特務曹長「なるほどナポレオン・ボナパルトの首のしるしがついております。しかし閣下は普仏戦争に御参加になりましたのでありますか。」

大将「いいや、六十銭で買ったよ。」

特務曹長「なるほど実に立派であります。六十銭では安すぎます。」

大将「うん。」（兵卒四これを嚥下す。）

特務曹長「その次の勲章はどれでありますか。」
大将　「これじゃ。」
特務曹長「これはどちらから贈られたのでありますか。」
大将　「それはアメリカだ。ニュウヨウクのメリケン粉株式会社から贈られたのだ。」
特務曹長「そうでありますか。驚くべきであります。」
（兵卒五これを嚥下す。）
特務曹長「次はどれでありますか。」
大将　「これじゃ。」
特務曹長「実にめずらしくあります。やはりシナ戦争でありますか。」
大将　「いいや。シナの大将と豚を五匹でとりかえたのじゃ。」
特務曹長「なるほど、ハムサンドウィッチですな。」（兵卒六嚥下。）
大将　「これはどうじゃ。」
特務曹長「立派であります、何勲章でありますか。」
大将　「むすこからとりかえしたのじゃ。」
（兵卒七嚥下。）
特務曹長「その次は。」

大将「これはモナコ王国においてばくちの番をしたときもらったのじゃ。」

特務曹長「はあ実に恐れ入ります。」（兵卒八嚥《えんか》下。）

大将「これはどうじゃ。」

特務曹長「どこの勲章でありますか。」

大将「手製じゃ手製じゃ。わしがこさえたのじゃ。」（兵卒九嚥下。）

特務曹長「なるほど立派なお作であります。次のを拝見ねがいます。」

大将「これはなアフガニスタンでマラソン競争をやってとったのじゃ。」（兵卒十嚥下。）

特務曹長「なるほど次はどれでありますか。」

大将「もう二つしかないぞ。」

特務曹長（兵卒を検して）「もう二つでちょうどいいようであります。」

大将「何が。」

特務曹長（激しくごまかす）「そうであります。」

大将「勲章か。よろしい。」（はずす。）

特務曹長「これはどちらから贈られましたのでありますか。」

大将「イタリヤごろつき組合だ。」

特務曹長「なるほどジゴマと書いてあります」（曹長に）「おい、やれ。」（曹長嚥下す。）
特務曹長「実に立派であります。」
大将「これはもっと立派だぞ。」
特務曹長「これはどちらからお受けになりましたのでありますか。」
大将「ベルギ戦役、マイナス十五里進行の際、スレンジングトンの街道で拾ったよ。」
特務曹長「なるほど。」（嚥下す）「少し馬の糞《ふん》はついておりますが、結構であります。」
大将「どうじゃ、どれもみんな立派じゃろう。」
一同「実に結構でありました。」
大将「結構でありました？　いかんな。物の言いようもわからない。結構でありますと言うもんじゃ。ありましたと言えば過去になるじゃ。」
一同「結構であります。」
特務曹長「ええただ今のは実は現在完了のつもりであります。ところで閣下、この好機会をもちまして、さらに閣下の燦爛《さんらん》たるエポレットを拝見いたしたいものであります。」
大将「ふん、よかろう。」
（エポレットを渡す。）

特務曹長「実にはなはだしくあります。」

大将「うん金無垢《きんむく》だからな。溶かしちゃいかんぞ。」

特務曹長「はい大丈夫であります。後列の方の六人でよく拝見しろ」（渡す。最後の六人これを受けとり直ちに一箇ずつちぎる。）

大将「いかん、いかん、エポレットをこわしちゃいかん。」

特務曹長「いいえ、すぐ組み立てます。もう片《かた》っ方《ぼう》拝見いたしたいものであります。」

大将「ふん、あとですっかり組み立てるならまあよかろう。」

特務曹長「なるほど金無垢であります。すぐ組み立てます。」（一箇をちぎり曹長に渡す。以下これにならう。おのおの皮をはぐ。）

大将（驚く）「あっ、いかんいかん。皮をむいてはいかんじゃ。」

特務曹長「急ぎのみ下せい、おいっ。」（一同嚥下《えんか》。）

大将（泣く）「ああ情けない。犬め、畜生《ちくしょう》ども、泥人形ども、勲章をみんな食いおったな、どうするか見ろ。情けない。うわあ。」

（泣く）（兵卒悄然《しょうぜん》たり。）

兵卒らこの時ようやく飢餓を回復し、良心の呵責《かしゃく》にたえず。

兵卒一「おれたちは恐ろしいことをしてしまったなあ。」

兵卒二「全く夢中でやってしまったなあ。」

兵卒一「勲章と胃袋とゴム糸がついていたようだったなあ。」

兵卒九「将軍と国家とにどうおわびをしたらいいかなあ。」

兵卒七「おわびの方法が無い。」

兵卒五「死ぬよりしかたない。」

兵卒三「みんな死のう。自殺しよう。」

曹長「いいやみんなおれが悪いんだ。おれがこんなことを発案したのだ。」

特務曹長「いいやおれが責任者だ。おれは死ななければならない。」

曹長「上官、私ども二人、はじめの約束のとおりに死にましょう。」

特務曹長「そうだ。おいみんな、おまえたちはこの事件については何も知らなかった。悪いのはおれたち二人だ。おれたちはこの責任を負って死ぬからな。お前たちは決して短気なことをしてくれるな。これからあともよく軍律を守って国家のためにつくしてくれ。」

兵卒一同「いいえだめであります。だめであります。」

特務曹長「いかん。貴様たちに命令する。将軍のおことばのあるうち動いてはならん。気をつけ。」

兵卒ら直立。

特務曹長「曹長さあしたくしよう。」（ピストルを出す。）「祈ろう。いっしょに。」

特務曹長「飢餓陣営のたそがれの中
犯せる罪はいとも深し
ああ夜のそらの青き火もて
われらがつみをきよめたまえ。」

曹長「マルトン原のかなしみのなか
ひかりはつちにうずもれぬ
ああみめぐみのあめをくだし
われらがつみをゆるしたまえ。」

合唱「ああみめぐみの雨をくだし
われらがつみをゆるしたまえ。」

（特務曹長ピストルを擬しまさに自殺せんとす。）

（バナナン大将この時まで瞑目《めいもく》したるもたちまちにして立ちあがり叫ぶ。）

大将「止まれ、やめい。」

（特務曹長ピストルを擬したるまま呆然《ぼうぜん》として佇立《ちょりつ》す。大将ピストルを奪う。）

バナナン大将「もうわかった。お前たちの心底は見届けた。お前たちの誠心に比べてはおれの勲章などは実になんでもないじゃ。

おお神はほめられよ。実におん眼からみそなわすならば、勲章やエポレットなどは瓦礫《がれき》にも等しいじゃ。」

特務曹長「将軍、お申しわけのないことをいたしました。」

曹長「将軍、私に死をくだされませ。」

バナナン大将「いいや、ならん。」

特務曹長「けれどもこれから私どもは毎日将軍の軍装を拝しますごとに、激しく良心に責められなければなりません。」

大将「いいや、今わしは神のみ力を受けて、新しい体操を発明したじゃ。それは名づけて生産体操となすべきじゃ。従来の不生産式体操とおのずから選を異《こと》にするじゃ。」

特務曹長「閣下、何とぞその訓練をいただきたくあります。」

大将「ふん。それはもちろんよろしい。いいか。では集まれっ。（すべて号令のごとく行なわる。）右へ習え。直れっ。番号。」

兵士「一、二、三、四、五、六、七、八、九、十、十一、十二、……。」

兵士伍《ご》を組む。

大将「前列二歩前へおいっ。偶数一歩前へおいっ。」

大将「よろしいか。これから生産体操をはじめる。第一果樹整枝法。わかったか。三番。」

兵卒三「わかりました。果樹整枝法であります。」

大将「よろしい。果樹整枝法、その一、ピラミッド、一の号令でこの形をつくる。二で直る、いいか。」

大将両腕を上げ整枝法のピラミッド形をつくる。

大将「いいか。果樹整枝法その一ピラミッド。一、よろし、一、よろし、一、二、一、二、一、やめい。」

大将「いいか次はベース。ベース、一の号令でこの形をつくる。二で直る。いいか。わかったか。五番。」

兵卒五「はいっ、わかりました。ベース。杯状仕立てであります。」

大将「よろしい。果樹整枝法その二、ベース一。」

兵卒「一」、大将「二、一、二、一、二、一、二、やめい。」

大将　「次は果樹整枝法その三、カンデラーブル。ここでは二枝カンデラーブル。U字形をつくる。この時には両肩と両腕とでUの字になることが要領じゃ。いたずらにここが直角になることは血液循環の上からもまた樹液運行の上からも必要としない。この形になることが要領じゃ。わかったか。六番。」

兵卒六　「わかりました。カンデラーブル、U字形であります。」

大将　「よろしい。果樹整枝法その三、カンデラーブル。はじめっ一、二、一、二、一、二、一、二、やめい。」

大将　「次は果樹整枝法その四、そのまた一、水平コルドン。これは実は頭部がじゃまなのだ。頭部があると実はパルメットになるじゃ。けれども名誉ある軍人が体操の際に頭を落とすというわけにはいかんじゃ。でしかたないからなるべく自分の頭を見えないようにするんじゃ。こういうぐあいだ。いいか。わかったか。七番。」

兵卒七　「わかりました。果樹整枝法その四、またその一、水兵コルドンであります。」

大将　「よろしい。果樹整枝法その四、またその一、水兵コルドン。はじめっ。一、二、一、二、一、二、一、二、一、やめい。」

大将　「次はそのまた二、直立コルドン。これはこのままでよろしい。ただ呼称だけを用うる。一、二、一、二、よろしいか。八番。」

兵卒八　「直立コルドンであります。」

大将　「よろしい。果樹整枝法その四、またその二、直立コルドン、はじめっ、一、二、一、二、一、二、一、二、一、やめい。」

大将　「次は、エーベンタール、扇状仕立て、この形をつくる。このエーベンタールのベースとちがうところは手とからだが一平面内にあることにある。よろしいか。九番。」

兵卒九　「はいっ。果樹整枝法その五エーベンタールであります。」

大将　「よろしい。果樹整枝法その五エーベンタール、はじめっ、一、二、一、二、一、二、一、やめい。」

大将　「次は果樹整枝法、その六、棚仕立《たなじた》て、これは日本において梨葡萄《なしぶどう》等の栽培に際して行なわれるじゃ。棚をつくる。棚を。わかったか。十番。」

兵卒十　「果樹整枝法第六、棚仕立《たなじた》てであります。」

大将　「よろしい。果樹整枝法第六、棚仕立て、はじめっ。一。」

（兵士ら腕を組み棚をつくる。バナナン大将手かごを持ちてその下をくぐり、しきりに果実を収む。）

バナナン大将「実に立派じゃ、この実はみな琥珀《こはく》でつくってある。それでいて琥珀のようにおかしなにおいでもない。甘いつめたい汁《しる》でいっぱいじゃ。新鮮なエステルにみちている。しかもこの宝石は数も多く、人をもなやまさないじゃ。来年もまたみのるじゃ。ありがたい。またこの葉の美しいことはまさに黄金じゃ。日光きたりて葉緑を照徹すれば、葉緑黄金を生ずるじゃ。讃《たと》うべきかな神よ。」

（将軍かごにくだものを盛りて出て来る。手帳を出しすばやく何か書きつく。特務曹長に渡す。順次列中に渡る。歌いつつ進行す。兵士これに続く。）

合唱　いさおかがやく　バナナン軍
マルトン原に　たむろせど
荒《す》さびし山河の　すべもなく
飢餓の陣営　日にわたり
夜をもこむれば　つわものの
ダムダム弾や　葡萄弾《ぶどうだん》
毒ガスタンクは　恐れねど
うえとつかれを　いかにせん

やむなく食《は》みし　将軍の
かがやきわたる　勲章と
ひかりまばゆき　エポレット
そのまがつみは　しるされぬ
あわれ二人の　つわものは
責めに死なんと　したりしに
このとき雲の　かなたより
神ははるかに　みそなわし
くだしたまえる　みめぐみは
新式生産体操ぞ。
ベース　ピラミッド　カンデラーブル
またパルメット　エーベンタール
ことにも二つの　コルドンと
棚《たな》の仕立てに　いたりしに
ひかりのごとく　くだりこし
天の果実を　いかにせん

みさかえはあれ　かがやきの
あめとしめりの　くろつちに
みさかえはあれ　かがやきの
あめとしめりの　くろつちに

（幕）

ビジテリアン大祭

私は昨年九月四日、ニュウファウンドランド島の小さな山村、ヒルティで行なわれたビジテリアン大祭に、日本の信者一同を代表して列席して参りました。

ぜんたい、私たちビジテリアンというのはご存じのかたも多いでしょうが、実は動物質のものを食べないという考えのものの団結でありまして、日本では菜食主義者と訳しますが、主義者というよりはも少し意味の強いことが多いのであります。菜食信者と訳したらあるいは少し強すぎるかもしれませんが主義者というよりは、よく実際にかなっていると思われます。

もっとも、その中にもいろいろの派がありますが、まあ、その精神について大きくわけますと、同情派と予防派との二つになります。この名前は横からひやかしにつけたのですが、たいへんうまく要領を言い表わしていますから、かまわず私どもも使うのです。同情派と言いますのは、私たちもその方でありますが、ちょうど仏教の中でのように、あらゆる動物はみな生命を惜しむこと、われわれと少しも変わりはない、それを一人が生きるために、ほかの動物の命を奪って食べる、それも一日に一つどころではなく百や千のこともある、これをなんとも思わないでいるのは全くわれわれの考えが足らないので、よくよく食べられる方になって考えてみると、とてもかあいそうでそんなことはできない、とこういう思想であります。

ところが予防派の方は少しちがうのでありまして、これは実は病気予防のために、なるべく動物質をたべないというのであります。すなわち、肉類や乳汁《にゅうじゅう》を、あんまりたくさんたべると、リュウマチスや痛風や、悪性の腫脹《しゅちょう》や、いろいろいけない結果が起るから、その病気のいやなもの、またその病気の傾向のあるものは、この団結の中にはいるのであります。それですからこの派の人たちはバターやチーズも豆からこしらえたり、また菜食病院というものを建てたり、いろいろなことをしています。

以上は、まあ、ビジテリアンをその精神から大きく二つにわけたのでありますが、また一方これをその実行の方法から分類しますと、三つになります。第一に動物質のものは全く食べてはいけないと、獣や魚やすべて肉類はもちろん、ミルクやまたそれからこしらえたチーズやバター、お菓子の中でも鶏卵のはいったカステーラなど、いっさいいけないという考えの人たち、日本ならばまあ、ちょっと鰹《かつお》のだしのはいったものもいけないという考えの人であります。この方法は同情派にも予防派にもありますけれども大部分は予防派の人たちがやります。

第二は、チーズやバターやミルク、それから卵などならば、まあものの命をとるというわけではないからさしつかえない、またたいしてからだに毒になるまいというので、わりあい穏健な考えであります。第三は私たちもこの中でありますがいくら物の命をとらない、自分ばかりさっぱりしていると言ったところで、実際にほかの動物がつらくてはなんにもならない、結局はほかの動物がかあいそうだからたべないのだ、小さな小さなことまで、一々吟味してたいへんな手数をしたり、ほかの人にまで迷惑をかけたり、そんなにまでしなくてもいい、もしたくさんのいのちのために、どうしても一つのいのちが入用なときは、しかたないから泣きながらでも食べていい、そのかわりもしその一人が自分になった場合でもあえて避けないとこういうのです。けれどもそんな非常の場合は、実に実に少ないから、ふだんはもちろん、なるべく植物をとり、動物を殺さないようにしなければならない、くれぐれも自分一人気持ちをさっぱりすることにばかりかかわって、たいせつの精神を忘れてはいけないと、こう言うのであります。

そこでだいたいビジテリアンというものの性質はおわかりでしょうから、これから昨年のその大祭のときのもようをお話しいたします。

私がニュウファウンドランドの、トリニティの港に着きましたのはちょうど大祭の前々日でありました。ことによると、間に合わないと思ったのがうまいぐあいに参りましたので、たいへんよろこびました。トルコからの六人の人たちと船の中で知り合いになりました。その団長は地学博士でした。私たちは船をおりるとすぐ旅装を整えて、ヒルティの村に出発したのであります。実は私は日本から出ました際には、ニュウファウンドランドへさえ着いたら、だれの目もみなそのヒルティという村の方へ向いてるだろう、世界じゅうから集まった旅人が、ぞろぞろそっちへ行くのだろうから、もうすぐ道なんかわかるだろうと思っておりました。ところが、船の中でこそ偶然トルコ人六人とも知り合いになったようなものの、実際トリニティの町におりてみると、どこにもそんなビラが張ってあるでもなし、ヒルティという名を言う人も一人だってあるでなし、実は私も少し意外に感じたので……(以下原稿ナシ)……

は町をはなれて、海岸の白い崖《がけ》の上の小さなみちを行きました。そらが曇っておりましたので大西洋がうすくさびたブリキのように見え、秋風は白いなみがしらを起こし、小さな漁船はたくさんならんでその中を行くのでした。

落葉松《からまつ》の下枝はもう褐色《かっしょく》に変わっていたのです。

トルコ人たちは、みちに出ている岩にかなづちをあてたり、がやがや話し合ったりして行きました。私はそのあとからひとり、からのトランクを持って歩きました。一時間半ばかり行ったとき、私たちは海に沿った一つの峠の頂上に来ました。

「もうヒルティの村が見えるはずです。」団長の地学博士が私の前に来て、地図を見ながら英語で言いました。私たちは向こうを注意してながめました。ひのきのいっぱいにしげっている谷の底に五つ六つ、白い壁が見え、その谷には海が峡湾のようなふうにまっさおに入り込んでいました。

「あれがヒルティの村でしょうか。」私は団長にたずねました。団長はしきりに地図と目の前の地形と見くらべていましたが、しばらくたってめがねをちょっと直しながら、

「そうです。あれがヒルティの村です。私たちの教会は、たぶんあの右から三番目に見える平屋根の家でしょう。旗か何か立っているようです。あすこにデビスさんが住んでいられるんですね。」

デビスというのは、ご存じのかたもありましょうが、私たちの派のまあ長老です。ビジテリアン月報の主筆で、今度の大祭では祭司長になった人であります。そこで私たちは、にわかに元気がついてまるで一息にその峠をかけおりました。トルコ人たちは足が長いし、背嚢《はいのう》を背負って、まるで磁石に引かれた砂鉄とい……(以下原稿半枚なし)……そうに、あたりの風物をながめながら、三人や五人ずつ、ステッキをひいているのでし

た。婦人たちもだいぶありました。またシナ人かと思われる顔の黄いろな人とも会いました。私はじっとその顔を見ました。向こうでも立ちどまってしまいました。けれどもその日はとうとう話しかけるでもなく、別れてしまいましたが、その人がやはりビジテリアンで、大祭に来たものなことは疑いもありませんでした。私たちは教会に来ました。教会はそまつな漆喰《しっくい》造りで、ところどころひび割れていました。たぶんデビスさんの自分の家だったのでしょうが、ずいぶん大きいことは大きかったのです。旗や電燈が、ひのきの枝ややどり木などと、じょうずに取り合わせられて装飾され、まだ七八人の人がせっせと明後日《あさって》のしたくをしておりました。私たちは教会の玄関に立ってベルを押しました。すぐ赤ら顔の白髪《しらが》の元気のよさそうなおじいさんが、かなづちを持って、よこの室《へや》から顔

……(以下原稿数枚なし)……

が桃色の紙に刷られた小さなパンフレットを十枚ばかり持ってはいって来ました。

「お早《はよ》うございます。なあにかえって御愛嬌《ごあいきょう》ですよ。」

「お早うございます。どうか一枚拝見。」

私はパンフレットを手にとりました。それは今も持っていますがこう書いてあったのです。

「◎偏狭非文明的なるビジテリアンを排す。

マルサスの人口論は今日定性的にはだれも疑うものがない。その要領は人類の居住すべき世界の土地は一定である、またその食料品は等差級数的に増加するだけである、しかるに人口は等比級数的に多くなる。すなわち人類の食料はだんだん不足になる。人類の食料と言えばけだし動物植物鉱物の三種をいでない。そのうち鉱物では水と食塩とだけである。残りは植物と動物とが約半々を占める。ところが、ここにごく偏狭な陰気な考えの人間の一群があって、動物はかあいそうだからたべてはならんといい、世界じゅうにこれをしいようとする。これがビジテリアンである。この主張は、実に、人類の食物の半分を奪おうと企てるものである。換言すれば、この主張者たちは、世界人類の半分、すなわち十億人を飢餓によって殺そうと計画するものではないか。今日いずれの国の法律をもってしても、殺人罪はいちばん重く罰せられる。間接ではあるけれどもビジテリアンたちもまたこの罪を免れない。近き将来、各国からの委員が集まって充分商議の上、厳重に処罰されるのはわかりきったことである。またこの事実は、ビジテリアンたちの主張が畢竟自家撞着《ひっきょうじかどうちゃく》に終わることを示す。すなわちビジテリアンは動物を愛するがゆえに動物を食べないのであろう。何がゆえにそのために食物を得ないで死亡する、十億の人類を見殺しにするのであるか。人類もまた動物ではないか。」

「こいつはおもしろい。実に名論だ。文章も実に珍無類だ。実におもしろい。」トルコの地学博士はその太った顔を、まるで張り裂けるようにして笑いました。みんなも笑いました。とにかくみんな寝巻をぬいで、下に降りて、口をすすいだり、顔を洗ったりしました。

それから私たちは、簡単に朝飯を済まして、式が九時から始まるのでしたから、しばらくバルコンでやすんで待っていました。

ふいに、教会の近くからのろしが一発揚がりました。そらがまっ青《さお》に晴れて、一枚の瑠璃《るり》のように見えました。そのさえきった、よくみがかれた青ぞらで、まっ白なけむりがパッとたち、それから黄いろな長いけむりがうねうね下って来ました。それはたしかに日本でやる下り竜《りゅう》の仕掛け花火です。そこで私ははっと気がつきました。こののろしは陳《ちん》氏があげているのだ、陳氏がシナ式黄竜《おうりゅう》の仕掛け花火をやったのだと気がつきましたので、大喜びでみんなにも説明しました。

その時また、けさのすてきなラッパの声が遠くから響いて参りました。

「来た来た。さあどんな顔ぶれだか、一つ見てやろうじゃないか。」地学博士を先登に、私たちはどやどや玄関へ降りて行きました。たちまち一台の大きな赤い自動車がやって来ました。それには白い字でシカゴ畜産組合と書いてありました。六人の髪をまるで逆立てた人たちが、シャツだけになって顔をまっかにして、何か叫びながらねずみ色や茶色のびらをまいて行きました。そのねずみいろのを私は一枚手にとりました。それには赤い字でこう書いてありました。

「◎偏狭非学術的なるビジテリアンを排せ。

ビジテリアンの主張は全然誤謬《ごびゅう》である。今この陰気な非学術的思想を動物心理学的に批判してみよう。ビジテリアンたちは動物がかあいそうだから食べないという。動物がかあいそうだということがどうしてわかるか。ただこっちがかあいそうだと思うだけである。ぜんたい豚などが死ぬというようなことに高等な観念を持っているものではない。あれはただ、腹がへった、かぶらの茎、かみつく、うまい、あきた、ねむり、起きる、鼻がつまる、ぐうと鳴らす、腹がへった、麦かす、たべる、うまい、つかれた、ねむる、というぐあいに一つずつの小さな現在が続いているだけである。

殺す前にキーキー叫ぶのは、それは引っぱられたりたたかれたりするからだ、その証拠には、殺すつもりでなしに、何か鶏卵の三十も、少し遠くの方でごちそうをするつもりで豚の足に縄《なわ》をつけて、ひっぱってみるがいい、やっぱり豚はキーキー言う。こんなわけだから、ほんとうに豚をかあいそうと思うなら、そうっとおこらせないように、うまいものをたべさせておいて、にわかに熱湯にでもたたき込んでしまうがいい、豚は大喜びだ、くるっと毛までむけてしまう。われわれの組合では、この方法によってたくさんの豚を喜ばせている。

ビジテリアンたちはそれを知らない。自分が死ぬのがいやだから、ほかの動物もみんなそうだろうと思うのだ。あんまり子供らしい考えである。」

私は無理に笑おうと思いましたが、なんだか笑えませんでした。地学博士も黄いろなパンフレットを読んでしまって、少し変な顔をしていました。私たちは目を見合わせました。それからだまってお互いのパンフレットをとりかえました。黄色なパンフレットにはこう書いてあったのです。

「◎偏狭非学術的なるビジテリアンを排せ。

ビジテリアンの主張は全然誤謬《ごびゅう》である。今これを生物分類学的に簡単に批判してみよう。

ビジテリアンたちは動物がかあいそうだという、いったいどこまでが動物でどこからが植物であるか、牛やアミーバーは動物だからかあいそう、バクテリヤは植物だから大丈夫というのであるか。バクテリヤを植物だ、アミーバーを動物だとするのは、ただ研究の便宜上勝手に名をつけたものである。動物には意識があって食うのは気の毒だが、植物にはないからさしつかえないというのか。なるほど植物には意識がないようにも見える。けれどもないかどうかわからない。あるようだと思って見るとまた実にあるようである。元来生物界は、一つの連続である。動物に考えがあれば、植物にもきっとそれがある。ビジテリアン諸君。植物をたべることもやめたまえ。諸君は飢え死にする。

また世界じゅうにもそれを宣伝したまえ。二十億人がみんな死ぬ。たいへんさっぱりして諸君の御希望にかなうだろう。そして、そのあとで動物や植物が、お互いどうし食ったり食われたりしていたら、ちょうどいいではないか。」

私はなおさら変な気がしました。もう一枚茶いろのもあったのです。

「ごらんになったらとりかえましょうか。」私はとなりの人に言いました。

「ええ。」その人はあわただしく茶いろのパンフレットをよこしました。私も私のをやったのです。それには黒くこう書いてありました。

「◎偏狭非学術的なるビジテリアンを排せ。

ビジテリアンの主張は全然誤謬《ごびゅう》である。今これを比較解剖学の立場からごく通俗的に説明しよう。人類は動物学上混食に適するようにできている。歯の形状から見てもわかる。

草食獣にある臼歯《きゅうし》もあれば、肉食獣の犬歯もある。混食をしているのが人類にはいちばん自然である。そうできてるのだからしかたない。それをどうこう言うのは恩恵深き自然に対して、まさしく叛旗をひるがえすものである。よしたまえ、ビジテリアン諸君、あんまり陰気なおまけに子供くさい考えは。」

「ふん。今度のパンフレットはどれもかなりしっかりしてるね。いかにもだれもやりそうな議論だ。しかしどっかやっぱり調子が変だね。」

地学博士が、少し顔色を青ざめてこう言いました。

「調子が変なばかりじゃない。議論がみんな都合のいいようにばかり仕組んであるよ。どうせ畜産組合の宣伝書だ。」と一人のトルコ人が言いました。

そのときまた向こうからラッパが鳴って来ました。ガソリンの音も聞こえます。正直を言いますと私もこの時は少し胸がどきどきしました。さっそくまた一台の赤自動車がやって来て、小さな白い紙をまいて行ったのです。

そのパンフレットを私たちはせわしく読みました。それには赤い字でこう書いてあったのです。

「ビジテリアン諸氏に寄す。

諸君がどんなにがんばって、馬鈴薯《ばれいしょ》とキャベジ、メリケン粉ぐらいを食っていようと、海岸ではあんまりたくさん魚がとれて困る。せっかく死んでも、それを食べてくれる人もなし、かあいそうに魚はみんなシャベルで釜《かま》になげ込まれ、煮えるとすくわれて、締《しめ》木《ぎ》にかけて圧搾される。釜に残った油の分は魚油です。今は一罐《かん》十セントです。鰯《いわし》なら一罐がまあざっと七百匹分ですねえ。締木にかけた方は魚粕《うおかす》です。一キログラム六セントです。一キログラムは鰯ならまあ五百匹ですねえ。みなさん海岸へ行ってめまいをしてはいけません。また農場へ行ってめまいをしてもいけません。なぜなら、その魚粕をつかうとキャベジでも麦でもずいぶんよく穫《と》れます。

おまけにキャベジ一つこさえるには、百匹からの青虫を除《と》らなければならないのですぜ。それからみなさん、この町で何か煮たものをめしあがったり、お湯をお使いになるときに、めまいを起こさないように願います。この町のガスはご存じのとおり、石炭でなしに、魚油を乾溜《かんりゅう》してつくっているのですから。いずれまたお目にかかって詳しく申しあげましょう。」

この宣伝書を読んでしまったときは、白状しますが、私たちはしばらくしんとしてしまったのです。どうも理論上この反対者の主張が勝っているように思われたのであります。それとて、私も、またトルコから来たその六人の信者たちも、ビジテリアンをやめようとか、全く向こうの主張に賛成だとかいうのでもなく、ただなんとなくこの大祭のはじまりに、けちをつけられたのが不愉快だったのであります。余興として笑ってしまうにはあんまり意地が悪かったのであります。

ところがまたものろしが教会の方であがりました。まっ青《さお》なそらで、白いけむりがパッと開き、それからトントンと音が聞こえました。けむりの中から出て来たのは、今度こそ、全くシナふうの五色《ごしき》の蓮華《れんげ》の花でした。なるほどやっぱり陳氏だ、お経《きょう》にある青色青光、黄色黄光、赤色赤光、白色白光、をやったんだなと、私はつくづく感心してそれを見上げました。全くその蓮華のはなびらは、ニュウファウンドランド島、ヒルティ村ビジテリアン大祭の、新鮮な朝のそらをかすかに光って舞い降りて来るのでした。

それから教会の方でにぎやかなバンドが始まりました。それが風上でしたから手にとるように聞こえました。それがいかにも本式なのです。私たちは、はじめはこれはよほど費用をかけて大陸から頼んで来たんだなと思いましたが、あとで聞きましたら、あの有名なスナイダーが私たちの仲間だったんです。スナイダーは、自分のバンド(もっともその半数はみんなビジテリアンだったのです。)をそっくりつれて、やはり一昨日《おととい》、ここへ着いたのだそうです。とにかく式の始まるまでは、まだ一時間もありましたけれども、こうにぎやかにやられては、とてもじっとしておられません。私たちは、大急ぎで二階に帰って礼装をしたのです。

トルコ人たちは、みんなまっかなターバンと帯とをかけ、ことに地学博士はあちこちからの勲章やメタルをその漆黒の上着にかけましたので、全くまばゆいくらいでした。私は三越《みつこし》でこさえた白い麻のフロックコートを着ましたが、これはもちろん私の好みで作法ではありません。けれども元来きものというものは、東洋ふうに寒さをしのぐという考えももちろんですが、一方また、カーライルの言うとおり、装飾が第一なので、結局その人にあった相当のものをきちんとつけているのが一等ですから、私はいっこうなんとも思いませんでした。実際きものは自分のためでなく他人のためです。自分には自分の着ているものが全体見えはしませんから、ほかの人がそれを見て、さっぱりした気持ちがすればいいのであります。

さて私たちは宿を出ました。すると式の時間を待ちかねたのはあながち私だけではありませんでした。教会へ行く途中、あっちの小路からもこっちの広場からも、三人四人ずついろいろな礼装をした人たちに私たちは会いました。燕尾服《えんびふく》もあれば厚い粗ラシャを着た農夫もあり、綬《じゅ》をかけた人もあればスラッとやせた若い軍医もありました。すべてかれらは私たちの兄弟でありましたから、もう私たちは国と階級、職業とその名とをとわず、ただ一つの大きなビジテリアンの同朋《どうほう》として、

「お早《はよ》う。」とあいさつし、「おめでとう。」と答えたのです。そして私たちはいつかぞろぞろ列になっていました。列になって教会の門をはいったのです。

一昨日別段気にもとめなかった小さなその門は、赤いいろの藻類《そうるい》と、暗緑の栂《とが》とで飾られて、すっかり立派に変わっていました。門をはいると、すぐ受付があって私たちはみんな求められて会員証を示しました。これはいかにも偏狭なやり方のようにどなたもお考えでしょうが、実際けさの反対宣伝のようなわけで、どんなものがまぎれ込んで来て、何をするかもわからなかったのですから、全くしかたなかったのでありましょう。

式場は教会の広庭に大きな曲馬団用の天幕を張って、テニスコートなどもそのまま中に取り込んでいたようでした。とてもその人数のはいるような広間は、おそらくニュウ

ファウンドランド全島にもなかったでしょう。

もう気の早い信徒たちが二百人ぐらい席について待っていました。笑い声が波のように聞こえました。やっぱりけさのパンフレットの話などが多かったのでしょう。

その式場をおおう灰色の帆布は、黒い樅《もみ》の枝で縦横に区切られ、ところどころには黄やだいだいの石楠花《しゃくなげ》の花をはさんでありました。何せそういういい天気で、帆布が半透明に光っているのですから、実にその調和のいいこと、もうここそやがて完成さるべき、世界ビジテリアン大会堂の陶製の大天井かと思われたのであります。

向こうにはもちろん花で飾られた高い祭壇が設けられていました。そのとき私はまた、あの狼煙《のろし》の音を聞きました。

はっと気がついて私は急いでその音の方、教会の裏手へ出て行って見ました。やっぱり陳氏でした。陳氏は小さなシナの子供の狼煙の助手を二人も連れて来ているのでした。

そして三人ともきょうはすっかりシナ服でした。

私はシナ服の立派さをこの朝ぐらい感じたことはありません。陳氏はすっかり黒のしたくをして、袖口と沓《くつ》だけ、まばゆいくらいまっ白に、髪はきのうのとおりでしたが、シナの勲章を一つつけていました。

それから助手の子供らは、まるで絵にある唐児《からこ》です。

あたまをまん中だけ残して、くりくり剃《そ》って、うやうやしく両手をこまねいて陳氏のうしろに立っていました。陳氏は私の行ったのを見るとほんとうにうれしかったと見えて、いきなり手を出して、

「おめでとう。お早う。いいお天気です。天の幸い、君にあらんことを。」とつづけざまにべらべらあいさつしました。

「お早う。」私たちは手を握りました。二人の子供の助手も、両手をこまねいたまま私に一揖《ゆう》しました。私も全くうれしかったんです。ニュウファウンドランド島の青ぞらの下で、この鄭重《ていちょう》な東洋ふうの礼を受けたのです。

陳氏は言いました。

「さあ、もう一発やりますよ。あとは式がすんでからです。今度のは、私の郷国《くに》の名前では、柳雲飛鳥と言います。柳はサリックス・バビロニカです。飛鳥は燕《スワロウ》です。日本でも柳と燕《つばめ》と言いますか。」

「言います。そしてよく覚えませんが、たしか私の方にも、その狼煙《のろし》はあったはずですよ。いや花火だったかな。それとも柳にけまりだったかな。」

「日本の花火の名所は、東京両国橋《りょうごくばし》ですね。」

「ええ、そのほか岩国《いわくに》とか石《いし》の巻《まき》とか、あちこちにもあります。」

「なるほど、さあ、したく。」陳氏は二人の子供に向きました。一人の子はうやうやしくバスケットから、のろし玉を持ち出しました。陳氏はそれを受けとってよく調べてから、「よろしい。口火。」と言いました。もう一人の子は、もう手に口火を持って待っていました。陳氏はそれを受けとりました。はじめの子は、シュッとマッチをすりました。陳氏はそれに口火をあてて、急いでのろし筒に投げ込みました。しばらくたって、「ドーン。」けむりといっしょに、さっきの玉は、汽車ぐらいの速さで青ぞらにのぼって行きました。二人の子供もうやうやしく腕をこまねいて、それを見上げていました。たちまち空で白いけむりが起こり、ポンポンと音が降って来て、それから青い柳のけむりがたれ、その間を燕《つばめ》の形の黒いものが、ぐるぐる縫って進みました。

「さあ式場へ参りましょう。お前たちここで番をしておいで。」陳氏は英語で言って、それから私らはその二人の子供の敬礼をうしろに式場の天幕へ帰りました。

もう式の始まるに、六分しかありませんでした。天幕の入り口で私たちはプログラムを受け取りました。

それには表に

ビジテリアン大祭次第

挙祭あいさつ

論難反駁《はんばく》
祭歌合唱
祈禱《きとう》
閉式あいさつ
会　食
会員紹介
余　興
　　　　以上。

と刷ってあり、私たちがそれを受け取った時ちょうど九時五分前でした。

式場の中はぎっしりでした。それに人数もよく調べてあったとみえて、あいた椅子《いす》とてもあんまりなく、もちろん腰かけないで立っている人などは一人もありませんでした。みんなで五百人はあったでしょう。その中には婦人たちも三分の一はあったでしょう。いろいろな服装や色彩が、ところどころに配置された橙《だいだい》や青の盛り花と入りまじり、秋の空気はすきとおって水のよう、信者たちもまたさっきとは打って変って、しいんとして式の始まるのを待っていました。

アーチになった祭壇のすぐ下には、スナイダーを楽長とするオーケストラバンドが半円陣をとり、その左には唱歌隊の席がありました。

唱歌隊の中にはカナダのグロッコもいたそうですが、どの人かわかりませんでした。ところが祭壇の下オーケストラバンドの右側に「異教徒席」「異派席」という二つの陶製の標札が出て、どちらにも二十人ばかりの礼装をした人たちがすわっておりました。中にはけさの自動車で見たような人もだいぶありました。

私もそこで陳氏と並んでいちばんうしろに席をとりました。陳氏はしきりに向こうの異教徒席や異派席とプログラムとを比較しながら、よほど気にかかる模様でした。とうとうそっと私にささやきました。

「このプログラムの論難というのは向こうのあの連中がやるのですね。」

「きっとそうでしょうね。」

「どうです、異派席の連中は、私たちの仲間にくらべては、少し風采《ふうさい》でもなんでも見劣りするようですね。」

私も笑いました。

「どうもそのようですよ。」

陳氏がまた言いました。

「けれどもまた異教徒席のやつらと、異派席の連中とくらべてみたんじゃまたずっと違ってますね。異教徒席のやつらときたら、実際どうも醜悪ですね。」

「全くです。」私はとうとうふき出しました。実際異教徒席の連中ときたらどれもみんな醜悪だったのです。

にわかに澄み切った電鈴の音が式場いっぱい鳴りわたりました。

拍手があらしのように起こりました。

白髯赭顔《はくぜんしゃがん》のデビス長老が、質素な黒のガウンを着て、祭壇に立ったのです。そして何か言おうとしたようでしたが、あんまりうれしかったと見えて、もうなんにも言えず、ただおろおろと泣いてしまいました。信者たちはまるで熱狂して、歓呼拍手しました。デビス長老は手を大きく振ってまた何か言おうとしましたが、今度も声が咽喉《のど》につまって、まるで変な音になってしまい、とうとうまた泣いてしまったのです。

みんなはまた熱狂的に拍手しました。長老はやっと気を取り直したらしく、大きく手を三度ふって、何か叫びかけましたけれども、今度だってやっぱりそのとおり、くずれるように泣いてしまったのです。

祭司次長は、ウィリアム・タッピングという人で、ハワイの宣教師なそうですが、せいの高い立派なじいさんでした、が見かねて出て行って、祭司長にならんで立ちました。式場はしいんと静まりました。

「諸君、祭司長はただ今すでに、無言をもって百千万言を披瀝《ひれき》した。これ、げにも尊き祭始の宣言である。しかしながら、いまだ祭司長の言わざるところもある。これ実に祭司長が述べんと欲するものの中の糟粕《そうはく》である。これをしも、祭司次長が諸君に告げんと欲して、あえてとがめらるべきでない。

諸君。吾人《ごじん》は内外多数の迫害に耐えて、今日までビジテリアン同情派の主張を維持して来た。しかもこれいまだ社会的に無力なる、各個人個人においてである。しかるに今日はすでにビジテリアン同情派の堅き結束を見、その光輝ある八面体の結晶とも言うべきビジテリアン大祭を、この清澄なるニュウファウンドランド島、九月の気圏の底において析出した。ことにこの大祭において、多少の愉快なる刺激を吾人が所有するということは、最も天意のあるところである。多少の愉快なる刺激とは何であるか、これプログラム中にある異教及び異派の諸氏の論難である。これら諸氏はみな信者諸氏と同じく、各自の主義主張のために、世界各地より集まりきたった真理の友である。おそらく諸氏の論難は、最も痛烈辛辣《しんらつ》なものであろう。そのいよいよ鋭利なるほど、いよいよ公明にわれらはこれに答えんと欲する。これ大祭開式の辞、最後糟粕の部分である。祭司次長ウィリアム・タッピング、祭司長ヘンリー・デビスに代わってこれを述べる。」

拍手は天幕もひるがえるばかり、この間デビスはただよろよろと感激して頭をふるばかりでありました。

その拍手の中でデビス長老は祭司次長に連れられて壇をおり、透明な電鈴が式場いっぱいに鳴りました。

祭司次長がまた祭壇に上って壇のすみの椅子《いす》にかけ、それからちょっと立って異教徒席の方を軽くさし招きました。

異教徒席の中からせいの高い太ったフロックの人が出てテーブルの前に立ち、ちょっと会釈してそれからきぱきぱした口調でこう述べました。

「私はビジテリアン諸氏の主張に対して二箇条の疑問がある。

第一植物性食品の消化率が動物性食品に比して著しく小さいこと。もっとも動物性食品には含水炭素がほとんどないから、これは当然植物から採らなければならない。しかしながら、もし蛋白質《たんぱくしつ》と脂肪とについて考えるならば、なんといっても植物性のものは消化が悪い。単に分析表を見て牛肉と落花生と栄養価が同じだと言って、牛肉の代わりにそっくり豆を食べるというわけにはいかない。人によっては植物蛋白をほとんど消化しないんじゃないかと思われることもあるのだ。ビジテリアン諸氏はこれらのことは充分ご承知であろうがなおこれをもって多くの病弱者や老衰者並びに嬰児《えいじ》にまで及ぼそうとするのはどういうものであろうか。

第二は植物性食品はどう考えても動物性食品よりおいしくない。これはなんとしても否定することができない。

元来食事はただ栄養をとるためのものでなくまた一種の享楽である。享楽というよりは欠くべからざる精神爽快剤《レフレッシュメント》である。労働に疲れ、種々の患難に包まれて意気消沈した時にはあるいは小さな歌謡を口ずさむ、談笑する、音楽を聞く、観劇や小遠足にも出ることがたいへん効果あるように、食事もまた一つの心身回復剤である。この快楽を菜食ならば著しく減ずると思う。ことに愉快に食べたものならば実際消化もいいのだ。これをビジテリアン諸氏はどうお考えであるか伺いたい。」

たいへんおとなしい論旨でしたので私たちは実際本気に拍手しました。すると私たちの席から三人ばかり祭司次長の方へ手をあげて立った人がありましたが、祭司次長はいちばん前の老人を招きました。その人は白髯《はくぜん》でやはり牧師らしい黒い服装をしていましたが、壇に登って重い調子で答えたのでした。

「ただ今の御質疑に答えたいと存じます。

植物性の脂肪や蛋白質《たんぱくしつ》の消化があまりよくないことは明らかであります。さればといってはなはだ不良なのではなく、ただ動物質の食品に比していくぶん劣るというのであります。全然植物性蛋白や脂肪を消化しない人という人はまあありますまい。あるとすればその人はまた動物性の蛋白や脂肪も消化しないのです。さてどういうわけで植物性のものが消化がよくないかと言えば、蛋白質の方はどうもやっぱりその蛋白質分子の構造によるようでありますが、脂肪の消化率の少ないのは、それが多く繊維素の細胞壁に包まれている関係のようであります。どちらも次第に菜食になれて参りますと消化もだんだんよくなるのであります。いろいろ実験の成績もございますからあとでご覧を願います。また病弱者、老衰者、嬰児《えいじ》等の中には全く菜食ではいけない人もありましょう。私どもの派ではそれらに対してまで菜食をしいようといたすのではありません。ただなるべく動物互いに相食《あいは》むのは決して当然のことでない、なんとかしてそうでなくしたいというくらいの意味であります。もっとも老人病弱者にてももし肉食をきらうものがあれば、これに適するような消化のいい食品をつくる事については私ども今充分努力をいたしておるのであります。たとえば蛋白質をば少しく分解して、割合簡単な形の消化しやすいものを作る等であります。

第二に食事は一つの享楽である。菜食によってその多分は奪われると。これはやはり肉食者よりのお考えであります。なるほど普通混食をしているときは野菜は肉類よりおいしくないのですが、けれどももし肉類を食べるとき、その動物の苦痛を考えるならば到底おいしくはなくなるのであります。従って無理に食べても消化も悪いのであります。もちろん菜食を一年以上もしますなれば、なかなか肉類は不愉快な臭いや何かありまして好ましくないのであります。元来食物の味というものは、これは他の感覚と同じく対象よりはその感官自身の精粗によるものでありまして、精粗というよりは善悪によるものでありまして、よい感官はよいものを感じ、悪い感官はいいものも悪く感ずるのであります。同じ水を飲んでも徳のある人とない人とではたいへんにちがって感じます。

パンと塩と水とをたべている修道院の聖者たちには、パンの中の糊精《こせい》や蛋白質《たんぱくしつ》、酵素、単糖類、脂肪などみな微妙な味覚となって感ぜられるのであります。もしパンがライ麦のなら、ライ麦のいいところを感じて喜びます。これらは感官が静寂になっているからです。水を飲んでも石灰の多い水、炭酸のはいった水、冷たい水また川の柔らかな水、みなしずかにそれを享楽することができるのであります。これらは感官が澄んで静まっているからです。ところが感官がすさんで来るとどこまでも限りなくあらく悪くなって行きます。まあたいていパンのほんとうの味などはわからなくなって、非常に多くの調味料を用いたりします。すなわち享楽は必ず肉食にばかりあるのではない。むしろ清らかな透明な、限りのない愉快と安静とが菜食にあるということを申し上げるのであります。」

老人は会釈して壇をおり、拍手は天幕もひるがえるようでした。祭司次長は立って異教徒席の方を見ました。

異教徒席からやせた顔色の悪いドイツ刈りの男が立ちました。祭司次長は軽く会釈しました。その人も答礼して壇に上ったのです。

その人はたいへん皮肉な目つきをして、式場全体をきろきろ見おろしてから言いました。

「けさ私どもがみなさんにさしあげておいた五六枚のパンフレットはどなたもたいていお読みくだすったことと思う。私はたしかに評判のとおりシカゴ畜産組合の理事でまた屠殺《とさつ》会社の技師です。ところが正直のところ、シカゴ畜産組合がこのビジテリアン大祭を決して苦にするわけはない。なんとなればただ今前論者の言われたようなトラピストふうの人間というものは、今日全人類の一万分の一もあるもんじゃない。やっぱりあたりまえの人間には肉類は食料として滋養も多く美味である。ビジテリアン諸氏がせっかく菜食を実行しまた宣伝するのを見たところで、感服はしても容易にまねはしない。すなわち肉類の需要が減ずるものでもなしまた私たちの組合がこわれたり、会社が破産したりするものではない。だからいっこう反対宣伝もいらなければ、この軽業《かるわざ》テントの中にはいって異教徒席というこの光栄ある場所に私が数時間窮屈をする必要もない。しかしながら実は私は六月からこちらへ避暑に来ておりました。そしてこの大祭にぶっつかったのですから、職業がら私の方ではほんの余興のつもりでしたが、少しじゃまを入れてみようかと本社へ言ってやりましたら、社長や何かみなたいへんおもしろがって賛成して、運動費などもよこし、慰労かたがた技師も五人よこしました。そこで私たちは大急ぎでめいめい一つずつパンフレットも作り、自動車などまで雇ってそれをまきちらしましたが、実はなあに、いっこうあなたがたが菜っ葉や何かばかりおあがりになろうと痛くもかゆくもないのです。しかしまあやりかけた事ですから、これからも一度あのパンフレットをめいめい一人ずつご説明して苦しいご返答を伺おうと思います。実は私の方でもあのとおり速記者もたのんであります。

ご答弁は私の方の機関雑誌畜産之友《ちくさんのとも》に載せますからご承知を願います。で私のおたずねいたしたいことはパンフレットにもありましたとおり、動物がかあいそうだからたべないとあなたがたはおっしゃるが、動物というものは一種の機械です。消化吸収呼吸排《はい》泄《せつ》循環生殖とこういうことをやる器械です。死ぬのがこわいとかあす病気になって困るとか、だれそれと絶交しようとか、そんなめんどうなことを考えてはおりません。動物の神経だなんというものはただ本能と衝動のためにあるのです。神経なんというのはほんの少ししか働きません。その証拠にはご覧なさい、鶏では強制肥育ということをやる。鶏の咽喉《のど》にゴム管をあてて食物をぐんぐん押し込んでやる。ふだんの五倍も十倍も押し込む、それでちゃんと太るのです。おもしろいくらい太るのです。また犬の胃液の分泌や何かのぐあいを見るには犬の胸を切って胃の後部を露出して、幽門の所を腸と離してゴム管に結ぶ、そして食物をやる、どうです犬は食べると思いますか、食べないと思いますか。あっ、どうかしましたか。」

実際どうかしたのでした。あんまり話がひどかったために婦人の中で四五人卒倒者があり、他の婦人たちもたいてい歯を食いしばって、泣いたり耳をふさいで縮まったりしていたのです。

式場はにわかに大騒ぎになり、シカゴの畜産技師も祭壇の上で困って立っていました。正気を失った人たちはみんなの手で、私たちのそばを通って外にかつぎ出され、職業の医者な人たちは十二三人も立って出て行きました。しばらくたって式場はしいんとなりました。婦人たちはみんなひどく激昂《げっこう》していましたが、なにぶん相手が異教の論難者でしたので卑怯《ひきょう》に思われないために、だれも異議を述べませんでした。シカゴの技師ははんけちで丁寧に口をぬぐってからまた言いました。

「なるほど実にビジテリアン諸氏の動物に対する同情は大きなものであります。も少し言辞に気をつけて申し上げます。ええ、犬はそれを食べます。ぐんぐん食べます。おわかりですか。また家畜を去勢します。すなわち生殖に対する焦躁《しょうそう》や何かのために費やされる勢力《エネルギー》を保存するようにします。さあ家畜は太りますよ、全く動物は一つの器械でその足を速くするには走らせる、太らせるには食べさせる、卵をとるにはつるませる、乳汁《にゅうじゅう》をとるには子を近くに置いて子に飲ませないようにする。どうでも勝手なもんです。決して心配はありません。まだまだ述べたいのですがまた卒倒されると困りますからここまでにいたしておきます。」

その人は壇をおりました。拍手といっしょに六七人の人が私どもの方から立ちましたが、祭司次長が割合前の方のモーニングの若い人をさしまねきました。

その人は落ち着いたふうで少し微笑《わら》いながら演説しました。

「ただ今のご質問はいかにもごもっともであります。

多少御実験などもお話になりましたが実は遺憾ながらそれはみな実験になっておりません。

動物は衝動と本能ばかりだとおっしゃいましたがまあそうしておきます。その本能や衝動が生きたいということでいっぱいです。それを殺すのはいけないとこれだけでお答えには充分であります。しかしながらさらに詳しいことは動物心理学のたくさんの実験がこれを提供いたすだろうと思います。また実は動物は本能と衝動ばかりではないのであります。けさのパンフレットで見ましても生物は一つの大きな連続であると申されました。人間の心もちがだんだん人間に近いものから遠いものに行なわれております。人間の苦しいことは感覚のあるものはやっぱりみんな苦しい、人間の悲しいことは強い弱いの区別はあっても、やっぱりどの動物も悲しいのです。なかなかあのパンフレットにある豚のように愉快には行かないのであります。飼い犬が主人の少年の病死の時、その墓を離れず食物もとらずとうとう餓死した有名な例、鹿《しか》や猿《さる》の子が殺されたとき、それを慕って親もわざと殺されることなどだれでも知っています。

馬が何年もその主人を覚えていて、たまに会ったとき涙を流したりするのです。

前論者の、ビジテリアンは人間の感情をもってしいて動物を律しようとするというのに対して、私は実に、反対者たちは動物が人間と少しばかり形が違っているのに眼を欺かれて、その本心から起こって来る哀憐《あいれん》の感情をなくしているとご忠告申し上げたいのであります。だれだって自分の都合のいいように物事を考えたいものではありますが、どこまでもそれで通るものではありません。元来私どもの感情はそうむちゃくちゃに間違っているものではないのでありまして、どうしても本心から起こって来る心持ちは、全く客観的に見てそのとおりなのであります。動物は全くかあいそうなもんです。人もほんとうに哀れなものです。私は前論士にも少し深く、上調子《うわっちょうし》でなしに世界をごらんになることを望みます。」拍手が強く起こりました。

拍手の中から髪を長くしたせいの低い男が、いきなり異教徒席を立って壇に上りました。

「私はやはりシカゴ畜産組合の技師です。諸君、けさのマルサス人口論を基とした議論は読んでくだすったでしょう。どうです。それにちがいありますまい。地球上の人類の食物の半分は動物で半分は植物です。そのうち動物を食べないじゃ食物が半分になる。ただささえ食物が足りなくて、戦争だのいろいろ騒動が起こってるのに、さらにそれを半分に縮減しようというのはどんなほかに立派な理くつがあっても正気の沙汰《さた》とは思われない。人間の半分十億人が食物がなくて死んでしまう、死ぬ前にはいろいろ大騒ぎが起こる、その時ビジテリアンたちはどうします。自分たちの起こした戦争の中へはいって、われわれの敵国を打ち滅ぼせと言って鉄砲や剣を持って突貫しますか。それともああこんなはずじゃなかった。神よと言ってみんないっしょにナイヤガラかどこかへ飛び込みますか。そんなことしたって追いつきません。

いやそれよりもこんなことになるのはどこの国の政治家でもすぐわかる、これはいかんというわけでお気の毒ながら諸君をみんな終身懲役にしちまいます。まさか死刑にはなりますまいが終身懲役だってそんないいもんじゃありませんよ。どうです。今のうち懺悔《ざんげ》してやめてしまっては。」拍手も笑声も起こりました。私たちの方から若い背広の青年が立って行きました。

「あの人は私は知ってますよ。ニュウヨークで二三べん話したんです。大学生です。」

その青年は少し激昂《げっこう》したふうで演説し始めました。

「ご質問に対して、できるだけ簡単にお答えしようと思います。

人類の食料は動物と植物と約半々だ。そのうち動物を食べないじゃ食料が半分に減る。いかにもごもっともなお考えではありますが、だいぶ乱暴なところもあるようでありまず。動物と植物と半々だ。これがまずいけません。半々というのは何が半々ですか。たぶんは目方でお測りになるおつもりかしれませんが目方で比較なさるのはたいへんご損です。食物の中で消化される分の熱量ででもご比較になったらわりあい正確だろうと存じます。そういうふうにしますと一般に動物質の方が消化率も大きいのでありますからよほどお得になります。お得にはなりますがとても半々なんというわけには参りますまい。こんな珍しい議論の必要が従来あんまりありませんでしたのでおそらくこの計算はまだだれもいたしますまいが計算法だけ申し上げておきましょう。どうぞシカゴ畜産組合の事務所でゆっくり御計算を願います。すなわち世界じゅうの小麦と大麦、米や燕麦《えんばく》蕪菁《かぶら》や甘藍《かんらん》、あらゆる食品の産額を発見して、まず第一にその中からおのおの家畜の食べる分をさし引きます。その際あんまりびっくりなさいませんように。次にその残りのおのおのから蛋白質《たんぱくしつ》、脂肪、含水炭素の可消化量を計算して、それからおのおのの発する熱量を計算して合計します。

四千三百兆大カロリーとかなんとかだいたい出て参りましょう。今度は牛羊豚馬鶏鯨、というぐあいに今のとおりやります。合計二千三百兆大カロリーとかなんとか出て来ましょう。両方合わせてそれをざっと二十億で割って、三百六十五で割って営養研究所のかたにでも見ておもらいなさい。計算がちがっているかどうかたぶんご返事なさるでしょう。

さて、ところがただ今までの議論はいっこう私にはなんでもないのでありまして、第一のご質問の答弁の要点はこの次です。すなわち論難者はそのうち動物を食べないじゃ食料が半分に減ずるというこいつです。冗談じゃありませんぜ。いったいその動物は何を食って生きていますか。空気や岩石や水を食べているのじゃないのです。牛や馬や羊は燕麦《からすむぎ》や牧草をたべる。そのために作った南瓜《かぼちゃ》や蕪菁《かぶら》もたべる。ごらんなさい。人間が自分のたべる穀物や野菜の代わりに家畜の食べるものを作っているのです。牛一頭を養うには八エーカーの牧草地がいります。そこにいちばん計算の早い小麦を作ってみましょうか。十人の人の一年の食糧が毎年とれます。牛ならどうです。一年の間に太る分、さよう百六十キログラムの牛肉で、十人の人が一年生きていられますか。一人一日五十グラムですよ。親指三本の大きさですよ。腹がへりはしませんか。

よくおわかりにならないようですがもっと手短に言いますと、もし人間が自然と相談して牛肉や豚肉の代わりに何か損にならないものをよこしてくれと言えば、今よりもっとたくさんの人間が生きて行かれるくらい多くの食べものを向こうではよこすということです。ただしこれは海産物と廃物によって養う分の家畜は論外であります。しかしながらそれを計算に入れてもまた大丈夫です。家畜だってみんな食べるものばかりでなく、羊のように毛をもらうもの、馬や牛のように労働をしてもらうもののいろいろあります。

次に食料が半分になっちゃ人間も半分になる、いかにもおもしろいですがなかなかその食料が半分にならない。減るどころかことによると少しふえるかもしれません。ですから大丈夫戦争も起こらなければ、無期徒刑をご心配してくださらなくっても大丈夫です。かえって菜食はみんなの心を平和にし互いに正しく愛し合うことができるのです。多くの宗教で肉食を禁ずることがたいせつの儀式にはつきものになっているのでもわかりましょう。戦争どこじゃない、菜食はあなたがたにも永遠の平和をもたらして、せっかく避暑に来ていながら、自動車まで雇って変な宣伝をやったり、大祭へ踏み込んで来て、いやな事を言って婦人たちを卒倒させたりしなくてもいいようになります。また我々だって無期徒刑じゃない人類の仲間からと哺乳《ほにゅう》動物組合、鳥類連盟、魚類事務所などからまで勲章や感謝状をたくさん贈られるわけです。どうです。おわかりになったらあなたもビジテリアンにおなりなさい。」

すると前の論士が立ちあがりました。たいへん悔悟したような顔はしていましたが、なんだかどこかふき出したいのをこらえていたようにも見えました。しょんぼり壇に登って来て、

「悔悟します。きょうから私もビジテリアンになります。」と言って今の青年の手をとったのでした。みんなは実にひどく拍手しました。

二人は連れ立って私たちの方へおり、技師もそのあいた席へ腰かけて肩ですうすう息をしていました。ところがもちろんこの事のために異教徒席の憤懣《ふんまん》はひどいものでした。一人のやっぱり技師らしい男がずいぶん粗暴な態度で壇に登りました。

「諸君、私の疑問に答えたまえ。

動物と植物との間には確たる境界がない、パンフレットにも書いておいたとおりそれは人類の勝手に設けた分類に過ぎない。動物がかあいそうならいつのまにか植物もかあいそうになるはずだ。動物の中の原生動物と植物の中の細菌類とはほとんど相密接せるものである。また動物の中にだってヒドラや珊瑚類《さんごるい》のように植物に似たやつもあれば植物の中にだって食虫植物もある。睡眠をとる植物もある、眠る植物などは毎晩じゃまし

て眠らせないと枯れてしまう、食虫植物には小鳥を捕るのもあり人間を殺すやつさえあるぞ。ことにバクテリヤなどは先ごろまでたびたび分類学者が動物の中へ入れたんだ。今はまあ植物の中へ入れてあるがそれはほんのはずみなのだ。そんなあいまいな動物かもしれないものは、もちろん仁慈に富めるビジテリアン諸氏は食べたり殺したりしないだろう。ところがどうだ諸君。諸君がちょっと菜っ葉へ酢をかけてたべる、そのとき諸君の胃袋にはいって死んでしまうバクテリヤの数は百億や二百億じゃききゃしない。諸君がちょっと葡萄《ぶどう》をたべる、その一房《ふさ》にいくらの細菌や酵母がついているか、もっと早いとこ諸君が町の空気を吸う。一回に多いときなら一万ぐらいの細菌が殺される。そんなぐあいで毎日生きていながら私はビジテリアンですから牛肉はたべません、なんて、牛肉はいくら食べたって一つの命の百分の一にもならないのだ。偽善と言おうか無知と言おうか、とても話にならない。

ほんとうに動物がかあいそうなら、植物を食べたり殺したりするのもよしたまえ。動物と植物とを殺すのをやめるためにまず水と食塩だけ飲みたまえ。水はごくいい湧水《わきみず》にかぎる、それも新鮮な所にかぎる、すこし置いたんじゃもうバクテリヤがはいるからね。空気は高山や森のだけ吸いたまえ。町のはだめだ。さあ諸君、みんなどこかしんとした山の中へ行って、いい空気といい水と岩塩でもたべながらこのビジテリアン大祭をやるようにしたまえ。ここの空気は吸っちゃいけないよ。吸っちゃいけないよ。」

拍手は起こり笑声も起こりましたが多くの人はだまって考えていました。その男はもう大得意でチラッとさっき懺悔《ざんげ》してビジテリアンになった友人の方を見て自分の席へ帰りました。すると私の驚いたことはこの時まで腕をこまねいてじっとすわっていた陳氏がいきなり立って行ったことでした。シナ服で祭壇に立って、はじめて私の顔を見てちょっとかすかに会釈しました。それから落ち着いて流暢《りゅうちょう》な英語で反駁《はんばく》演説をはじめたのです。

「ただ今のご論旨はたいへんおもしろいので、私もさっそく空気を吸うのをやめたいと思いましたが、その前にちょっと一言で返事をしたいと存じます。どうぞその間空気を吸うことをお許しください。

さて、ただ今のご論旨ではビジテリアンたるものすべからく無菌の水と岩石ぐらいを食べて、海抜三千尺以上ぐらいの高い所に生活すべしというのでありましたが、なるほど私どもの中には一酸化炭素と水とから砂糖を合成する事をしきりに研究している人もあります。けれどもここではまず生物連続がおもしろかったようですからそれをいろいろ応用してみます。すなわち人類から他の哺乳類《ほにゅうるい》鳥類爬虫類《はちゅうるい》魚類、それから節足動物とか軟体動物とかないし原生動物、それから一転して植物の細菌類、それから多細胞の羊歯類《しだるい》顕花植物と、こう連続しているから、もし動物がかあいそうなら生物みんなかあいそうになれ、顕花植物なども食べても切ってもいかんというのですが、連続をしているものはまだいろいろあります。たとえば人間の一生は連続している。嬰児期《えいじき》幼児期少年少女期青年処女期壮年期老年期と、まあこうでしょう、ところが実はこれは便宜上勝手に分類したので実は連続しているはっきりした境はない、ですからもし四十になる人が代議士に出るならば必ず生まれたばかりの嬰児も代議士を志願してフロックコートを着て政見を発表したり、燕尾服《えんびふく》を着て交際したりしなければいけない、また小学校の一年生にエービースィーを教えるなら、大学校でもなぜ文学より見たる理論化学とか、相対性学説の難点とかそんなことばかりやって、エービースィーを教えないか、ということになります。あるいは他の例をもってするならば、元来変態心理と正常な心理とは連続的でありますから、人類はすべからく瘋癲《ふうてん》病院を解放するか、あるいはみんな瘋癲病院にはいらなければいけないとこうなるのであります。この変てこな議論が一見菜食にだけ適用するように思われるのは、それは思う人がまだこの問題を真剣に考え真実に実行しなかった証拠であります。こんなことはよくあるのです。

いくら連続していてもその両端ではだいぶちがっています。太陽スペクトルの七色をごらんなさい。これなどは両端に赤とすみれとがあり、まん中に黄があります。ちがっていますからどうもしかたないのです。植物に対してだってそれをあわれみいたましく思うことはもちろんです。インドの聖者たちは実際ゆえなく草を伐《き》り、花をふむことも戒めました。しかしながらこれは牛を殺すのとたいへんな距離がある。それは常識でわかります。人間から身体の構造が遠ざかるに従って、だんだん意識が薄くなるかどうかそれは少しもわかりませんが、とにかくわれわれは植物を食べるとき、そんなにひどく煩悶《はんもん》しません。そこはそれ相応にうまくできているのであります。バクテリヤの事がたいへんやかましいようでしたが、いったいバクテリヤがそこにあるのを殺すというようなことは、馬を殺すというようなのと非常なちがいです。バクテリヤは次から次と分裂し死滅し、まるですみやかにすみやかに変化してるのです。それを殺すといったところで馬を殺すというようのとはだいぶちがいます。またバクテリヤの意識だってよくはわかりませんが、とにかく私どもが生まれつきバクテリヤについては殺すとかかあいそうだとかあんまりひどく考えない。それでいいのです。またしかたないのです。ただしこれも人類の文化が進み人類の感情が進んだときどう変わるかそれはわかりません。インドの聖者たちは濾《こ》さない水は飲みません。普通の布の水濾しでは原生動物は通りますまいがバクテリヤは通りましょう。まあこれらについてはいくら理論上なんと言われても、私たちにそう思えないとお答えいたすよりしかたありません。やがて理論的にもまたそのとおり証明されるにちがいありません。

私の国の孟子《メンシアス》という人は、徳の高い人は家畜の殺される所また料理される所を見ないと言いました。ごく穏健な考えであります。

自然はそんなおとしあなみたいなことはしませんから、私どもは私どもに備わった感官の状態私どもをめぐった条件においてただ菜食をしたいとこういうのであります。ここにおいて私はあえて高山に逃げません。」

陳氏はあらしのような拍手といっしょに私の所へ帰って来ました。

私が陳氏に立って敬意を示してる間に演壇にはもう次の論士が立っていました。

「諸君、しずかにしたまえ。まだそんなによろこぶには早い。なぜならビジテリアン諸君の主張は比較解剖学の見地からしてまさに根底から顛覆《てんぷく》するからである。見たまえ諸君の歯は何枚あります。三十二枚、そうです。で、そのうち四枚が門歯、四枚が犬歯、それから残りが臼歯《きゅうし》と知歯です。で、そんなら門歯は何のため、門歯は食物をかみとるため、臼歯は何のため、食物をすり砕くため、犬歯はそんなら何のため、これは肉を裂くためです。これでおわかりでしょう。臼歯は草食動物にあり、犬歯は肉食類にある。人類に混食がいちばん適当なことはこれで見てもわかるのです。

すなわち人類は混食しているのがいちばん自然なのです。ですから我々は肉食をやめるなんて考えてはいけません。」

ずいぶんみんなこらえたのでしたが、あんまりその人の身ぶりが滑稽《こっけい》でおまけにいかにも小学校の二年生に教えるように言うもんですから、とうとうみんなどっと吹き出しました。

私どもの席から一人がすぐ出て行きました。

「ただ今の比較解剖学からのご説はどうもふに落ちないのであります。まず第一に人類の歯に混食がちょうど適当だというのに、いろいろ議論も起こりましょうが、まあこれはだいたいそのとおりとしていかがです、その次に人類に混食がいちばん自然だから菜食していかんというのは。

自然だからそのとおりでいいということはよく言いますが、これは実はいいことも悪いこともあります。たとえば我々は畑をつくります。そしてある目的の作物を育てるのでありますが、この際いちばん自然なことは畑いっぱい草がはえて作物が負けてしまうことです。これはいちばん自然です。

前論士がもし農場を経営なすった際には参観さしていただきたい。また人間には盗むというような考えがあります。これはきわめて自然のことであります。そんならそのままでいいではないか、とこうなります。また異教派のかたにもだいぶ諸方から鉄道などでおいでになったかたもあるようでありますが、鉄道でいちばん自然なこと、すなわちなるべく人力を加えないようにしますするならば、衝突や脱線や人をひいたりするなどがいいようであります。そんならそれでいいではないか、ポイントマンだのタブレットだのめんどうくさいことやめてしまえ、とこういうことになりますが、どなたもご異議はありませんか。」こう言ってその人はさっさと席に戻ってしまいました。

すると異教席からすぐまた一人立ちました。

「私は実は宣伝書にも言っておいたとおり充分詳しく論じようと思ったが、さっきからのくしゃくしゃしたつまらない議論で、頭が痛くなったからほんの一言《ひとこと》申し上げる。魚などは諸君が食べないたって死ぬ、鰯《いわし》なら人間に食われるか鯨に呑《の》まれるかどっちかだ。つぐみなら人に食べられるか鷹《たか》にとられるかどっちかだ。そのときは鰯もつぐみもまっ黒な鯨やくちばしのとがったキスもできないような鷹に食べられるよりも、仁慈あるビジテリアン諸氏に涙をほろほろそそがれて食べられた方がいいと言わないだろうか。それから今度は菜食だからっていっこう安心にならない。農業の方では害虫の学問があって、薬をかけたり焼いたりつぶしたりして虫を殺すことを考えている。百姓はみんなそれをやる。鯨を食べるならば一匹を一万人でも食べられ、またそのために百万匹の鰯を助けることになるのだが、甘藍《かんらん》を一つたべるとそのために青虫を百匹も殺していることになる。まるで諸君の考えと反対のことばかり行なわれているのです。いかがです。」

すぐまた一人立ちました。

「私はただ一分でお答えする。第一に魚がどんなに死ぬからって、それが私たちの必ずそれを食べる理由にはならない。また私たちが魚をたべたからって、魚が喜ぶかどうかそんなこともわからない。どうせ何かに殺されるだろうからって、こっちが殺してやろうというようには参りません。人間が魚をとらなければ海が魚で埋まってしまうという勘定さえあるが、そんなめのこ勘定でゆくもんじゃない。結局こんな間接のことまで論じていたんじゃきりがない、ただわれわれはまっすぐにどうもいけないと思うことをしないだけだ。野菜もまた犠牲を払うというが、それはわれわれはよく知っている。だから物を浪費しないことはたいせつなことなのだ。ただし穀作や何かならばそんなにひどく虫を殺したりもしないのだ。極端な例でだけ比較をすれば、いくらでもこんな変な議論は立つのです、結局われわれはどうしても正しいと思うことをするだけなのだ。」

拍手が起こりました。その人は壇をおりました。

異教徒席の中から赭《あか》い髪を立てた太った丈《たけ》の高い人が、東洋ふうに形容しましたらまさに怒髪天を衝《つ》くというふうで大股《おおまた》に祭壇に上って行きました。私たちは寛大に拍手しました。

祭司が一人出てその人と並んで紹介しました。

「このおかたは神学博士ヘルシウス・マットン博士でありましてカナダ大学の教授であります。このたびはシカゴ畜産組合の顧問として本大祭に御出席を得、ただ今よりわれわれの主張の不備の点を御指摘くださる次第であります。ちょっと紹介申しあげます。」とこう言うのでありました。私たちは寛大に拍手しました。

マットン博士はしずかにフラスコから水を飲み、肩をぶるぶるっとゆすり、腹をかかえ、それからきわめておもむろに述べ始めました。

「ビジテリアン同情派諸君。本日はこの光彩ある大祭に出席の栄を得ましたことは私の真実光栄とするところであります。

ついてはこれより約五分間私の奉ずる神学の立場より諸氏の信条を厳正に批判してみたいと思うのであります。

しかるに私の奉ずる神学とはしかく狭隘《きょうあい》なるものではない。私の奉ずる神学はただ二言にして尽くす。ただ一なるまことの神はいましたもう。それから神の摂理ははかるべからずとこうである。これに賛せざる諸君よ、諸君はなおかの中世の煩瑣《はんさ》哲学の残骸《ざんがい》をもってこの明るく楽しく流動やまざる一千九百二十年代の人心に臨まんとするのであるか。今日宗教の最大要件は簡潔である。吾人《ごじん》の哲学はこの二語をもってすでに千六百万人の世界各地に散在する信徒を得た。否、およそ神を信ずる者にしてこの二語を奉ぜざるものありや。細部の諍論《そうろん》はしばらくおけ。およそ何人《なんぴと》か神を信ずるものにしてこの二語を否定するものありや。」

咆哮《ほうこう》し終わってマットン博士は卓を打ち式場を見回しました。満場森《しん》として声もなかったのです。

博士は続けました。

「讃《たと》うべきかな神よ。神はまことにして変わりたまわない、神はすべてを創《つく》りたもうた。美しき自然よ。風は不断のオルガンを弾じ、雲はトマトのごとくまた馬鈴薯《ばれいしょ》のごとくである。道のかたわらなる草花はあるいは赤くあるいは白い。金剛石は硬《かた》く滑石《かっせき》は軟《やわ》らかである。牧場は緑に海は青い。その牧場にはうるわしき牛佇立《ちょりゅう》し羊群駆ける。その海には青く装える鰯《いわし》も泳ぎ大なる鯨も浮かぶ。いみじくも造られたる天地よ、自然よ。どうです諸君、ご異議がありますか。」

式場はしいんとして返事がありませんでした。博士は実に得意になってかかとで一つのびあがり手で丸くぐるっと輪を描きました。

「その中のできごとはみな神の摂理である。すべてはすべてはみこころである。誠に畏《かしこ》きわみである。主の恵み讃《たと》うべく主のみこころは測るべからざるかな。われらこの美しき世界の中にパンを食み羊毛と麻とをめんとを着、セルリイと蕪菁《ターニップ》とを食《は》み、また豚と鮭《さけ》とをたべる。すべてこれ摂理である。み恵みである。善である。どうです諸君。ご異議がありますか。」

博士は今度は少し心配そうに顔色を悪くして、そっと式場を見まわしました。それからまるで脱兎《だっと》のような勢いで結論にはいりました。

「私はシカゴ畜産組合の顧問でもなんでもない。ただ神の正義を伝えんがためにここに来た。

諸君、諸君は神を信ずる。何がゆえに神に従わないか、何ゆえに神の恩恵を拒むのであるか。すみやかにこれを悔悟して従順たる神の僕《しもべ》となれ。」

博士は最後に大咆哮《だいほうこう》を一つやって、電光のように自分の席に戻り、そこから横目でじっと式場を見まわしました。拍手が起こりましたが同時に大笑いも起こりました。というのは私たちは式場の神聖を乱すまいと思ってできるだけこらえていたのでしたが、あんまり博士の議論がおもしろいのでしまいにはとうとうこらえきれなくなったのでした。いちばん前列にいた小さな信者が立ちあがって祭司次長に何か言いました。次長は大きくうなずきました。

その人はこの村の小学校の先生なようでした。落ちついて祭壇に立って、それから丁寧にさっきのマットン博士に会釈しました。博士はたしかに青くなってぶるぶるふるえていました。その信者は次に式場全体にあいさつしました。拍手は強く起こりました。その人は少しニュウファウンドランドのなまりを入れて演説をはじめました。

「異教論難に対し、私はプログラムに許されてあるとおり、宗教演説をもって答えようと思うのであります。

ヘルシウス・マットン博士の御所説は実に三段論法の典型であります。まず博士の神学をあげて二度これを満場に承認せしめこれをもって大前提とし、次にビジテリアンがこれにそむくことを述べて小前提とし、最後にビジテリアンがゆえに神にそむくことを断定し、菜食なる小善のゆえに神にそむくの大罪を犯すことを暗示いたされました。実に簡潔明瞭《めいりょう》なる所論であります。

しかるにこの典型的論理に私が多少疑問あることは最も遺憾に存ずる次第であります。第一に博士の一九二〇年代に適するようにクリスト教旧神学中より抽出されました簡潔の神学は、ただこの語だけで見ますればこれいかにも適当であります。今日ここに集まりました人々はあながちクリスト教徒ばかりではありません、されどいずれの宗教においてもこれを言わんと欲するものであります。ただしこれあえて博士の神学でもありません。これ最も普通のことであります。

第二にその神学の解釈に至っては私の最も疑義を有するところであります。ことにも摂理の解釈に至っては到底博士は信者とは言われませぬ。摂理なる観念はあえてキリスト教に限らずこれ一般宗教通有のものでありますが、その解釈を誤ることわが神学博士のごときものいずれの宗教においてもまた実に多々あるのであります。今一度博士の所説を繰り返すならば、私は筆記しておきましたが、読んでみます。

その中のできごとはみな神の摂理である。すべてはすべてはみこころである。誠に畏《かしこ》きききわみである。主《しゅ》の恵み讃《たと》うべく主のみこころは測るべからざるかな。すべてこれ摂理である。み恵みである。善である。とこうです。

これを更に約言するときはこうなります。現象はすべて神の摂理中なるがゆえに善なりと、まあよろしいようでありますがまたごくあぶないのであります。ここの善というのは神より見たる善であります。絶対善であります、それをもし私たちから見た善と解釈するとき、始めて先刻のマットン博士の所説を生じます。現象はみな善である、私が牛を食う、摂理で善である。私がおこってマットン博士をなぐる、摂理で善である。

なぜならこれは現象で摂理の中のできごとで、神のみ旨《むね》は測るべからざるかな、とこうなる。私が諸君にピストルを向けて諸君の帰国の旅費をみんな巻きあげる、たいへんよろしい。私がだれかにおどかされて旅費を巻きあげそこねそうになる、一発やる、その人が死ぬ、摂理で善である。もっとおもしろいのはここにビジテリアンという一類が動物をたべないと言っている。神の摂理である、善である。しかるに何ゆえにマットン博士は、東洋流に形容するならば怒髪天を衝《つ》いてこれを駁撃《ばくげき》するか。ここに至って畢《ひっ》竟《きょう》マットン博士の所説は自家撞着《どうちゃく》に終わるものなることを示す。

　この結論は実はいいことばであります。これしかしながら不肖私のことばではない、実にシカゴ畜産組合の肉食宣伝のパンフレット中に今朝《けさ》拝見したものである。終わりに臨んで勇敢なるマットン博士に深甚《しんじん》なる敬意を寄せます。」

　拍手は天幕をひるがえしそうでありました。

「だいぶ露骨ですね、あんまり教育家らしくもないビジテリアンですね。」と陳さんが大笑いをしながら申しました。

　ところがその拍手のまだ鳴りやまないうちに、もう異教徒席の中からやせぎすの神経質らしい人が祭壇にかけ上りました。その人は手をぶるぶるふるわせ眼もひきつっているように見えました。それでもコップの水を飲んで少し落ち着いたらしく一足進んで演説をはじめました。

「マットン博士の神学はクリスト教神学である。かつその摂理の解釈において少しく遺憾の点のあったことは全く前論士のいうごとくである。

しかしながらここに集まられたビジテリアン諸氏中、約一割の仏教徒のあることを私は知っている。私もまた実は仏教徒である。クリスト教国に生まれて仏教を信ずるゆえんはどうしても仏教が深遠だからである。自分は阿弥陀仏《あみだぶつ》の化身《けしん》、親鸞僧正《しんらんそうじょう》によって啓示されたる本願寺派の信徒である。すなわち私は一仏教徒として、わが同朋《どうほう》たるビジテリアンの仏教徒諸氏に一語を寄せたい。この世界は苦である。この世界に行なわるるものにして一として苦ならざるものはない。ここはこれみな矛盾である。みな罪悪である。われらの心象中微塵《みじん》ばかりも善の痕跡《こんせき》を発見することができない。この世界に行なわるるわれらの善なるものは畢竟《ひっきょう》根のない木である。われらの感ずる正義なるものは結局自分に気持ちがいいというだけの事である。これはこうでなければいけないとか、これはこうなればよろしいとかみんなそんなものはなんにもならない。動物がかあいそうだから食べないなんということはわれらには言えたことではない。実にそれどころではないのである。ただすみやかにかの西方の覚者救済者阿弥陀仏に帰してこの矛盾の世界を離るべきである。それしかる後において菜食主義もよろしいのである。この事がらはあえて議論ではない。われらの大教師にして仏の化身《けしん》たる親鸞僧正がまのあたり肉食を行ない、爾来《じらい》わが本願寺は代々これを行なっている。日本信者の形容をもってすれば一つの壺《つぼ》の水を他の一つの壺に移すがごとくに肉食を継承しているのである。次にまた仏教の創設者釈迦牟尼《しゃかむに》を見よ。釈迦は出離の道を求めんがために壇特山《だんどくせん》と名づくる林中において六年精進苦行《しょうじんくぎょう》した。

一日米の実一粒亜麻《あま》の実一粒を食したのである。されどもついにその苦行の無益を悟り、山をおりて川に身を洗い、村女のささげたるクリームをとりて食しついに法悦《エクスタシー》を得たのである。今日牛乳や鶏卵チーズバターをさえとらざるビジテリアンがある。これらはもし仏教徒ならば論をまたず、仏教徒ならざるもまた大いに参考に資すべきである。さらに釈迦は集まりきたれる多数の信者に対して決して肉食を禁じなかった。五種浄肉となづけて、あまり残忍なる行為によらずして得たる動物の肉はこれを食することを許したのである。今日のビジテリアンは実にインドの古《いにしえ》の聖者たちよりも食物のある点について厳格である。されどこれ畢竟《ひっきょう》不具である、畸形《きけい》である。食物のみ厳格なるも釈迦の制定したる他の律法に一も従っていない。特にビジテリアン諸氏よくこれを銘記せよ。釈迦はその晩年、その思想いよいよ円熟するに従って全く菜食主義者ではなかったようである。

見よ、釈迦《しゃか》は最後に鍛工《たんこう》チェンダというもののささげたる食物を受けた。その食物は豚肉を主としている。釈迦はこの豚肉のためにあらかじめ害したる胃腸を全く救うべからざるものにしたらしい。そのためにとうとう八十一歳にしてクシナガラという所に寂《じゃく》滅《めつ》したのである。

仏教徒諸君、釈迦を見ならえ。釈迦の行為を模範とせよ。釈迦の相似形となれ。釈迦の諸徳をみなその二万分一、五万分一、あるいは二十万分一の縮尺《スケール》においてこれを習修せよ。しかる後に菜食主義もよろしかろう。諸君のごとき畸形の信者はおそらく地下の釈迦も迷惑であろう。」

拍手はテントもひるがえるばかりでした。

私はこの時あんまりひどい今のことばに頭がフラッとしました。そしてまるでよろよろ出て行きました。

何を言うんだったと思ったときはもう演壇に立ってみんなを見おろしていました。陳氏がいちばん向こうでしきりに拍手していました。みんなはまるで野原の花のように見えたのです。私は言いました。

「前論士は仏教徒として菜食主義を否定し肉食論を唱えたのでありますが遺憾ながら私はまた敬虔《けいけん》なる釈尊の弟子《でし》として、前論士の所説の誤謬《ごびゅう》を指摘せざるを得ないのであります。まずあらかじめここで述べなければならないことは、前論士は要するに仏教特に腐敗せる日本教権に対して一種骨董的《こっとうてき》好奇心を有するだけで、決して仏弟子《ぶつでし》でもなく仏教徒でもないということであります。これその演説中あまた如来正偏知《にょらいしょうへんち》に対してあるべからざる言辞を弄《ろう》したるによって明らかである。特にその最後の言を見よ。地下の釈迦もさだめし迷惑であろうと。これなんたる言であるか。何人《なんびと》か如来を信ずるものにしてこれを地下にありというものありや。われらは決してかくのごとき仏弟子の外皮をかぶり、貢高邪曲《こうこうじゃきょく》の内心を有する悪魔の使徒を許すことはできないのである。

見よ、彼は自らの芥子《けし》の種ほどの知識をもってかの無上士《むじょうし》を測ろうとする。その論をさらに今私は繰り返すだも恥ずるところであるが、実証のためにこれを指摘するならば彼はこう言っている。クリスト教国に生まれて仏教を信ずるゆえんはどうしても仏教が深遠だからであると。クリスト教信者諸氏、所を換えて次のごとき命題を諸氏は許容するか、仏教国に生まれてクリスト教を信ずるゆえんはどうしてもクリスト教が深遠だからであると。諸君はその軽薄に不快を禁じ得ないだろう。私から言うならば前論士のごときにいずれの教理が深遠なるや見当も何もつくものではないのである。次に前論士はわれらの世界における善について述べられた。この世界に行なわるるわれらの善なるものは畢竟《ひっきょう》根のない木であると、これはおそらくは如来のみ力を受けずして善はあることはないという意味であろう、私もそう信ずる。その次にこれはこうなればよろしいとかこれはこうでなければいけないとかそんなものはなんにもならないと、これも私は如来のみ旨《むね》によらずしてわれらのみの計らいにてはそうであると思う。前論士もまたその意味で言われたようである。ただしただすみやかにかの西方の覚者に帰せよと、これは仏教の中においていろいろ諍論《そうろん》のあるところである。今はこれを避ける。ただわれら仏教徒はまず釈尊の所説の記録仏経に従うということだけを覚悟しよう。仏経に従うならば五種浄肉は修業未熟のものにのみ許されたこと楞伽経《りょうがきょう》に明らかである。これとても最后《さいご》の涅槃経《ねはんぎょう》中には今より以後汝等仏弟子《なんだちぶつでし》の肉を食うことを許さずとされている。その五種浄肉とても前論士の言われたごとき、あまり残忍なる行為によらずしてというごとき簡単なるものではない。仏教中のさまざまの食制に関する考えは他にだれか述べられる予定があったようであるからここにはこれを略する。ただし、最後に前論士は釈尊の終わりに受けられた供養《くよう》が豚肉であるという。なんという間違いであるか、豚肉ではない蕈《きのこ》の一種である。サンスクリットの両音あい類似するところから軽率にもあのような誤りを見たのである。ここにおいてか私は前論士の結論をもって前論士に報いる。

仏教徒諸君、釈迦《しゃか》を見ならえ。釈迦の相似形となれ。釈迦の諸徳をみなその二万分一、五万分一、あるいは二十万分一の縮尺《スケール》においてこれを習修せよ。

ああこの語気の軽薄なることよ。私はこれを自ら言いてさらにそを口にした事を恥じる。私は次に宗教の精神より肉食しないことの当然を論じようと思う。

キリスト教の精神は一言にして言わば神の愛であろう。神《かみ》天地をつくりたもうたとの、つくるというようなことばは要するにわれわれに対する一つの譬喩《ひゆ》である、表現である。マットン博士のように誤った摂理論を出さなくてもよろしい。畢竟《ひっきょう》は愛である。あらゆる生物に対する愛である。どうしてそれを殺して食べることが当然のことであろう。

仏教の精神によるならば慈悲である。如来の慈悲である。完全なる智慧《ちえ》を備えたる愛である。仏教の出発点は、いっさいの生物がこのように苦しく、このようにかなしいわれらと、これらいっさいの生物ともろともに、この苦の状態を離れたいとこう言うのである。その生物とは何であるか、そのことあまりに深刻にして諸氏の胸を傷つけるであろうがこれ真理であるから避け得ない。率直に述べようと思う。すべての生物はみな無量の劫《カルパ》の昔から流転《るてん》に流転《るてん》を重ねて来た。流転の階段は大きく分けて九つある。われらはまのあたりその二つを見る。一つのたましいはある時は人を感ずる。ある時は畜生《ちくしょう》、すなわちわれらが呼ぶところの動物中に生まれる。ある時は天上にも生まれる。その間にはいろいろの他のたましいと近づいたり離れたりする。すなわち友人や恋人や兄弟や親子やである。それらが互いにはなれまた生を隔ててはもうお互いに見知らない。無限の間には無限の組み合わせが可能である。だからわれわれのまわりの生物はみな長い間の親子兄弟である。異教の諸氏はこの考えをあまり真剣で恐ろしいと思うだろう。恐ろしいまでこの世界は真剣な世界なのだ。私はこれだけを述べようと思ったのである。」

私は会釈して壇をおり拍手もかなり起こりました。

異教徒席の神学博士たちももうこれ以上論じたいようなけしきも見えませんでした。けれども異教徒席の中にだってみんな神学博士ばかりではありませんでした。ちょうどヘッケルのようなふうをした、眉間《みけん》に大きな傷あとのある人がにわかに椅子《いす》を立ちました。私はけさのパンフレットから考えてきっとあれは動物学者だろうと考えたのです。

その人はまるで顔をまっかにして、せかせかと祭壇にのぼりました。われわれは寛大に拍手しました。

その人はぶるぶるふるえる手でコップに水をついでのみました。コップの外へも水がすこしこぼれました。そのふるえようがあんまりひどいので私は少し神経病の疑いさえももちました。ところが水をのむとその人はにわかにピタッと落ち着きました。それからごくしずかに何か言いそうに口をしましたがそのことばはなかなか出て来ませんでした。みんなはしんとなりました。その人は突然爆発するように叫びました。二三度どもりました。

「な、な、な、何がゆえに、何がゆえに、君たちはど、ど、動物を食わないと言いながらひ、ひ、ひ、羊、羊の毛のシャッポをかぶるか。」その人は興奮のためにガタガタふるえて、それからやけに水をのみました。さあたいへんです。テントの中は裂けるばかりの笑い声です。

陳氏ももう手をたたいてころげまわってから言いました。

「まるでジョン・ヒルガードそっくりだ。」

「ジョン・ヒルガードってなんです。」私は尋ねました。

「喜劇役者ですよ。ニュウヨーク座の。けれどもヒルガードには眉間《みけん》にあんな傷あとがありません。」

「なるほど。」

そのあとはもう異教徒席も異派席もしいんとしてしまって、だれも演壇に立つものがありませんでした。祭司次長がしばらく式場を見まわして、今のざわめきが静まってから、落ちついて異教徒席へ行きました。ほかにお立ちのかたはありませんかとでも言ったようでしたが、だれもしんとして答えるものがありませんでしたので、次長はちょっと礼をして引き下がりました。

「すっかり参ったようですね。」陳氏が私に言いました。私も実際うれしかったのです。あんなに頑強《がんきょう》に見えたシカゴ軍があんまりもろく粉砕されたからです。こう言ってはなんだか野球のようですが全くそうでした。そこで電鈴がずいぶん長く鳴りました。そのすきとおった音に、私の興奮した心はもう一ぺん透明なニュウファウンドランドの九月というような気分に戻りました。みんなもそうらしかったのです。陳氏は、

「私はもう一発やって来ますから。」と言いながら立ちあがって出て行きました。

その時です。神学博士がまたしおしおと壇に立ちました。そしてしょんぼりと礼をして言ったのです。

「諸君、きょう私は神のおぼしめしのいよいよ大きく深いことを知りました。はじめ私は混食のキリスト信者としてこの式場に臨んだのでありましたが、今や神は私に敬虔《けいけん》なるビジテリアンの信者たることを命じたまいました。ねがわくは先輩諸氏、愚昧《ぐまい》小生のごときをも清き諸氏の集会の中に、諸氏の同朋《どうほう》として許したまえ。」

そして壇を下って、頭をたれて立ちました。

祭司次長はすぐ進んで握手しました。みんなは歓呼の声をあげ熱心に拍手してこの新しい信者を迎えたのです。

すると異教徒席はもうめちゃめちゃでした。まっ黒になって一ぺんに立ちあがり一ぺんに壇にのぼって、

「悔い改めます。許してください。私どももみんなビジテリアンになります。」と声をそろえて言ったのです。

祭司次長がすぐ進んで一人ずつ握手しました。そして一人ずつ壇を下ってこっちの椅《い》子《す》にすわりました。歓呼と拍手とでいっぱいでした。椅子《いす》がちょうどうまいぐあいにあったのです。なんだかあんまりみんなうまいぐあいでした。その時外ではどうんとまた一発陳氏ののろしがあがりました。その陳氏がもうはいって来て、私に軽く会釈してまだ立ちながら向こうを見て言いました。

「おやおやみんな改宗しましたね。あんまりあっけない、おや椅子もちょうどいい、はてな一つあいてる。そうだ、さっきのヒルガードに似た人だけまだがんばってる。」

なるほど、さっきのおしまいの喜劇役者に似た人はたった一人、異教徒席にすわって腕を組んだり髪をかきむしったり、いかにもぎょうさんなのでみんなはとうとうひどく笑いました。

「あの男の煩悶《はんもん》ならいったいなんだかわからないですな。」陳氏が言いました。

ところがとうとうその人は立ちあがりました。そして壇にのぼりました。

「諸君。私は誤っていた。私は迷っていたのです。私はきょうからビジテリアンになります。いや私は前からビジテリアンだったような気がします。どうもさっきまちがえて異教徒席にすわり、そのためにあんな反対演説をしたらしいのです。諸君許したまえ。かつ私考えるに、本日異教徒席にすわったかたはみんな私のように席をちがえたのだろうと思う。どうもそうらしい。その証拠には今はみんな信者席にすわっている。どうです、前異教徒諸氏そうでしょう。」

私の驚いたことは神学博士をはじめみんな一ぺんに立ちあがって、

「そうです。」と答えたことです。

「そうでしょう。してみると私はいよいよ本心に立ち帰らなければならない。私はあるいはご承知でしょう。ニュウヨーク座のヒルガードです。きょうは私はこのお祭りをにぎやかにするために祭司次長から頼まれて、一つしばいをやったのです。このわれわれのやった大しばいについて、不愉快なおかたはどうか祭司次長にその攻撃の矢を向けてください。私はごく気の弱い一信者ですから。」

ヒルガードは一礼して脱兎《だっと》のように壇をおり、ただ一つあいた席にぴたっとすわってしまいました。

「やられたな、すっかりやられた。」陳氏は笑いころげ、哄笑《こうしょう》歓呼拍手は祭場も割れるばかりでした。けれども私はあんまりこのあっけなさにぼんやりしてしまいました。あんまりぼんやりしましたので、愉快なビジテリアン大祭の幻想はもうこわれました。どうかあとのところはみなさんで活動写真のおしまいのありふれた舞踏か何かを使って、ご勝手にご完成をねがうしだいであります。

銀河鉄道の夜

一　午後の授業

「ではみなさんは、そういうふうに川だと言われたり、乳の流れたあとだと言われたりしていた、このぼんやりと白いものがほんとうは何かご承知ですか。」先生は、黒板につるした大きな黒い星座の図の、上から下へ白くけぶった銀河帯のようなところをさしながら、みんなに問いをかけました。

カムパネルラが手をあげました。それから四五人手をあげました。ジョバンニも手をあげようとして、急いでそのままやめました。たしかにあれがみんな星だと、いつか雑誌で読んだのでしたが、このごろはジョバンニはまるで毎日教室でもねむく、本を読むひまも読む本もないので、なんだかどんなこともよくわからないという気持ちがするのでした。

ところが先生は早くもそれを見つけたのでした。

「ジョバンニさん。あなたはわかっているのでしょう。」

ジョバンニは勢いよく立ちあがりましたが、立ってみるともうはっきりとそれを答えることができないのでした。ザネリが前の席からふりかえって、ジョバンニを見てくすっとわらいました。ジョバンニはもうどぎまぎしてまっかになってしまいました。

先生がまた言いました。

「大きな望遠鏡で銀河をよっく調べると銀河はだいたい何でしょう。」

やっぱり星だとジョバンニは思いましたが、こんどもすぐに答えることができませんでした。

先生はしばらく困ったようすでしたが、目をカムパネルラの方へ向けて、

「ではカムパネルラさん。」と名ざしました。

するとあんなに元気に手をあげたカムパネルラが、もじもじ立ち上がったままやはり答えができませんでした。

先生は意外なようにしばらくじっとカムパネルラを見ていましたが、急いで、

「では、よし。」と言いながら、自分で星図をさしました。

「このぼんやりと白い銀河を大きないい望遠鏡で見ますと、もうたくさんの小さな星に見えるのです。ジョバンニさんそうでしょう。」

ジョバンニはまっかになってうなずきました。けれどもいつかジョバンニの目のなか

には涙がいっぱいになりました。そうだ、僕は知っていたのだ、もちろんカムパネルラも知っている、それはいつかカムパネルラのおとうさんの博士のうちでカムパネルラといっしょに読んだ雑誌のなかにあったのだ。それどこでなくカムパネルラは、その雑誌を読むと、すぐおとうさんの書斎から大きな本をもってきて、ぎんがというところをひろげ、まっ黒なページいっぱいに白い点々のある美しい写真を二人でいつまでも見たのでした。

それをカムパネルラが忘れるはずもなかったのに、すぐに返事をしなかったのは、このごろぼくが、朝にも午後にも仕事がつらく、学校に出てももうみんなともはきはき遊ばず、カムパネルラともあんまり物を言わないようになったので、カムパネルラがそれを知って気の毒がってわざと返事をしなかったのだ、そう考えるとたまらないほど、じぶんもカムパネルラもあわれなような気がするのでした。

先生はまた言いました。

「ですからもしもこの天《あま》の川《がわ》がほんとうに川だと考えるなら、その一つ一つの小さな星はみんなその川のそこの砂や砂利《じゃり》の粒にもあたるわけです。またこれを大きな乳の流れと考えるなら、もっと天の川とよく似ています。つまりその星はみな、乳のなかにまるで細かにうかんでいる脂油の球《たま》にもあたるのです。そんなら何がその川の水にあたるかと言いますと、それは真空という光をある速さで伝えるもので、太陽や地球もやっぱりそのなかに浮かんでいるのです。

つまりは私どもも天の川の水のなかにすんでいるわけです。そしてその天の川の水のなかから四方を見ると、ちょうど水が深いほど青く見えるように、天の川の底の深く遠いところほど星がたくさん集まって見え、したがって白くぼんやり見えるのです。この模型をごらんなさい。」

先生は中にたくさん光る砂のつぶのはいった大きな両面の凸《とつ》レンズをさしました。

「天の川の形はちょうどこんななのです。このいちいちの光るつぶが、みんな私どもの太陽と同じようにじぶんで光っている星だと考えます。私どもの太陽がこのほぼ中ごろにあって、地球がそのすぐ近くにあるとします。みなさんは夜にこのまん中に立ってこのレンズの中を見まわすとしてごらんなさい。こっちの方はレンズが薄いのでわずかの光る粒すなわち星しか見えないのでしょう。こっちやこっちの方はガラスが厚いので、光る粒、すなわち星がたくさん見え、その遠いのはぼうっと白く見えるという、これがつまり今日の銀河の説なのです。そんならこのレンズの大きさがどれくらいあるか、またその中のさまざまの星についてはもう時間ですから、この次の理科の時間にお話しします。ではきょうはその銀河のお祭りなのですから、みなさんは外へでてよくそらをごらんなさい。ではここまでです。本やノートをおしまいなさい。」

そして教室じゅうはしばらく机のふたをあけたりしめたり本を重ねたりする音がいっぱいでしたが、まもなくみんなはきちんと立って礼をすると教室を出ました。

二　活版所

ジョバンニが学校の門を出るとき、同じ組の七八人は家へ帰らず、カムパネルラをまん中にして校庭のすみの桜の木のところに集まっていました。それはこんやの星祭りに青いあかりをこしらえて、川へ流す烏瓜《からすうり》を取りに行く相談らしかったのです。

けれどもジョバンニは手を大きく振ってどしどし学校の門を出て来ました。すると町の家々ではこんやの銀河の祭りに、いちいの葉の玉をつるしたり、ひのきの枝にあかりをつけたり、いろいろしたくをしているのでした。

家へは帰らずジョバンニが町を三つ曲がってある大きな活版所にはいって、靴《くつ》をぬいで上がりますと、突き当たりの大きな扉《とびら》をあけました。中にはまだ昼なのに電燈がついて、たくさんの輪転機がばたり、ばたりとまわり、きれで頭をしばったり、ラムプシェードをかけたりした人たちが、何か歌うように読んだり数えたりしながらたくさん働いておりました。

ジョバンニはすぐ入り口から三番目の高いテーブルにすわった人の所へ行っておじぎをしました。その人はしばらく棚《たな》をさがしてから、

「これだけ拾って行けるかね。」と言いながら、一枚の紙切れを渡しました。ジョバンニはその人のテーブルの足もとから一つの小さな平たい箱をとりだして、向こうの電燈のたくさんついた、たてかけてある壁のすみの所へしゃがみ込むと、小さなピンセットでまるで粟粒《あわつぶ》ぐらいの活字を次から次と拾いはじめました。

青い胸あてをした人がジョバンニのうしろを通りながら、

「よう、虫めがね君、お早《はよ》う。」と言いますと、近くの四五人の人たちが声もたてずこっちも向かずに冷たくわらいました。

ジョバンニは何べんも目をぬぐいながら活字をだんだんひろいました。

六時がうってしばらくたったころ、ジョバンニは拾った活字をいっぱいに入れた平たい箱を、もういちど手にもった紙きれと引き合わせてから、さっきのテーブルの人へ持って来ました。その人は黙ってそれを受け取ってかすかにうなずきました。

ジョバンニはおじぎをすると扉《とびら》をあけて計算台のところに来ました。すると白服を着た人がやっぱりだまって小さな銀貨を一つジョバンニに渡しました。ジョバンニはにわかに顔いろがよくなって威勢よくおじぎをすると、台の下に置いた鞄《かばん》をもっておもてへ

飛びだしました。それから元気よく口笛を吹きながらパン屋へ寄ってパンの塊《かたまり》を一つと角砂糖を一袋買いますといちもくさんに走りだしました。

三　家

ジョバンニが勢いよく帰って来たのは、ある裏町の小さな家でした。その三つならんだ入り口のいちばん左側には、あき箱に紫いろのケールやアスパラガスが植えてあって、小さな二つの窓には日おおいがおりたままになっていました。

「おっかさん、いま帰ったよ。ぐあい悪くなかったの。」ジョバンニは靴《くつ》をぬぎながら言いました。

「ああ、ジョバンニ、お仕事がひどかったろう。きょうは涼しくてね。わたしはずうっとぐあいがいいよ。」

ジョバンニは玄関を上がって行きますと、ジョバンニのおっかさんがすぐ入り口の室《へや》に白い布《きれ》をかぶってやすんでいたのでした。

ジョバンニは窓をあけました。

「おっかさん、きょうは角砂糖を買ってきたよ。牛乳に入れてあげようと思って。」

「ああ、お前さきにおあがり。あたしはまだほしくないんだから。」

「おっかさん。ねえさんはいつ帰ったの。」

「ああ、三時ごろ帰ったよ。みんなそこらをしてくれてね。」

「おっかさんの牛乳は来ていないんだろうか。」

「来なかったろうかねえ。」

「ぼく行ってとって来よう。」

「ああ、あたしはゆっくりでいいんだからお前さきにおあがり。ねえさんがね、トマトで何かこしらえてそこへ置いて行ったよ。」

「ではぼくたべよう。」

ジョバンニは窓のところからトマトの皿《さら》をとって、パンといっしょにしばらくむしゃむしゃたべました。

「ねえおっかさん。ぼくおとうさんはきっとまもなく帰ってくると思うよ。」

「ああ、あたしもそう思う。けれどもおまえはどうしてそう思うの。」

「だってけさの新聞にことしは北の方の漁はたいへんよかったと書いてあったよ。」

「ああ、だけどねえ、おとうさんは漁へ出ていないかもしれない。」

「きっと出ているよ。おとうさんが監獄へはいるようなそんな悪いことをしたはずがないんだ。この前おとうさんが持ってきて学校へ寄贈した大きな蟹《かに》の甲らだの、馴鹿《トナカイ》の角《つの》だの、今だってみんな標本室にあるんだ。六年生なんか、授業のとき先生がかわるがわる教室へ持って行くよ。」

「おとうさんはこの次はおまえにラッコの上着をもってくるといったねえ。」

「みんながぼくにあうとそれを言うよ。ひやかすように言うんだ。」

「おまえに悪口を言うの?」

「うん、けれどもカムパネルラなんか決して言わない。カムパネルラはみんながそんなことを言うときは気の毒そうにしているよ。」

「カムパネルラのおとうさんとうちのおとうさんとは、ちょうどおまえたちのように、小さいときからお友だちだったそうだよ。」

「ああだからおとうさんはぼくをつれてカムパネルラのうちへもつれて行ったよ。あのころはよかったなあ。ぼくは学校から帰る途中たびたびカムパネルラのうちに寄った。カムパネルラのうちにはアルコールラムプで走る汽車があったんだ。レールを七つ組み合わせると丸くなってそれに電柱や信号標もついていて、信号標のあかりは汽車が通るときだけ青くなるようになっていたんだ。いつかアルコールがなくなったとき石油をつかったら、罐《かん》がすっかり煤《すす》けたよ。」

「そうかねえ。」

「いまも毎朝新聞をまわしに行くよ。けれどもいつでも家じゅうまだしいんとしているからな。」

「早いからねえ。」

「ザウエルという犬がいるよ。しっぽがまるで箒《ほうき》のようだ。ぼくが行くと鼻を鳴らしてついてくるよ。ずうっと町のかどまでついてくる。もっとついてくることもあるよ。今夜はみんなで烏瓜《からすうり》のあかりを川へながしに行くんだって。きっと犬もついて行くよ。」

「そうだ。今晩は銀河のお祭りだねえ。」

「うん。ぼく牛乳をとりながら見てくるよ。」

「ああ行っておいで。川へははいらないでね。」

「ああぼく、岸から見るだけなんだ。一時間で行ってくるよ。」

「もっと遊んでおいで。カムパネルラさんといっしょなら心配はないから。」

「ああきっといっしょだよ。おっかさん、窓をしめておこうか。」

「ああ、どうか。もう涼しいからね。」

ジョバンニは立って窓をしめ、お皿《さら》やパンの袋を片づけると勢いよく靴《くつ》をはいて、「では一時間半で帰ってくるよ。」と言いながら暗い戸口を出ました。

四　ケンタウル祭の夜

ジョバンニは、口笛を吹いているようなさびしい口つきで、檜《ひのき》のまっ黒にならんだ町の坂をおりて来たのでした。

坂の下に大きな一つの街燈が、青白く立派に光って立っていました。ジョバンニがどんどん電燈の方へおりて行きますと、いままでばけもののように、長くぼんやりうしろへ引いていたジョバンニの影ぼうしは、だんだん濃く黒くはっきりなって、足をあげたり手を振ったり、ジョバンニの横の方へまわって来るのでした。

（ぼくは立派な機関車だ。ここは勾配《こうばい》だから速いぞ。ぼくはいまその電燈を通り越す。そうら、こんどはぼくの影法師はコムパスだ。あんなにくるっとまわって、前の方へ来た。）

とジョバンニが思いながら、大股《おおまた》にその街燈の下を通り過ぎたとき、いきなりひるまのザネリが、新しいえりのとがったシャツを着て、電燈の向こう側の暗い小路から出て来て、ひらっとジョバンニとすれちがいました。

「ザネリ、烏瓜《からすうり》ながしに行くの。」ジョバンニがまだそう言ってしまわないうちに、その子が投げつけるようにうしろから、さけびました。

「ジョバンニ、おとうさんから、ラッコの上着が来るよ。」

ジョバンニは、ぱっと胸がつめたくなり、そこらじゅうきいんと鳴るように思いました。

「なんだい、ザネリ。」とジョバンニは高く叫び返しましたが、もうザネリは向こうのひばの植わった家の中へはいっていました。

（ザネリはどうしてぼくがなんにもしないのにあんなことを言うのだろう。走るときはまるでねずみのようなくせに。ぼくがなんにもしないのにあんなことを言うのはザネリがばかだからだ。）

ジョバンニは、せわしくいろいろのことを考えながら、さまざまの灯《ひ》や木の枝で、すっかりきれいに飾られた町を通って行きました。時計屋の店には明るくネオン燈がついて、一秒ごとに石でこさえたふくろうの赤い目が、くるっくるっとうごいたり、いろいろな宝石が海のような色をした厚いガラスの盤に載って、星のようにゆっくりめぐったり、また向こう側から、銅の人馬がゆっくりこっちへまわって来たりするのでした。そのまん中に丸い黒い星座早見が青いアスパラガスの葉で飾ってありました。

ジョバンニはわれを忘れてその星座の図に見入りました。

それはひる学校で見たあの図よりはずうっと小さかったのですが、その日と時間に合わせて盤をまわすと、そのとき出ているそらがそのまま楕円形《だえんけい》のなかにめぐってあらわれるようになっており、やはりそのまん中には上から下へかけて銀河がぼうとけむったような帯になって、その下の方ではかすかに爆発して湯げでもあげているように見えるのでした。またそのうしろには三本の足のついた小さな望遠鏡が黄いろに光って立っていましたし、いちばんうしろの壁には空じゅうの星座をふしぎな獣やへびや瓶《かめ》などの形に書いた大きな図がかかっていました。ほんとうにこんなような蝎《さそり》だの勇士だのそらにぎっしりいるだろうか、ああぼくはその中をどこまでも歩いてみたいと思ったりしてしばらくぼんやり立っていました。

それからにわかにおっかさんの牛乳のことを思いだして、ジョバンニはその店をはなれました。

そしてきゅうくつな上着の肩を気にしながら、それでもわざと胸を張って、大きく手を振って町を通って行きました。

空気は澄みきって、まるで水のように通りや店の中を流れましたし、街燈はみなまっ青《さお》なもみや楢《なら》の枝で包まれ、電気会社の前の六本のプラタナスの木などは、中にたくさんの豆電燈がついて、ほんとうにそこらは人魚の都のように見えるのでした。子どもらは、みんな新しい折りのついた着物を着て、星めぐりの口笛を吹いたり、「ケンタウルス、露をふらせ。」と叫んで走ったり、青いマグネシヤの花火を燃やしたりして、たのしそうに遊んでいるのでした。けれどもジョバンニは、いつかまた深く首をたれて、そこらのにぎやかさとはまるでちがったことを考えながら牛乳屋の方へ急ぐのでした。

ジョバンニは、いつか町はずれのポプラの木が幾本も幾本も、高く星ぞらに浮かんでいるところに来ていました。その牛乳屋の黒い門をはいり、牛のにおいのするうすぐらい台所の前に立って、ジョバンニは帽子をぬいで「今晩は」と言いましたら、家の中はしいんとしてだれもいたようではありませんでした。

「今晩は、ごめんなさい。」ジョバンニはまっすぐに立ってまた叫びました。するとしばらくたってから、年とった女の人が、どこかぐあいが悪いようにそろそろと出て来て、何か口の中で言いました。

「あの、きょう、牛乳が僕んとこへ来なかったので、もらいにあがったんです。」ジョバンニが一生けん命勢いよく言いました。

「いまだれもいないでわかりません。あしたにしてください。」その人は赤い目の下のところをこすりながら、ジョバンニを見おろして言いました。

「おっかさんが病気なんですから今晩でないと困るんです。」

「ではもう少したってから来てください。」その人はもう行ってしまいそうでした。

「そうですか。ではありがとう。」ジョバンニは、おじぎをして台所から出ました。

十字になった町のかどをまがろうとしましたら、向こうの橋へ行く方の雑貨店の前で、黒い影やぼんやりした白いシャツが入り乱れて、六七人の生徒らが口笛を吹いたり笑ったりして、めいめい烏瓜《からすうり》の燈火を持ってやって来るのを見ました。その笑い声も口笛も、みんな聞きおぼえのあるものでした。ジョバンニの同級の子供らだったのです。ジョバンニは思わずどきっとして戻ろうとしましたが、思い直していっそう勢いよくそっちへ歩いて行きました。

「川へ行くの。」ジョバンニが言おうとして、少しのどがつまったように思ったとき、

「ジョバンニ、ラッコの上着が来るよ。」さっきのザネリがまた叫びました。

「ジョバンニ、ラッコの上着が来るよ。」すぐみんなが、続いて叫びました。ジョバンニはまっかになって、もう歩いているかもわからず、急いで行きすぎようとしましたら、そのなかにカムパネルラがいたのです。カムパネルラは気の毒そうに、だまって少しわらって、おこらないだろうかというようにジョバンニの方を見ていました。

ジョバンニは、逃げるようにその目を避け、そしてカムパネルラのせいの高いかたちが過ぎて行ってまもなく、みんなはてんでに口笛を吹きました。町かどを曲がるとき、ふりかえって見ましたら、ザネリがやはりふりかえって見ていました。そしてカムパネ

ルラもまた、高く口笛を吹いて、向こうにぼんやり見える橋の方へ歩いて行ってしまったのでした。ジョバンニはなんとも言えずさびしくなって、いきなり走りだしました。すると耳に手をあてて、わああと言いながら片足でぴょんぴょん跳《と》んでいた小さな子供らは、ジョバンニがおもしろくてかけるのだと思って、わあいと叫びました。

どんどんジョバンニは走りました。

けれどもジョバンニは、まっすぐに坂をのぼって、おっかさんの家へは帰らないで、ちょうどその北の方の町はずれへ走って行ったのです。そこには、河原《かわら》のぼうっと白く見える小さな川があって、細い鉄の欄干のついた橋がかかっていました。

(ぼくはどこへもあそびに行くとこがない。ぼくはみんなから、まるで狐《きつね》のように見えるんだ。)

ジョンバンニは橋の上でとまって、ちょっとの間、せわしい息できれぎれに口笛を吹きながら泣きだしたいのをごまかして立っていましたが、にわかにまたちからいっぱい走りだして、黒い丘の方へいそぎました。

五　天気輪の柱

牧場のうしろはゆるい丘になって、その黒い平らな頂上は、北の大熊星《おおくまぼし》の下に、ぼんやりふだんよりも低く連なって見えました。

ジョバンニは、もう露のおりかかった小さな林のこみちを、どんどんのぼって行きました。まっくらな草や、いろいろな形に見えるやぶのしげみの間を、その小さなみちが、一すじ白く星あかりに照らしだされてあったのです。草の中には、ぴかぴか青びかりを出す小さな虫もいて、ある葉は青くすかし出され、ジョバンニは、さっきみんなの持って行った烏瓜《からすうり》のあかりのようだとも思いました。

そのまっ黒な、松や楢《なら》の林を越えると、にわかにがらんと空がひらけて、天の川がしらじらと南から北へわたっているのが見え、また頂《いただき》の、天気輪の柱も見わけられたのでした。つりがねそうか野ぎくかの花が、そこらいちめんに、夢の中からでもかおりだしたというように咲き、鳥が一匹、丘の上を鳴き続けながら通って行きました。

ジョバンニは、頂の天気輪の柱の下に来て、どかどかするからだを、つめたい草に投げました。

町の灯は、暗《やみ》の中をまるで海の底のお宮のけしきのようにともり、子供らの歌う声や口笛、きれぎれの叫び声もかすかに聞こえて来るのでした。風が遠くで鳴り、丘の草もしずかにそよぎ、ジョバンニの汗でぬれたシャツもつめたく冷やされました。

野原から汽車の音が聞こえてきました。その小さな列車の窓は一列小さく赤く見え、その中にはたくさんの旅人が、りんごをむいたり、わらったり、いろいろなふうにしているると考えますと、ジョバンニは、もうなんとも言えずかなしくなって、また目をそらにあげました。

……(この間原稿五枚ナシ)……

ところがいくら見ても、そのそらは、ひる先生の言ったような、がらんとした冷たいとこだとは思われませんでした。それどこでなく、見れば見るほど、そこは小さな林や牧場やらある野原のように考えられてしかたなかったのです。そしてジョバンニは、青い琴の星が三つにも四つにもなってちらちらまたたき、足が何べんも出たり引っ込んだりして、とうとう蕈《きのこ》のように長く延びるのを見ました。またすぐ目の下のまちまでが、やっぱりぼんやりしたたくさんの星の集まりか、一つの大きなけむりかのように見えるように思いました。

六　銀河ステーション

そしてジョバンニはすぐうしろの天気輪の柱がいつかぼんやりした三角標の形になって、しばらくほたるのように、ぺかぺか消えたりともったりしているのを見ました。それはだんだんはっきりして、とうとう、りんとうごかないようになり、濃い鋼青《こうせい》のそらにたちました。いま新しく灼《や》いたばかりの青い鋼《はがね》の板のような、そらの野原に、まっすぐにすきっと立ったのです。

　するとどこかでふしぎな声が、銀河ステーション、銀河ステーションと言う声がしたかと思うと、いきなり目の前が、ぱっと明るくなって、まるで億万のほたる烏賊《いか》の火を一ぺんに化石させて、そらじゅうに沈めたというぐあい、またダイアモンド会社で、ねだんがやすくならないために、わざと獲《と》れないふりをしてかくしておいた金剛石を、だれかがいきなりひっくりかえしてばらまいたというふうに、目の前がさあっと明るくなって、ジョバンニは思わず何べんも目をこすってしまいました。

　気がついてみると、さっきから、ごとごとごとごと、ジョバンニの乗っている小さな列車が走りつづけていたのでした。ほんとうにジョバンニは、夜の軽便鉄道の、小さな黄いろの電燈のならんだ車室に、窓から外を見ながらすわっていたのです。車室の中は、青いびろうどを張った腰掛けが、まるでがらあきで、向こうのねずみいろのワニスを塗った壁には、真鍮《しんちゅう》の大きなぼたんが二つ光っているのでした。

　すぐ前の席に、ぬれたようにまっ黒な上着を着たせいの高い子供が、窓から頭を出して外を見ているのに気がつきました。そしてそのこどもの肩のあたりが、どうも見たことのあるような気がして、そう思うと、もうどうしてもだれだかわかりたくってたまらなくなりました。

いきなりこっちも窓から顔を出そうとしたとき、にわかにその子供が頭を引っ込めて、こっちを見ました。

それはカムパネルラだったのです。ジョバンニが、カムパネルラ、きみは前からここにいたの、と言おうと思ったとき、カムパネルラが、

「みんなはね、ずいぶん走ったけれども遅れてしまったよ。ザネリもね、ずいぶん走ったけれども追いつかなかった。」と言いました。

ジョバンニは(そうだ、僕たちはいま、いっしょにさそって出かけたのだ。)とおもいながら、

「どこかで待っていようか。」と言いました。

するとカムパネルラは、

「ザネリはもう帰ったよ。おとうさんが迎いにきたんだ。」

カムパネルラは、なぜかそう言いながら、少し顔いろが青ざめて、どこか苦しいというふうでした。するとジョバンニも、なんだかどこかに、何か忘れたものがあるというような、おかしな気持ちがしてだまってしまいました。

ところがカムパネルラは、窓から外をのぞきながら、もうすっかり元気が直って、勢

いよく言いました。

「ああしまった。ぼく、水筒を忘れてきた。スケッチ帳も忘れてきた。けれどかまわない。もうじき白鳥の停車場だから。ぼく、白鳥を見るなら、ほんとうにすきだ。川の遠くを飛んでいたって、ぼくはきっと見える。」

そして、カムパネルラは、丸い板のようになった地図を、しきりにぐるぐるまわして見ていました。

まったく、その中に、白くあらわされた天の川の左の岸に沿って一条の鉄道線路が、南へ南へとたどって行くのでした。

そしてその地図の立派なことは、夜のようにまっ黒な盤の上に、一々の停車場や三角標、泉水や森が、青や橙《だいだい》や緑や、うつくしい光でちりばめられてありました。

ジョバンニはなんだかその地図をどこかで見たようにおもいました。

「この地図はどこで買ったの。黒曜石でできてるねえ。」ジョバンニが言いました。

「銀河ステーションで、もらったんだ。君もらわなかったの。」

「ああ、ぼく銀河ステーションを通ったろうか。いまぼくたちのいるとこ、ここだろう。」

ジョバンニは、白鳥と書いてある停車場のしるしの、すぐ北をさしました。

「そうだ。おや、あの河原は月夜だろうか。」

そっちを見ますと、青白く光る銀河の岸に、銀いろの空のすすきが、もうまるでいちめん、風にさらさらさらさら、ゆられてうごいて、波を立てているのでした。

「月夜でないよ。銀河だから光るんだよ。」ジョバンニは言いながら、まるではね上がりたいくらい愉快になって、足をこつこつ鳴らし、窓から顔を出して、高く高く星めぐりの口笛を吹きながら、一生けん命延びあがって、その天の川の水を、見きわめようとしましたが、はじめはどうしてもそれがはっきりしませんでした。

けれどもだんだん気をつけて見ると、そのきれいな水は、ガラスよりも水素よりもすきとおって、ときどき目のかげんか、ちらちら紫いろのこまかな波をたてたり、虹《にじ》のようにぎらっと光ったりしながら、声もなくどんどん流れて行き、野原にはあっちにもこっちにも、燐光《りんこう》の三角標が、うつくしく立っていたのです。遠いものは小さく、近いものは大きく、遠いものは橙《だいだい》や黄いろではっきりし、近いものは青白く少しかすんで、あるいは三角形、あるいは四辺形、あるいは電《いなずま》や鎖の形、さまざまにならんで、野原いっぱい光っているのでした。ジョバンニは、まるでどきどきして、頭をやけに振りました。するとほんとうに、そのきれいな野原じゅうの青や橙《だいだい》や、いろいろかがやく三角標も、てんでに息をつくようにちらちらゆれたりふるえたりしました。

「ぼくはもう、すっかり天の野原に来た。」

ジョバンニは言いました。

「それに、この汽車石炭をたいていないねえ。」

ジョバンニが左手をつき出して窓から前の方を見ながら言いました。

「アルコールか電気だろう。」カムパネルラが言いました。

するとちょうど、それに返事をするように、どこか遠くの遠くのもやの中から、セロのようなごうごうした声がきこえて来ました。

「ここの汽車は、スティームや電気でうごいていない。ただうごくようにきまっているからうごいているのだ。ごとごと音をたてていると、そうおまえたちは思っているけれども、それはいままで音をたてる汽車にばかりなれているためなのだ。」

「あの声、ぼくなんべんもどこかできいた。」

「ぼくだって、林の中や川で、何べんも聞いた。」

ごとごとごとごと、その小さなきれいな汽車は、そらのすすきの風にひるがえる中を、天の川の水や、三角標の青じろい微光の中を、どこまでもどこまでもと走って行くのでした。

「あありんどうの花が咲いている。もうすっかり秋だねえ。」カムパネルラが窓の外を指さして言いました。

線路のへりになったみじかい芝草の中に、月長石ででも刻まれたような、すばらしい紫のりんどうの花が咲いていました。

「ぼく、飛びおりて、あいつをとって、また飛び乗ってみせようか。」ジョバンニは胸をおどらせて言いました。

「もうだめだ。あんなにうしろへ行ってしまったから。」

カムパネルラが、そう言ってしまうかしまわないうち、次のりんどうの花がいっぱいに光って過ぎて行きました。

と思ったら、もう次から次から、たくさんのきいろな底をもったりんどうの花のコップが、わくように、雨のように、目の前を通り、三角標の列は、けむるように燃えるように、いよいよ光って立ったのです。

七　北十字とプリオシン海岸

「おっかさんは、ぼくをゆるしてくださるだろうか。」

いきなり、カムパネルラが、思い切ったというように、少しどもりながら、せきこんで言いました。

ジョバンニは、

(ああ、そうだ、ぼくのおっかさんは、あの遠い、一つのちりのように見える橙《だいだい》いろの三角標のあたりにいらっしゃって、いまぼくのことを考えているんだった。)と思いながら、ぼんやりしてだまっていました。

「ぼくはおっかさんが、ほんとうに幸いになるなら、どんなことでもする。けれどもいったいどんなことが、おっかさんのいちばんの幸いなんだろう。」

カムパネルラは、なんだか泣きだしたいのを、一生けん命こらえているようでした。

「きみのおっかさんは、なんにもひどいことないじゃないの。」ジョバンニはびっくりして叫びました。

「ぼくわからない。けれども、だれだって、ほんとうにいいことをしたら、いちばん幸いなんだねえ。だから、おっかさんは、ぼくをゆるしてくださると思う。」

カムパネルラは、なにかほんとうに決心しているように見えました。

にわかに、車のなかが、ぱっと白く明るくなりました。見ると、もうじつに、金剛石や草の露やあらゆる立派さをあつめたような、きらびやかな銀河の川床の上を、水は声もなくかたちもなく流れ、その流れのまん中に、ぼうっと青白く後光《ごこう》のさした一つの島が見えるのでした。その島の平らないただきに、立派な目もさめるような、白い十字架がたって、それはもう、凍った北極の雲で鋳たといったらいいか、すきっとした金いろの円光をいただいて、しずかに永久に立っているのでした。

「ハレルヤ、ハレルヤ。」前からもうしろからも声が起こりました。ふりかえって見ると、車室の中の旅人たちは、みなまっすぐにきもののひだをたれ、黒いバイブルを胸にあてたり、水晶の数珠《じゅず》をかけたり、どの人もつつましく指を組み合わせて、そっちに祈っているのでした。

思わず二人もまっすぐに立ちあがりました。

カムパネルラの頬《ほお》は、まるで熟したりんごのあかしのようにうつくしくかがやいて見えました。

そして島と十字架とは、だんだんうしろの方へうつって行きました。

向こう岸も、青じろくぽうっと光ってけむり、時々、やっぱりすすきが風にひるがえるらしく、さっとその銀いろがけむって、息でもかけたように見え、また、たくさんのりんどうの花が、草をかくれたり出たりするのは、やさしい狐火のように思われました。

それもほんのちょっとの間、川と汽車との間は、すすきの列でさえぎられ、白鳥の島は、二度ばかりうしろの方に見えましたが、じきもうずうっと遠く小さく絵のようになってしまい、またすすきがざわざわ鳴って、とうとうすっかり見えなくなってしまいました。ジョバンニのうしろには、いつから乗っていたのか、せいの高い、黒いかつぎをしたカトリックふうの尼さんが、まん丸な緑のひとみを、じっとまっすぐに落として、まだ何かことばか声かが、そっちから伝わって来るのを、慎んで聞いているというように見えました。旅人たちはしずかに席に戻り、二人も胸いっぱいのかなしみに似た新しい気持ちを、何げなくちがったことばで、そっと話し合ったのです。

「もうじき白鳥の停車場だねえ。」

「ああ、十一時かっきりには着くんだよ。」

早くも、シグナルの緑の灯《ひ》と、ぼんやり白い柱とが、ちらっと窓のそとを過ぎ、それから硫黄《いおう》のほのおのようなくらいぼんやりした転轍機《てんてつき》の前のあかりが窓の下を通り、汽車はだんだんゆるやかになって、まもなくプラットホームの一列の電燈が、うつくしく規則正しくあらわれ、それがだんだん大きくなってひろがって、二人はちょうど白鳥停車場の、大きな時計の前に来てとまりました。

さわやかな秋の時計の盤面には、青く灼《や》かれたはがねの二本の針が、くっきり十一時をさしました。みんなは、一ぺんにおりて、車室の中はがらんとなってしまいました。

〔二十分停車〕と時計の下に書いてありました。

「ぼくたちも降りてみようか。」ジョバンニが言いました。

「降りよう。」二人は一度にはねあがってドアを飛び出して改札口へかけて行きました。ところが改札口には、明るい紫がかった電燈が一つついているばかり、だれもいませんでした。そこらじゅうを見ても、駅長や赤帽らしい人の影もなかったのです。

二人は、停車場の前の、水晶細工のように見えるいちょうの木に囲まれた小さな広場に出ました。そこから幅の広いみちが、まっすぐに銀河の青光の中へ通っていました。

さきに降りた人たちは、もうどこへ行ったか一人も見えませんでした。二人がその白い道を、肩をならべて行きますと、二人の影は、ちょうど四方に窓のある室《へや》の中の、二本の柱の影のように、また二つの車輪の輻《や》のように幾本も幾本も四方へ出るのでした。そしてまもなく、あの汽車から見えたきれいな河原に来ました。

カムパネルラは、そのきれいな砂を一つまみ、てのひらにひろげ、指できしきしさせながら、夢のように言っているのでした。

「この砂はみんな水晶だ。中で小さな火が燃えている。」

「そうだ。」どこでぼくは、そんなこと習ったろうと思いながら、ジョバンニもぼんやり答えていました。

河原の小石は、みんなすきとおって、たしかに水晶や黄玉や、またくしゃくしゃの皺《しゅう》曲《きょく》をあらわしたのや、また稜《りょう》から霧のような青白い光を出す鋼玉やらでした。ジョバンニは、走ってそのなぎさに行って、水に手をひたしました。けれどもあやしいその銀河の水は水素よりももっとすきとおっていたのです。それでもたしかに流れていたことは、二人の手首の、水にひたったとこが、少し水銀いろに浮いたように見え、その手首にぶっつかってできた波は、うつくしい燐光《りんこう》をあげて、ちらちらと燃えるように見えたのでもわかりました。

川上の方を見ると、すすきのいっぱいにはえている崖《がけ》の下に、白い岩が、まるで運動場のように平らに川に沿って出ているのでした。そこに小さな五六人の人かげが、何か掘り出すか埋めるかしているらしく、立ったりかがんだり、時々なにかの道具が、ピカッと光ったりしました。

「行ってみよう。」二人は、まるで一度に叫んで、そっちの方へ走りました。その白い岩になった所の入り口に〔プリオシン海岸〕という、瀬戸物のつるつるした標札が立って、向こうのなぎさには、ところどころ細い鉄の欄干も植えられ、木製のきれいなベンチも置いてありました。

「おや、変なものがあるよ。」カムパネルラが、不思議そうに立ちどまって、岩から黒い細長いさきのとがったくるみの実のようなものをひろいました。

「くるみの実だよ。そら、たくさんある。流れて来たんじゃない。岩の中にはいってるんだ。」

「大きいね、このくるみ、倍あるね。こいつはすこしもいたんでない。」

「早くあすこへ行ってみよう。きっと何か掘ってるから。」

二人は、ぎざぎざの黒いくるみの実を持ちながら、またさっきの方へ近よって行きました。左手のなぎさには、波がやさしい稲妻のように燃えて寄せ、右手の崖《がけ》には、いちめん銀や貝がらでこさえたようなすすきの穂がゆれたのです。

だんだん近づいて見ると、一人のせいの高い、ひどい近眼鏡をかけ、長靴《ながぐつ》をはいた学者らしい人が、手帳に何かせわしそうに書きつけながら、つるはしをふりあげたり、スコップをつかったりしている、三人の助手らしい人たちに夢中でいろいろさしずをしていました。

「そこのその突起をこわさないように、スコップを使いたまえ。スコップを。おっと、も少し遠くから掘って。いけない、いけない。なぜそんな乱暴をするんだ。」

見ると、その白い柔らかな岩の中から、大きな大きな青じろい獣の骨が、横に倒れてつぶれたというふうになって、半分以上掘り出されていました。そして気をつけて見ると、そこらには蹄《ひづめ》の二つある足跡のついた岩が、四角に十ばかり、きれいに切り取られて番号がつけられてありました。

「君たちは参観かね。」その大学士らしい人が、めがねをきらっとさせて、こっちを見て話しかけました。

「くるみがたくさんあったろう。それはまあ、ざっと百二十万年ぐらい前のくるみだよ。ごく新しい方さ。ここは百二十万年前、第三紀のあとのころは海岸でね、この下からは貝がらも出る。いま川の流れているとこに、そっくり塩水が寄せたり引いたりもしていたのだ。このけものかね、これはボスといってね、おいおい、そこ、つるはしはよしたまえ。ていねいに鑿《のみ》でやってくれたまえ。ボスといってね、いまの牛の先祖で、昔はたくさんいたのさ。」

「標本にするんですか。」

「いや、証明するにいるんだ。ぼくらからみると、ここは厚い立派な地層で、百二十万年ぐらい前にできたという証拠もいろいろあがるけれども、ぼくらとちがったやつからみてもやっぱりこんな地層に見えるかどうか、あるいは風か水か、がらんとした空かに見えやしないかということなのだ。わかったかい。けれども、おいおい、そこもスコップではいけない。そのすぐ下に肋骨《ろっこつ》が埋《うず》もれてるはずじゃないか。」

大学士はあわてて走って行きました。

「もう時間だよ。行こう。」カムパネルラが地図と腕時計とをくらべながら言いました。

「ああ、ではわたくしどもは失礼いたします。」ジョバンニは、ていねいに大学士におじぎしました。

「そうですか。いや、さよなら。」大学士は、また忙《いそが》しそうに、あちこち歩きまわって監督をはじめました。

二人は、その白い岩の上を、一生けん命汽車におくれないように走りました。そしてほんとうに、風のように走れたのです。息も切れずひざもあつくなりませんでした。

こんなにしてかけるなら、もう世界じゅうだってかけれると、ジョバンニは思いました。

そして二人は、前のあの河原を通り、改札口の電燈がだんだん大きくなって、まもなく二人は、もとの車室の席にすわっていま行って来た方を窓から見ていました。

八　鳥を捕る人

「ここへかけてもようございますか。」

がさがさした、けれども親切そうなおとなの声が、二人のうしろで聞こえました。

それは、茶いろの少しぼろぼろの外套《がいとう》を着て、白いきれでつつんだ荷物を、二つに分けて肩にかけた赤ひげのせなかのかがんだ人でした。

「ええ、いいんです。」ジョバンニは、少し肩をすぼめてあいさつしました。その人は、ひげの中でかすかに微笑《わら》いながら荷物をゆっくり網棚《あみだな》にのせました。ジョバンニは、なにかたいへんさびしいようなかなしいような気がして、だまって正面の時計を見ていましたら、ずうっと前の方でガラスの笛のようなものが鳴りました。汽車はもう、しずかにうごいていたのです。カムパネルラは、車室の天井を、あちこち見ていました。その一つのあかりに黒い甲虫《かぶとむし》がとまって、その影が大きく天井にうつっていたのです。

赤ひげの人は、なにかなつかしそうにわらいながら、ジョバンニやカムパネルラのようすを見ていました。汽車はもうだんだん早くなって、すすきと川と、かわるがわる窓の外から光りました。

赤ひげの人が、少しおずおずしながら、二人にききました。

「あなたがたは、どちらへいらっしゃるんですか。」

「どこまでも行くんです。」ジョバンニは、少しきまり悪そうに答えました。

「それはいいね。この汽車は、じっさい、どこまででも行きますぜ。」

「あなたはどこへ行くんです。」カムパネルラが、いきなり、けんかのようにたずねましたので、ジョバンニは思わずわらいました。すると、向こうの席にいた、とがった帽子をかぶり、大きな鍵《かぎ》を腰に下げた人も、ちらっとこっちを見てわらいましたので、カムパネルラも、つい顔を赤くして笑いだしてしまいました。ところがその人は別におこったでもなく、頬《ほお》をぴくぴくしながら返事しました。

「わっしはすぐそこで降ります。わっしは、鳥をつかまえる商売でね。」

「何鳥ですか。」

「鶴《つる》や雁《かり》です。さぎも白鳥もです。」

「鶴はたくさんいますか。」

「いますとも、さっきから鳴いてまさあ。聞かなかったのですか。」

「いいえ。」

「いまでも聞こえるじゃありませんか。そら、耳をすまして聞いてごらんなさい。」

二人は目をあげ、耳をすましました。ごとごと鳴る汽車のひびきと、すすきの風との間から、ころんころんと水のわくような音が聞こえて来るのでした。

「鶴《つる》、どうしてとるんですか。」

「鶴ですか、それとも鷺《さぎ》ですか。」

「鷺です。」ジョバンニは、どっちでもいいと思いながら答えました。

「そいつはな、ぞうさない。さぎというものは、みんな天《あま》の川《がわ》の砂が凝って、ぼおっとできるもんですからね、そして始終川へ帰りますからね。川原で待っていて、鷺がみんな、足をこういうふうにして降りてくるとこを、そいつが地べたへつくかつかないうちに、ぴたっと押えちまうんです。するともう鷺は、かたまって安心して死んじまいます。あとはもう、わかりきってまさあ。押し葉にするだけです。」

「鷺を押し葉にするんですか。標本ですか。」

「標本じゃありません。みんなたべるじゃありませんか。」

「おかしいねえ。」カムパネルラが首をかしげました。

「おかしいも不審もありませんや。そら。」その男は立って、網棚《あみだな》から包みをおろして、手ばやくくるくると解きました。

「さあ、ごらんなさい。いまとって来たばかりです。」

「ほんとうに鷺だねえ。」二人は思わず叫びました。まっ白な、あのさっきの北の十字架のように光る鷺のからだが十ばかり、少しひらべったくなって、黒い足をちぢめて、浮き彫りのようにならんでいたのです。

「目をつぶってるね。」カムパネルラは、指でそっと、鷺の三日月がたの白いつぶった目にさわりました。頭の上の槍《やり》のような白い毛もちゃんとついていました。

「ね、そうでしょう。」鳥捕りはふろしきを重ねて、またくるくると包んでひもでくくりました。だれがいったいここらで鷺なんぞ食べるだろうとジョバンニは思いながらききました。

「鷺はおいしいんですか。」

「ええ、毎日注文があります。しかし雁《かり》の方が、もっと売れます。雁の方がずっと柄《がら》がいいし、第一手数がありませんからな。そら。」鳥捕りは、また別の方の包みを解きました。すると黄と青じろとまだらになって、なにかのあかりのようにひかる雁が、ちょうどさっきの鷺のように、くちばしをそろえて、少し平べったくなってならんでいました。

「こっちはすぐ食べられます。どうです、少しおあがりなさい。」鳥捕りは、黄いろな雁の足を、軽くひっぱりました。するとそれは、チョコレートででもできているように、すっときれいにはなれました。

「どうです。すこしたべてごらんなさい。」鳥捕りは、それを二つにちぎってわたしました。ジョバンニは、ちょっと食べてみて、

(なんだ、やっぱりこいつはお菓子だ。チョコレートよりも、もっとおいしいけれども、こんな雁《かり》が飛んでいるもんか。この男は、どこかそこらの野原の菓子屋だ。けれどもぼくは、このひとをばかにしながら、この人のお菓子をたべているのは、たいへん気の毒だ。)

と思いながら、やっぱりぽくぽくそれをたべていました。

「も少しおあがりなさい。」鳥捕りがまた包みを出しました。ジョバンニは、もっとたべたかったのですけれども、

「ええ、ありがとう。」と言って遠慮しましたら、鳥捕りは、こんどは向こうの席の、鍵《かぎ》をもった人に出しました。

「いや、商売ものをもらっちゃすみませんな。」その人は、帽子をとりました。

「いいえ、どういたしまして。どうです、ことしの渡り鳥の景気は。」

「いや、すてきなもんですよ。一昨日《おととい》の第二限ころなんか、なぜ燈台の灯《ひ》を、規則以外に間(一字空白)させるかって、あっちからもこっちからも、電話で故障が来ましたが、なあに、こっちがやるんじゃなくて、渡り鳥どもが、まっ黒にかたまって、あかしの前を通るのですからしかたありませんや、わたしゃあ、べらぼうめ、そんな苦情は、おれのとこへ持って来たってしかたがねえや、ばさばさのマントを着て足と口との途方もなく細い大将へやれって、こう言ってやりましたがね、はっは。」

すすきがなくなったために、向こうの野原から、ぱっとあかりがさして来ました。

「鷺《さぎ》の方はなぜ手数なんですか。」カムパネルラは、さっきから、きこうと思っていたのです。

「それはね、鷺を食べるには、」鳥捕りは、こっちに向き直りました。「天の川の水あかりに、十日もつるしておくかね、そうでなきゃあ、砂に三四日うずめなきゃあいけないんだ。そうすると、水銀がみんな蒸発して、食べられるようになるよ。」

「こいつは鳥じゃない。ただのお菓子でしょう。」やっぱりおなじことを考えていたとみえて、カムパネルラが、思い切ったというように尋ねました。鳥捕りは、何かたいへんあわてたふうで、

「そうそう、ここで降りなきゃあ。」と言いながら、立って荷物をとったと思うと、もう見えなくなっていました。

「どこへ行ったんだろう。」二人は顔を見合わせましたら、燈台守《とうだいもり》はにやにや笑って、少し伸びあがるようにしながら、二人の横の窓の外をのぞきました。二人もそっちを見ましたら、たったいまの鳥捕りが、黄いろと青じろの、うつくしい燐光《りんこう》を出す、いちめんのかわらははこぐさの上に立って、まじめな顔をして両手をひろげて、じっとそらを見ていたのです。

「あすこへ行ってる。ずいぶんきたいだねえ。きっとまた鳥をつかまえるとこだねえ。汽車が走って行かないうちに、早く鳥がおりるといいな。」と言ったとたん、がらんと

した桔梗《ききょう》いろの空から、さっき見たような鷺が、まるで雪の降るようにぎゃあぎゃあ叫びながら、いっぱいに舞いおりて来ました。するとあの鳥捕りは、すっかり注文どおりだというようにほくほくして、両足をかっきり六十度に開いて立って、鷺のちぢめて降りて来る黒い足を両手で片っ端から押えて、布の袋の中に入れるのでした。すると鷺は、ほたるのように、袋の中でしばらく青くぺかぺか光ったり消えたりしていましたが、おしまいとうとう、みんなぼんやり白くなって、目をつぶるのでした。ところが、つかまえられる鳥よりは、つかまえられないで無事に天の川の砂の上に降りるものの方が多かったのです。それは見ていると、足が砂へつくや否や、まるで雪の溶けるように、縮まって平べったくなって、まもなく熔鉱炉《ようこうろ》から出た銅の汁《しる》のように、砂や砂利《じゃり》の上にひろがり、しばらくは鳥の形が砂についているのでしたが、それも二三度明るくなったり暗くなったりしているうちに、もうすっかりまわりと同じいろになってしまうのでした。

鳥捕りは二十四ばかり、袋に入れてしまうと、急に両手をあげて、兵隊が鉄砲玉にあたって死ぬときのような形をしました。と思ったら、もうそこに鳥捕りの形はなくなって、かえって、

「ああせいせいした。どうもからだにちょうど合うほどかせいでいるくらい、いいことはありませんな。」というききおぼえのある声が、ジョバンニの隣りにしました。見

ると鳥捕りは、もうそこでとって来た鷺《さぎ》を、きちんとそろえて、一つずつ重ね直しているのでした。

「どうしてあすこから、いっぺんにここへ来たんですか。」ジョバンニがなんだかあたりまえのような、あたりまえでないような、おかしな気がして問いました。

「どうしてって、来ようとしたから来たんです。ぜんたいあなたがたは、どちらからおいでですか。」

ジョバンニは、すぐ返事しようと思いましたけれども、さあ、ぜんたいどこから来たのか、もうどうしても考えつきませんでした。カムパネルラも、顔をまっかにして何か思い出そうとしているのでした。

「ああ、遠くからですね。」

鳥捕りは、わかったというようにぞうさなくうなずきました。

九　ジョバンニの切符

「もうここらは白鳥区のおしまいです。ごらんなさい。あれが名高いアルビレオの観測所です。」

窓の外の、まるで花火でいっぱいのような、あまの川のまん中に、黒い大きな建物が四棟《むね》ばかり立って、その一つの平屋根の上に、目もさめるような、青宝玉と黄玉の大きな二つのすきとおった球が、輪になってしずかにくるくるとまわっていました。黄いろのがだんだん向こうへまわって行って、青い小さいのがこっちへ進んで来、まもなく二つのはじは、重なり合って、きれいな緑いろの両面凸《とつ》レンズのかたちをつくり、それもだんだん、まん中がふくらみ出して、とうとう青いのは、すっかりトパースの正面に来ましたので、緑の中心と黄いろな明るい輪とができました。それがまただんだん横へはずれて、前のレンズの形を逆に繰り返し、とうとうすっとはなれて、サファイアは向こうへめぐり、黄いろのはこっちへ進み、またちょうどさっきのようなふうになりました。銀河のかたちもなく、音もない水にかこまれて、ほんとうにその黒い測候所が、眠っているように、しずかによこたわったのです。

「あれは、水の速さをはかる器械です。水も……。」鳥捕りが言いかけたとき、

「切符《きっぷ》を拝見いたします。」三人の席の横に、赤い帽子をかぶったせいの高い車掌が、いつかまっすぐに立っていて言いました。鳥捕りはだまってかくしから、小さな紙きれを出しました。車掌はちょっと見て、すぐ目をそらして(あなたがたのは?)というように、指をうごかしながら、手をジョバンニたちの方へ出しました。

「さあ。」ジョバンニは困って、もじもじしていましたら、カムパネルラはわけもない

というふうで、小さなねずみいろの切符を出しました。ジョバンニは、すっかりあわてしまって、もしか上着のポケットにでも、はいっていたかとおもいながら、手を入れてみましたら、何か大きなたたんだ紙きれにあたりました。こんなものはいっていたろうかと思って、急いで出してみましたら、それは四つに折ったはがきぐらいの大きさの緑いろの紙でした。車掌が手をだしているもんですから、なんでもかまわない、やっちまえと思って渡しましたら、車掌はまっすぐに立ち直って丁寧にそれを開いて見ていました。そして読みながら上着のぼたんやなんかしきりに直したりしていましたし、燈台看守も下からそれを熱心にのぞいていましたから、ジョバンニはたしかにあれは証明書か何かだったと考えて、少し胸が熱くなるような気がしました。

「これは三次空間の方からお持ちになったのですか。」車掌がたずねました。

「なんだかわかりません。」もう大丈夫だと安心しながらジョバンニは、そっちを見あげてくっくっ笑いました。

「よろしゅうございます。南十字《サウザンクロス》へ着きますのは、次の第三時ころになります。」車掌は紙をジョバンニに渡して向こうへ行きました。

カムパネルラは、その紙切れがなんだったか待ちかねたというように急いでのぞきこみました。ジョバンニも全く早く見たかったのです。ところがそれはいちめん黒い唐草《からくさ》のような模様の中に、おかしな十ばかりの字を印刷したもので、だまって見ていると、なんだかその中へ吸い込まれてしまうような気がするのでした。すると鳥捕りが横からちらっとそれを見てあわてたように言いました。

「おや、こいつはたいしたもんですぜ。こいつはもう、ほんとうの天上へさえ行ける切符だ。天上どこじゃない、どこでも勝手にあるける通行券です。こいつをお持ちになりゃあ、なるほど、こんな不完全な幻想第四次の銀河鉄道なんか、どこまででも行けるはずでさあ。あなたがたたいしたもんですね。」

「なんだかわかりません。」ジョバンニが赤くなって答えながら、それをまたたたんでかくしに入れました。そしてきまりが悪いのでカムパネルラと二人、また窓の外をながめていましたが、その鳥捕りの時々たいしたもんだというように、ちらちらこっちを見ているのがぼんやりわかりました。

「もうじき鷲《わし》の停車場だよ。」カムパネルラが向こう岸の、三つならんだ小さな青じろい三角標と地図とを見比べて言いました。

ジョバンニはなんだかわけもわからずに、となりの鳥捕りが気の毒でたまらなくなりました。

鷺《さぎ》をつかまえて、せいせいしたとよろこんだり、白いきれでそれをくるくる包んだり、ひとの切符をびっくりしたように横目で見て、あわててほめだしたり、そんなことを一々考えていると、もうその見ず知らずの鳥捕りのために、ジョバンニの持っているものでも食べるものでもなんでもやってしまいたい、もうこの人のほんとうの幸いになるなら、自分があの光る天の川の河原に立って、百年つづけて立って鳥をとってやってもいいというような気がして、どうしてももう黙っていられなくなりました。ほんとうにあなたのほしいものはいったいなんですか、ときこうとして、それではあんまり出しぬけだから、どうしようかと考えて振り返って見ましたら、そこにはもうあの鳥捕りがいませんでした。

網棚《あみだな》の上には白い荷物も見えなかったのです。また窓の外で足をふんばってそらを見上げて鷺《さぎ》を捕るしたくをしているのかと思って、急いでそっちを見ましたが、外はいちめんのうつくしい砂子と白いすすきの波ばかり、あの鳥捕りの広いせなかもとがった帽子も見えませんでした。

「あの人どこへ行ったろう。」カムパネルラもぼんやりそう言っていました。

「どこへ行ったろう。いったいどこでまたあうのだろう。僕はどうしても少しあの人に物を言わなかったろう。」

「ああ、僕もそう思っているよ。」

「僕はあの人がじゃまなような気がしたんだ。だから僕はたいへんつらい。」

ジョバンニはこんな変てこな気もちは、ほんとうにはじめてだし、こんなこと今まで言ったこともないと思いました。

「何だかりんごのにおいがする。僕いまりんごのこと考えたためだろうか。」カムパネルラが不思議そうにあたりを見まわしました。

「ほんとうにりんごのにおいだよ。それから野いばらのにおいもする。」

ジョバンニもそこらを見ましたがやっぱりそれは窓からでもはいって来るらしいのでした。いま秋だから野いばらの花のにおいのするはずはないとジョバンニは思いました。

そしたらにわかにそこに、つやつやした黒い髪の六つばかりの男の子が、赤いジャケツのぼたんもかけず、ひどくびっくりしたような顔をして、がたがたふるえてはだしで立っていました。隣りには黒い洋服をきちんと着た、せいの高い青年がいっぱいに風に吹かれているけやきの木のような姿勢で、男の子の手をしっかりひいて立っていました。

「あら、ここどこでしょう。まあ、きれいだわ。」青年のうしろにもひとり、十二ばかりの目の茶いろな、かわいらしい女の子が黒い外套《がいとう》を着て、青年の腕にすがって、不思議そうに窓の外を見ているのでした。

「ああ、ここはランカシャイヤだ。いや、コンネクチカット州だ。いや、ああ、ぼくたちはそらへ来たのだ。わたしたちは天へ行くのです。ごらんなさい、あのしるしは天上のしるしです。もうなんにもこわいことありません。わたくしたちは神さまに召されているのです。」

黒服の青年はよろこびにかがやいてその女の子に言いました。けれどもなぜかまた、額《ひたい》に深くしわを刻んで、それにたいへんつかれているらしく、無理に笑いながら男の子をジョバンニのとなりにすわらせました。

それから女の子にやさしくカムパネルラのとなりの席を指さしました。女の子はすなおにそこへすわってきちんと両手を組み合わせました。

「ぼく、おおねえさん。おとうさんのとこへ行くんだよう。」腰掛けたばかりの男の子は顔を変にして、燈台看守の向こうの席にすわったばかりの青年に言いました。青年はなんとも言えず悲しそうな顔をして、じっとその子の、ちぢれてぬれた頭を見ました。女の子は、いきなり両手を顔にあててしくしく泣いてしまいました。

「おとうさんやきくよねえさんはまだいろいろお仕事があるのです。けれどももうすぐあとからいらっしゃいます。それよりも、おっかさんはどんなに長く待っていらっしゃったでしょう。

わたしのだいじなタダシはいまどんな歌をうたっているだろう、雪の降る朝にみんなと手をつないで、ぐるぐるにわとこのやぶをまわってあそんでいるだろうかと考えたり、ほんとうに待って、心配していらっしゃるんですから、早く行って、おっかさんにお目にかかりましょうね。」

「うん、だけど僕、船に乗らなきゃあよかったなあ。」

「ええ、けれど、ごらんなさい。そら、どうです。あの立派な川、ね、あすこはあの夏じゅう、ツウィンクル、ツウィンクル、リトル、スターをうたってやすむとき、いつも窓からぼんやり白く見えていたでしょう。あすこですよ。ね、きれいでしょう、あんなに光っています。」

泣いていた姉もハンケチで目をふいて外を見ました。青年は教えるようにそっと姉弟《きょうだい》にまた言いました。

「わたしたちはもう、なんにもかなしいことはないのです。わたくしたちはこんないいとこを旅して、じき神さまのとこへ行きます。そこならもう、ほんとうに明るくてにおいがよくて、立派な人たちでいっぱいです。そしてわたしたちの代わりに、ボートへ乗れた人たちは、きっとみんな助けられて、心配して待っているめいめいのおとうさんやおっかさんや自分のおうちやらへ行くのです。さあ、もうじきですから元気を出しておもしろくうたって行きましょう。」

青年は男の子のぬれたような黒い髪をなで、みんなを慰めながら、自分もだんだん顔いろがかがやいて来ました。

「あなたがたはどちらからいらっしゃったのですか。どうなすったのですか。」

さっきの燈台看守がやっと少しわかったように、青年にたずねました。

青年はかすかにわらいました。

「いえ、氷山にぶっつかって船が沈みましてね、わたしたちはこちらのおとうさんが急な用で二か月前、一足さきに本国へお帰りになったので、あとから立ったのです。私は大学へはいっていて、家庭教師にやとわれていたのです。ところがちょうど十二日目、きょうかきのうのあたりです、船が氷山にぶっつかって一ぺんに傾き、もう沈みかけました。月のあかりはどこかぼんやりありましたが、霧が非常に深かったのです。ところがボートは左舷《さげん》の方半分はもうだめになっていましたから、とてもみんなは乗りきれないのです。もうそのうちにも船は沈みますし、私は必死となって、どうか小さな人たちを乗せてくださいと叫びました。近くの人たちはすぐみちを開いて、そして子供たちのために祈ってくれました。けれどもそこからボートまでのところには、まだまだ小さな子どもたちや親たちやなんかいて、とても押しのける勇気がなかったのです。

それでもわたくしは、どうしてもこのかたたちをお助けするのが私の義務だと思いましたから、前にいる子供らを押しのけようとしました。けれどもまた、そんなにして助けてあげるよりはこのまま神のお前にみんなで行く方が、ほんとうにこのかたたちの幸福だとも思いました。

それから、またその神にそむく罪はわたくしひとりでしょってぜひとも助けてあげようと思いました。

けれども、どうしても見ているとそれができないのでした。

子どもらばかりボートの中へはなしてやって、おっかさんが狂気のようにキスを送り、おとうさんがかなしいのをじっとこらえてまっすぐに立っているなど、とてももう腸《はらわた》もちぎれるようでした。そのうち船はもうずんずん沈みますから、私たちはかたまって、もうすっかり覚悟して、この人たち二人を抱いて、浮かべるだけは浮かぼうと船の沈むのを待っていました。

だれが投げたかライフブイが一つ飛んで来ました。けれどもすべってずうっと向こうへ行ってしまいました。

私は一生けん命で甲板《かんぱん》の格子《こうし》になったところをはなして、三人それにしっかりとりつきました。どこからともなく三〇六番の声があがりました。たちまちみんなはいろいろな国語で一ぺんにそれを歌いました。

そのときにわかに大きな音がして私たちは水に落ち、もう渦《うず》にはいったと思いながらしっかりこの人たちをだいてそれからぼうっとしたと思ったらもうここへ来ていたのです。

このかたたちのおっかさんは一昨年なくなられました。ええ、ボートはきっと助かったにちがいありません、何せよほど熟練な水夫たちが漕《こ》いで、すばやく船からはなれていましたから。」

そこから小さな嘆息やいのりの声が聞こえ、ジョバンニもカムパネルラもいままで忘れていたいろいろのことをぼんやり思い出して目が熱くなりました。

（ああ、その大きな海はパシフィックというのではなかったろうか。その氷山の流れる北のはての海で、小さな船に乗って、風や凍りつく潮水や、激しい寒さとたたかって、だれかが一生けんめいはたらいている。ぼくはそのひとにほんとうに気の毒で、そしてすまないような気がする。ぼくはそのひとのさいわいのためにいったいどうしたらいいのだろう。）

ジョバンニは首をたれて、すっかりふさぎ込んでしまいました。

「なにがしあわせかわからないです。ほんとうにどんなつらいことでも、それがただしいみちを進む中でのできごとなら、峠の上りも下りもみんなほんとうの幸福に近づく一あしずつですから。」

燈台守《とうだいもり》がなぐさめていました。

「ああそうです。ただいちばんのさいわいに至るためにいろいろのかなしみもみんな、おぼしめしです。」

青年が祈るようにそう答えました。

そしてあの姉弟はもうつかれてめいめいにぐったり席によりかかって眠っていました。さっきのあのはだしだった足にはいつか白い柔らかな靴《くつ》をはいていたのです。

ごとごとごとごと汽車はきらびやかな燐光《りんこう》の川の岸を進みました。向こうの方の窓を見ると、野原はまるで幻燈のようでした。百も千もの大小さまざまの三角標、その大きなものの上には赤い点々をうった測量旗も見え、野原のはてはそれらがいちめん、たくさんたくさん集まってぼおっと青白い霧のよう、そこからか、またはもっと向こうからか、ときどきさまざまの形のぼんやりした狼煙《のろし》のようなものが、かわるがわるきれいな桔梗《ききょう》いろのそらにうちあげられるのでした。じつにそのすきとおったきれいな風は、ばらのにおいでいっぱいでした。

「いかがですか。こういうりんごはおはじめてでしょう。」

向こうの席の燈台看守が、いつか黄金と紅でうつくしくいろどられた大きなりんごを落とさないように、両手でひざの上にかかえていました。

「おや、どっから来たのですか。立派ですねえ。ここらではこんなりんごができるのですか。」青年はほんとうにびっくりしたらしく、燈台看守の両手にかかえられた一もりのりんごを、目を細くしたり首をまげたりしながら、われを忘れてながめていました。

「いや、まあおとりください。どうか、まあおとりください。」

青年は一つとってジョバンニたちの方をちょっと見ました。

「さあ、向こうの坊っちゃんがた。いかがですか。おとりください。」

ジョバンニは坊ちゃんと言われたので、すこししゃくにさわってだまっていましたが、カムパネルラは「ありがとう。」と言いました。すると青年は自分でとって一つずつ二人に送ってよこしましたので、ジョバンニも立ってありがとうと言いました。

燈台看守はやっと両腕があいたので、こんどは自分で一つずつ眠っている姉弟《きょうだい》のひざにそっと置きました。

「どうもありがとう。どこでできるのですか、こんな立派なりんごは。」青年はつくづく見ながら言いました。

「この辺ではもちろん農業はいたしますけれども、たいていひとりでにいいものができるような約束になっております。農業だってそんなに骨は折れはしません。たいてい自分の望む種さえまけばひとりでにどんどんできます。米だってパシフィック辺のように殻《から》もないし、十倍も大きくてにおいもいいのです。けれどもあなたがたのいらっしゃる方なら、農業はもうありません。りんごだってお菓子だってかすが少しもありませんから、みんなそのひとそのひとによってちがった、わずかのいいかおりになって毛あなからちらけてしまうのです。」

にわかに男の子がぱっちり目をあいて言いました。

「ああぼく、いまおっかさんの夢をみていたよ。おっかさんがね、立派な戸棚《とだな》や本のあるとこにいてね、ぼくの方を見て手をだしてにこにこにこにこわらったよ。ぼく、おっかさん、りんごをひろってきてあげましょうか。と言ったら目がさめちゃった。ああここ、さっきの汽車のなかだねえ。」

「そのりんごがそこにあります。このおじさんにいただいたのですよ。」青年が言いました。

「ありがとうおじさん。おや、かおるねえさんまだねてるねえ、ぼくおこしてやろう。

ねえさん。ごらん、りんごをもらったよ。おきてごらん。」

姉はわらって目をさまし、まぶしそうに両手を目にあてて、それからりんごを見ました。

男の子はまるでパイを食べるように、もうそれを食べていました。またせっかくむいたそのきれいな皮も、くるくるコルク抜きのような形になって床へ落ちるまでの間には、すうっと灰いろに光って蒸発してしまうのでした。

二人はりんごをたいせつにポケットにしまいました。

川下の向こう岸に青く茂った大きな林が見え、その枝には熟してまっかに光る丸い実がいっぱい、その林のまん中に高い高い三角標が立って、森の中からはオーケストラベルやジロフォンにまじってなんとも言えずきれいな音いろが、とけるようにしみるように風につれて流れて来るのでした。

青年はぞくっとしてからだをふるうようにしました。

だまってその譜を聞いていると、そこらにいちめん黄いろや、うすい緑の明るい野原か敷物かがひろがり、またまっ白な臘《ろう》のような露が太陽の面をかすめて行くように思われました。

「まあ、あのからす。」カムパネルラのとなりの、かおると呼ばれた女の子が叫びました。

「からすでない。みんなかささぎだ。」カムパネルラがまた何げなくしかるように叫びましたので、ジョバンニはまた思わず笑い、女の子はきまり悪そうにしました。まったく河原の青じろいあかりの上に、黒い鳥がたくさんたくさんいっぱいに列になってとまってじっと川の微光を受けているのでした。

「かささぎですねえ、頭のうしろのところに毛がぴんと延びてますから。」青年はとりなすように言いました。

向こうの青い森の中の三角標はすっかり汽車の正面に来ました。そのとき汽車のずうっとうしろの方から、あの聞きなれた三〇六番の讃美歌《さんびか》のふしが聞こえてきました。よほどの人数で合唱しているらしいのでした。青年はさっと顔いろが青ざめ、たって一ぺんそっちへ行きそうにしましたが思いかえしてまたすわりました。かおる子はハンケチを顔にあててしまいました。ジョバンニまで何だか鼻が変になりました。けれどもいつともなくだれともなくその歌は歌いだされ、だんだんはっきり強くなりました。思わずジョバンニもカムパネルラもいっしょにうたいだしたのです。

そして青い橄欖《かんらん》の森が、見えない天の川の向こうに、さめざめと光りながらだんだんうしろの方へ行ってしまい、そこから流れて来るあやしい楽器の音も、もう汽車のひびきや風の音にすりへらされてずうっとかすかになりました。

「あ、孔雀《くじゃく》がいるよ。あ、孔雀がいるよ。」

「ええ、たくさんいたわ。あの森琴《ライラ》の宿でしょう。あたしきっとあの森の中に、むかしの大きなオーケストラの人たちが集まっていらっしゃると思うわ。」女の子が答えました。

ジョバンニは、その小さく小さくなっていまはもう一つの緑いろの貝ぼたんのように見える森の上に、さっさっと青じろく時々光って、その孔雀がはねをひろげたりとじたりする光の反射を見ました。

「そうだ、孔雀の声だってさっき聞こえた。」カムパネルラが女の子に言いました。

「ええ、三十匹ぐらいはたしかにいたわ。」女の子がこたえました。

ジョバンニはにわかになんとも言えずかなしい気がして、思わず、

「カムパネルラ、ここからはねおりて遊んで行こうよ。」とこわい顔をして言おうとしたくらいでした。

ところがそのときジョンバンニは川下の遠くの方に不思議なものを見ました。

それはたしかになにか黒いつるつるした細長いもので、あの見えない天の川の水の上に飛び出してちょっと弓のようなかたちに進んで、また水の中にかくれたようでした。おかしいと思ってまたよく気をつけていましたら、こんどはずっと近くでまたそんなことがあったらしいのでした。そのうちもうあっちでもこっちでも、その黒いつるつるした変なものが水から飛び出して、丸く飛んでまた頭から水へくぐるのがたくさん見えて来ました。みんな魚のように川上へのぼるらしいのでした。

「まあ、なんでしょう。たあちゃん。ごらんなさい。まあたくさんだわね。なんでしょうあれ。」

眠《ねむ》そうに目をこすっていた男の子はびっくりしたように立ちあがりました。

「なんだろう。」青年も立ちあがりました。

「まあ、おかしな魚《さかな》だわ、なんでしょうあれ。」

「海豚《いるか》です。」カムパネルラがそっちを見ながら答えました。

「海豚だなんてあたしはじめてだわ。けどここ海じゃないんでしょう。」

「いるかは海にいるときまっていない。」あの不思議な低い声がまたどこからかしました。

ほんとうにそのいるかのかたちのおかしいことは、二つのひれをちょうど両手をさげて不動の姿勢をとったようなふうにして水の中から飛び出して来て、うやうやしく頭を下にして不動の姿勢のまま、また水の中へくぐって行くのでした。見えない天の川の水もそのときはゆらゆらと青い炎のように波をあげるのでした。

「いるかお魚《さかな》でしょうか。」女の子がカムパネルラにはなしかけました。男の子はぐったりつかれたように席にもたれて眠っていました。

「いるか、魚《さかな》じゃありません。くじらと同じようなけだものです。」カムパネルラが答えました。

「あなたくじら見たことあって。」

「僕あります。くじら、頭と黒いしっぽだけ見えます。潮を吹くとちょうど本にあるようになります。」

「くじらなら大きいわねえ。」

「くじら大きいです。子供だっているかぐらいあります。」

「そうよ、あたしアラビアンナイトで見たわ。」姉は細い銀いろの指輪をいじりながらおもしろそうにはなししていました。

(カムパネルラ、僕もう行っちまうぞ。僕なんか鯨だって見たことないや。)

ジョンバンニはまるでたまらないほどいらいらしながら、それでも堅くちびるをかんで、こらえて窓の外を見ていました。

その窓の外には海豚《いるか》のかたちももう見えなくなって、川は二つにわかれました。そのまっくらな島のまん中に、高い高いやぐらが一つ組まれて、その上に一人のゆるい服を着て赤い帽子をかぶった男が立っていました。そして両手に赤と青の旗をもってそらを見上げて信号しているのでした。

ジョバンニが見ている間、その人はしきりに赤い旗をふっていましたが、にわかに赤旗をおろしてうしろにかくすようにし、青い旗を高く高くあげて、まるでオーケストラの指揮者のように激しく振りました。すると空中にざあっと雨のような音がして、何かまっくろなものがいくかたまりもいくかたまりも、鉄砲玉のように川の向こうの方へ飛んで行くのでした。ジョバンニは思わず窓からからだを半分出して、そっちを見あげました。

美しい美しい桔梗《ききょう》いろのがらんとした空の下を、実に何万という小さな鳥どもが幾組も幾組も、めいめいせわしくせわしく鳴いて通って行くのでした。

「鳥が飛んで行くな。」ジョバンニが窓の外で言いました。

「どら。」カムパネルラもそらを見ました。

そのときあのやぐらの上のゆるい服の男は、にわかに赤い旗をあげて狂気のようにふりうごかしました。するとぴたっと鳥の群れは通らなくなり、それと同時にぴしゃあんというつぶれたような音が川下の方で起こって、それからしばらくしいんとしました。と思ったらあの赤帽の信号手がまた青い旗をふって叫んでいたのです。

「いまこそわたれわたり鳥、いまこそわたれわたり鳥。」その声もはっきり聞こえました。それといっしょにまた幾万という鳥の群れがそらをまっすぐにかけたのです。二人の顔を出しているまん中の窓からあの女の子が顔を出して、美しい頰《ほお》をかがやかせながらそらを仰ぎました。

「まあ、この鳥、たくさんですわねえ。あらまあそらのきれいなこと。」女の子はジョバンニにはなしかけましたけれども、ジョバンニは生意気な、いやだいと思いながら、だまって口をむすんでそらを見あげていました。女の子は小さくほっと息をして、だまって席へ戻りました。カムパネルラが気の毒そうに窓から顔を引っ込めて地図を見ていました。

「あの人鳥へ教えてるんでしょうか。」女の子がそっとカムパネルラにたずねました。

「わたり鳥へ信号してるんです。きっとどこからかのろしがあがるためでしょう。」カムパネルラが少しおぼつかなさそうに答えました。そして車の中はしいんとなりました。

ジョバンニはもう頭を引っ込めたかったのですけれども、明るいとこへ顔を出すのがつらかったので、だまってこらえてそのまま立って口笛を吹いていました。

(どうして僕はこんなにかなしいのだろう。僕はもっとこころもちをきれいに大きくもたなければいけない。あすこの岸のずうっと向こうにまるでけむりのような小さな青い火が見える。あれはほんとうにしずかでつめたい。僕はあれをよく見てこころもちをしずめるんだ。)

ジョバンニは熱《ほて》って痛いあたまを両手で押えるようにして、そっちの方を見ました。

(ああほんとうにどこまでもどこまでも僕といっしょに行くひとはないだろうか。カムパネルラだってあんな女の子とおもしろそうに話しているし、僕はほんとうにつらいなあ。)

ジョバンニの目はまた涙でいっぱいになり、天の川もまるで遠くへ行ったようにぼんやり白く見えるだけでした。

そのとき汽車はだんだん川からはなれて崖《がけ》の上を通るようになりました。向こう岸もまた黒いいろの崖が川の岸を下流に下るにしたがって、だんだん高くなって行くのでした。そしてちらっと大きなとうもろこしの木を見ました。その葉はぐるぐるにちぢれ、葉の下にはもう美しい緑いろの大きな苞《つと》が赤い毛を吐いて、真珠のような実もちらっと見えたのでした。

それはだんだん数を増して来て、もういまは列のように崖と線路との間にならび、思わずジョバンニが窓から顔を引っ込めて向こう側の窓を見ましたときは、美しいそらの野原の地平線のはてまで、その大きなとうもろこしの木が、ほとんどいちめんに植えられて、さやさや風にゆらぎ、その立派なちぢれた葉のさきからは、まるでひるの間にいっぱい日光を吸った金剛石のように、露がいっぱいについて、赤や緑やきらきら燃えて光っているのでした。

カムパネルラが、

「あれとうもろこしだねえ。」とジョバンニに言いましたけれども、ジョバンニはどうしても気持ちがなおりませんでしたから、ただぶっきら棒に野原を見たまま、

「そうだろう。」と答えました。

そのとき汽車はだんだんしずかになって、いくつかのシグナルとてんてつ器の灯《ひ》を過ぎ、小さな停車場にとまりました。

その正面の青じろい時計はかっきり第二時を示し、その振子は、風もなくなり汽車もうごかず、しずかなしずかな野原のなかに、カチッカチッと正しく時を刻んで行くのでした。

そしてまったくその振子の音のたえまを、遠くの遠くの野原のはてから、かすかなかすかな旋律が糸のように流れて来るのでした。「新世界交響楽だわ。」向こうの席の姉がひとりごとのようにこっちを見ながらそっと言いました。全くもう車の中ではあの黒服の丈《たけ》高い青年もだれもみんなやさしい夢を見ているのでした。

（こんなしずかないいとこで僕はどうしてもっと愉快になれないだろう。どうしてこんなにひとりさびしいのだろう。けれどもカムパネルラなんかあんまりひどい。僕といっしょに汽車に乗っていながら、まるであんな女の子とばかり話しているんだもの。僕はほんとうにつらい。）

ジョバンニはまた両手で顔を半分かくすようにして、向こうの窓のそとを見つめていました。

すきとおったガラスのような笛が鳴って、汽車はしずかに動き出し、カムパネルラもさびしそうに星めぐりの口笛を吹きました。

「ええ、ええ、もうこの辺はひどい高原ですから。」

うしろの方でだれかとしよりらしい人の、いま目がさめたというふうで、はきはき話している声がしました。

「とうもろこしだって棒で二尺も穴をあけておいて、そこへまかないとはえないんです。」

「そうですか、川まではよほどありましょうかねえ。」

「ええ、ええ、川までは二千尺から六千尺あります。もうまるでひどい峡谷になっているんです。」

そうそう、ここはコロラドの高原じゃなかったろうか、ジョバンニは思わずそう思いました。

姉は弟を自分の胸によりかからせて眠らせながら、黒いひとみをうっとりと遠くへ投げて、何を見るでもなしに考え込んでいるのでしたし、カムパネルラはまたさびしそうにひとり口笛を吹き、男の子はまるで絹で包んだりんごのような顔いろをしてねむっておりました。

突然とうもろこしがなくなって、大きな黒い野原がいっぱいにひらけました。新世界交響楽はいよいよはっきり地平線のはてからわき、そのまっ黒な野原のなかを一人のインデアンが白い鳥の羽根を頭につけ、たくさんの石を腕と胸にかざり、小さな弓に矢をつがえていちもくさんに汽車を追って来るのでした。

「あら、インデアンですよ。インデアンですよ。おねえさま、ごらんなさい。」

黒服の青年も目をさましました。

ジョバンニもカムパネルラも立ちあがりました。

「走って来るわ。あら、走って来るわ。追いかけているんでしょう。」

「いいえ、汽車を追ってるんじゃないんですよ、猟をするか踊るかしてるんですよ。」

青年はいまどこにいるか忘れたというふうに、ポケットに手を入れて立ちながら言いました。

まったくインデアンは半分は踊っているようでした。第一かけるにしても足のふみようがもっと経済もとれ、本気にもなれそうでした。にわかにくっきり白いその羽根は前の方へ倒れるようになり、インデアンはぴたっと立ちどまってすばやく弓を空にひきました。そこから一羽の鶴《つる》がふらふらと落ちて来て、また走りだしたインデアンの大きくひろげた両手に落ちこみました。

インデアンはうれしそうに立ってわらいました。そしてその鶴をもってこっちを見ている影も、もうどんどん小さく遠くなり、電しんばしらの碍子《がいし》がきらっきらっと続いて二つばかり光って、またとうもろこしの林になってしまいました。

こっち側の窓を見ますと、汽車はほんとうに高い高い崖《がけ》の上を走っていて、その谷の底には川がやっぱり幅ひろく明るく流れていたのです。

「ええ、もうこの辺から下りです。なにせこんどは一ぺんにあの水面までおりて行くんですから容易じゃありません。この傾斜があるもんですから、汽車は決して向こうからこっちへは来ないんです。そら、もうだんだん早くなったでしょう。」さっきの老人らしい声が言いました。

どんどんどんどん汽車は降りて行きました。崖のはしに鉄道がかかるときは、川が明るく下にのぞけたのです。

ジョバンニはだんだんこころもちが明るくなって来ました。汽車が小さな小屋の前を通って、その前にしょんぼりひとりの子供が立ってこっちを見ているときなどは、思わず、ほう、と叫びました。

どんどんどんどん汽車は走って行きました。室《へや》じゅうのひとたちは、半分うしろの方へ倒れるようになりながら、腰掛けにしっかりしがみついていました。

ジョバンニは思わずカムパネルラとわらいました。もうそして天の川は汽車のすぐ横手を、いままでよほど激しく流れて来たらしく、ときどきちらちら光ってながれているのでした。うすあかい河原なでしこの花があちこち咲いていました。汽車はようやく落ちついたようにゆっくりと走っていました。

向こうとこっちの岸に、星のかたちとつるはしを書いた旗がたっていました。

「あれ、何の旗だろうね。」ジョバンニがやっとものを言いました。

「さあ、わからないねえ、地図にもないんだもの。鉄の舟がおいてあるねえ。」

「ああ。」

「橋を架《か》けるとこじゃないんでしょうか。」女の子が言いました。

「ああ、あれ工兵の旗だねえ。架橋演習をしてるんだ。けれど兵隊のかたちが見えないねえ。」

その時向こう岸ちかくの、少し下流の方で、見えない天の川の水がぎらっと光って、柱のように高くはねあがり、どおと激しい音がしました。

「発破《はっぱ》だよ、発破だよ。」カムパネルラはこおどりしました。

その柱のようになった水は見えなくなり、大きな鮭《さけ》や鱒《ます》がきらっきらっと白く腹を光らせて空中にほうり出されて、丸い輪を描いてまた水に落ちました。ジョバンニはもうはねあがりたいくらい気持ちが軽くなって言いました。

「空の工兵大隊だ。どうだ、鱒やなんかがまるでこんなになってはねあげられたねえ。僕こんな愉快な旅はしたことない。いいねえ。」

「あの鱒なら近くで見たらこれくらいあるねえ、たくさんさかないるんだな、この水の中に。」

「小さなおさかなもいるんでしょうか。」女の子が話につり込まれて言いました。

「いるんでしょう。大きなのがいるんだから小さいのもいるんでしょう。けれど遠くだから、いま小さいの見えなかったねえ。」ジョバンニはもうすっかりきげんが直って、おもしろそうにわらって女の子に答えました。

「あれきっとふた子のお星さまのお宮だよ。」男の子が、いきなり窓の外をさして叫びました。

右手の低い丘の上に小さな水晶ででもこさえたような二つのお宮がならんで立っていました。

「ふた子のお星さまのお宮ってなんだい。」

「あたし前になんべんもおっかさんから聞いたわ。ちゃんと小さな水晶のお宮で二つならんでいるからきっとそうだわ。」

「はなしてごらん。ふた子のお星さまが何したっての。」

「ぼくも知ってらい。ふた子のお星さまが野原へ遊びにでて、からすとけんかしたんだろう。」

「そうじゃないわよ。あのね、天の川の岸にね、おっかさんお話しなすったわ。……」

「それから彗星《ほうきぼし》が、ギーギーフーギーギーフーて言って来たねえ。」

「いやだわたあちゃん、そうじゃないわよ。それはべつの方だわ。」

「するとあすこにいま笛を吹いているんだろうか。」

「いま海へ行ってらあ。」

「いけないわよ。もう海からあがっていらっしゃったのよ。」

「そうそう。ぼく知ってらあ、ぼくおはなししよう。」


川の向こう岸がにわかに赤くなりました。楊《やなぎ》の木や何かもまっ黒にすかし出され、見えない天の川の波も、ときどきちらちら針のように赤く光りました。まったく向こう岸の野原に大きなまっかな火が燃され、その黒いけむりは高く、桔梗《ききょう》いろのつめたそうな天をも焦がしそうでした。ルビーよりも赤くすきとおり、リチウムよりも、うつくしく酔ったようになってその火は燃えているのでした。

「あれはなんの火だろう。あんな赤く光る火は何を燃せばできるんだろう。」ジョバンニが言いました。

「蝎《さそり》の火だな。」カムパネルラがまた地図と首っ引きして答えました。

「あら、蝎の火のことならあたし知ってるわ。」

「蝎の火ってなんだい。」ジョバンニがききました。

「蝎がやけて死んだのよ。その火がいまでも燃えてるって、あたしなんべんもおとうさんから聞いたわ。」

「蝎って、虫だろう。」

「ええ、蝎は虫よ。だけどいい虫だわ。」

「蝎いい虫じゃないよ。僕博物館でアルコールにつけてあるの見た。尾にこんなかぎがあって、それで刺されると死ぬって先生が言ったよ。」

「そうよ。だけどいい虫だわ、おとうさんこう言ったのよ。むかしのバルドラの野原に一ぴきの蝎がいて、小さな虫やなんか殺してたべて生きていたんですって。するとある日、いたちに見つかって食べられそうになったんですって。さそりは一生けん命逃げて逃げたけど、とうとういたちに押えられそうになったわ。そのとき、いきなり前に井戸があってその中に落ちてしまったわ。もうどうしてもあがられないで、さそりはおぼれはじめたのよ。そのときさそりはこう言ってお祈りしたというの。

ああ、わたしはいままでいくつのものの命をとったかわからない、そしてその私がこんどいたちにとられようとしたときはあんなに一生懸命にげた。それでもとうとうこんなになってしまった。ああ、なんにもあてにならない。どうしてわたしはわたしのからだを、だまっていたちにくれてやらなかったろう。そしたらいたちも一日生きのびたろうに。どうか神さま。私の心をごらんください。こんなにむなしく命をすてず、どうかこの次には、まことのみんなの幸いのために私のからだをおつかいください。って言ったというの。そしたらいつかさそりはじぶんのからだが、まっかなうつくしい火になって燃えて、よるのやみを照らしているのを見たって。いつまでも燃えてるって、おとうさんおっしゃったわ。ほんとうにあの火、それだわ。」

「そうだ。見たまえ。そこらの三角標はちょうどさそりの形にならんでいるよ。」

ジョバンニはまったくその大きな火の向こうに、三つの三角標が、ちょうどさそりの腕のように、こっちに五つの三角標がさそりの尾やかぎのようにならんでいるのを見ました。そしてほんとうにそのまっかなうつくしいさそりの火は音なくあかるくあかるく燃えたのです。

その火がだんだんうしろの方になるにつれて、みんなはなんとも言えずにぎやかな、さまざまの楽の音や草花のにおいのようなもの、口笛や人々のざわざわいう声やらを聞きました。

それはもうじきちかくに町か何かがあって、そこにお祭りでもあるというような気がするのでした。

「ケンタウルス、露をふらせ。」いきなりいままで眠っていたジョバンニのとなりの男の子が、向こうの窓を見ながら叫んでいました。

ああ、そこにはクリスマストリイのように、まっ青《さお》な唐檜《からひ》かもみの木がたって、その中にはたくさんのたくさんの豆電燈が、まるで千のほたるでも集まったようについていました。

「ああ、そうだ。今夜ケンタウル祭だねえ。」

「ああ、ここはケンタウルの村だよ。」カムパネルラがすぐ言いました。

……(この間原稿ナシ)……

「ボール投げなら僕決してはずさない。」

男の子が大威張りで言いだしました。

「もうじきサウザンクロスです。おりるしたくをしてください。」青年がみんなに言いました。

「僕、も少し汽車に乗ってるんだよ。」男の子が言いました。

カムパネルラのとなりの女の子はそわそわ立ってしたくをはじめました。けれどもやっぱりジョバンニたちとわかれたくないようなようすでした。

「ここでおりなきゃあいけないのです。」青年はきちっと口を結んで男の子を見おろしながら言いました。

「いやだい。僕、もう少し汽車へ乗ってから行くんだい。」

ジョバンニがこらえかねて言いました。

「僕たちといっしょに乗って行こう。僕たちどこまでだって行ける切符持ってるんだ。」

「だけどあたしたち、もうここで降りなきゃあいけないのよ、ここ天上へ行くとこなんだから。」女の子がさびしそうに言いました。

「天上へなんか行かなくたっていいじゃないか。ぼくたちここで天上よりももっといいとこをこさえなきゃあいけないって僕の先生が言ったよ。」

「だっておっかさんも行ってらっしゃるし、それに神さまがおっしゃるんだわ。」

「そんな神さまうその神さまだい。」

「あなたの神さまうその神さまよ。」

「そうじゃないよ。」

「あなたの神さまってどんな神さまですか。」

青年は笑いながら言いました。

「ぼくほんとうはよく知りません。けれどもそんなんでなしに、ほんとうのたった一人の神さまです。」

「ほんとうの神さまはもちろんたった一人です。」

「ああ、そんなんでなしに、たったひとりのほんとうのほんとうの神さまです。」

「だからそうじゃありませんか。わたくしはあなたがたがいまにそのほんとうの神さまの前に、わたくしたちとお会いになることを祈ります。」青年はつつましく両手を組みました。

女の子もちょうどそのとおりにしました。みんなほんとうに別れが惜しそうで、その顔いろも少し青ざめて見えました。ジョバンニはあぶなく声をあげて泣きだそうとしました。

「さあもうしたくはいいんですか。じきサウザンクロスですから。」

ああ、そのときでした。見えない天の川のずうっと川下に、青や橙《だいだい》や、もうあらゆる光でちりばめられた十字架が、まるで一本の木というふうに川の中から立ってかがやき、その上には青じろい雲がまるい輪になって後光のようにかかっているのでした。

汽車の中がまるでざわざわしました。みんなあの北の十字のときのようにまっすぐに立ってお祈りをはじめました。

あっちにもこっちにも子供が瓜《うり》に飛びついたときのようなよろこびの声や、なんとも言いようのない深いつつましいためいきの音ばかりきこえました。そしてだんだん十字架は窓の正面になり、あのりんごの肉のような青じろい銀の雲も、ゆるやかにゆるやかに繞《めぐ》っているのが見えました。

「ハレルヤ、ハレルヤ。」明るくたのしくみんなの声はひびき、みんなはそのそらの遠くから、つめたいそらの遠くから、すきとおったなんとも言えずさわやかなラッパの声をききました。そしてたくさんのシグナルや電燈の灯《ひ》のなかを汽車はだんだんゆるやかになり、とうとう十字架のちょうどま向かいに行ってすっかりとまりました。

「さあ、降りるんですよ。」青年は男の子の手をひき、姉はえりや肩をなおしてやって、だんだん向こうの出口の方へ歩きだしました。

「じゃさよなら。」女の子がふりかえって二人に言いました。

「さよなら。」ジョバンニはまるで泣きだしたいのをこらえて、おこったようにぶっきら棒に言いました。

女の子はいかにもつらそうに目を大きくして、も一度こっちをふりかえって、それからあとはもうだまって出て行ってしまいました。汽車の中はもう半分以上もすいてしまい、にわかにがらんとしてさびしくなり、風がいっぱいに吹き込みました。

そして見ているとみんなはつつましく列を組んで、あの十字架の前の天の川のなぎさにひざまずいていました。そしてその見えない天の川の水をわたって、ひとりの神々《こうごう》しい白いきものの人が手をのばしてこっちへ来るのを二人は見ました。けれどもそのときはもうガラスの呼ぶ子は鳴らされ汽車はうごきだしたと思ううちに、銀いろの霧が川下の方から、すうっと流れて来て、もうそっちは何も見えなくなりました。ただたくさんのくるみの木が葉をさんさんと光らしてその霧の中に立ち、黄金の円光をもった電気リスが、かわいい顔をその中からちらちらのぞかしているだけでした。

そのとき、すうっと霧がはれかかりました。どこかへ行く街道《かいどう》らしい小さな電燈の一列についた通りがありました。それはしばらく線路に沿って進んでいました。

そして二人がそのあかしの前を通って行くときは、その小さな豆いろの火はちょうどあいさつでもするようにぽかっと消え、二人が過ぎて行くときまたつくのでした。

ふりかえって見ると、さっきの十字架はすっかり小さくなってしまい、ほんとうにもう、そのまま胸にもつるされそうになり、さっきの女の子や青年たちがその前の白いなぎさにまだひざまずいているのか、それともどこか方角もわからないその天上へ行ったのか、ぼんやりして見分けられませんでした。

ジョバンニは、ああ、と深く息しました。

「カムパネルラ、また僕たち二人きりになったねえ、どこまでもどこまでもいっしょに行こう。僕はもう、あのさそりのようにほんとうにみんなの幸いのためならば僕のからだなんか、百ぺん灼《や》いてもかまわない。」

「うん。僕だってそうだ。」カムパネルラの目にはきれいな涙がうかんでいました。

「けれどもほんとうのさいわいはいったい何だろう。」

ジョバンニが言いました。

「僕わからない。」カムパネルラがぼんやり言いました。

「僕たちしっかりやろうねえ。」ジョバンニが胸いっぱい新しい力がわくように、ふうと息をしながら言いました。

「あ、あすこ石炭袋だよ。そらの穴だよ。」カムパネルラが、少しそっちを避けるようにしながら、天の川のひとところを指さしました。

ジョバンニはそっちを見て、まるでぎくっとしてしまいました。天の川の一とこに大きなまっくらな穴が、どほんとあいているのです。その底がどれほど深いか、その奥に何があるか、いくら目をこすってのぞいてもなんにも見えず、ただ目がしんしんと痛むのでした。ジョバンニが言いました。

「僕、もうあんな大きな闇《やみ》の中だってこわくない。きっとみんなのほんとうのさいわいをさがしに行く。どこまでもどこまでも僕たちいっしょに進んで行こう。」

「ああきっと行くよ。ああ、あすこの野原はなんてきれいだろう。みんな集まってるねえ。あすこがほんとうの天上なんだ。あっ、あすこにいるのはぼくのおっかさんだよ。」

カムパネルラはにわかに窓の遠くに見えるきれいな野原を指して叫びました。

ジョバンニもそっちを見ましたけれども、そこはぼんやり白くけむっているばかり、どうしてもカムパネルラが言ったように思われませんでした。なんとも言えずさびしい気がして、ぼんやりそっちを見ていましたら、向こうの川岸に二本の電信ばしらがちょうど両方から腕を組んだように赤い腕木をつらねて立っていました。

「カムパネルラ、僕たちいっしょに行こうねえ。」ジョバンニがこう言いながらふりかえって見ましたら、そのいままでカムパネルラのすわっていた席に、もうカムパネルラの形は見えずただ黒いびろうどばかりひかっていました。

ジョバンニはまるで鉄砲玉のように立ちあがりました。そしてだれにも聞こえないように、窓の外へからだを乗り出して、力いっぱいはげしく胸をうって叫び、それからもう咽喉《のど》いっぱい泣きだしました。

もうそこらが一ぺんにまっくらになったように思いました。そのとき、

「おまえはいったい何を泣いているの。ちょっとこっちをごらん。」いままでたびたび聞こえた、あのやさしいセロのような声が、ジョバンニのうしろから聞こえました。

ジョバンニは、はっと思って涙をはらってそっちをふり向きました。

さっきまでカムパネルラのすわっていた席に、黒い大きな帽子をかぶった青白い顔のやせたおとなが、やさしくわらって大きな一冊の本をもっていました。

「おまえのともだちがどこかへ行ったのだろう。あのひとはね、ほんとうにこんや遠くへ行ったのだ。おまえはもうカムパネルラをさがしてもむだだ。」

「ああ、どうしてなんですか。ぼくはカムパネルラといっしょにまっすぐに行こうと言ったんです。」

「ああ、そうだ。みんながそう考える。けれどもいっしょに行けない。そしてみんながカムパネルラだ。

おまえがあうどんなひとでも、みんななんべんもおまえといっしょにりんごをたべたり汽車に乗ったりしたのだ。

だからやっぱりおまえはさっき考えたように、あらゆるひとのいちばんの幸福をさがし、みんなといっしょに早くそこに行くがいい。そこでばかりおまえはほんとうにカム

パネルラといつまでもいっしょに行けるのだ。」

「ああ、ぼくはきっとそうします。ぼくはどうしてそれをもとめたらいいでしょう。」

「ああ、わたくしもそれをもとめている。おまえはおまえの切符をしっかりもっておいで。そして一しんに勉強しなきゃあいけない。おまえは化学をならったろう。水は酸素と水素からできているということを知っている。いまはだれだってそれを疑やしない。実験してみるとほんとうにそうなんだから。

けれども昔はそれを水銀と塩でできていると言ったり、水銀と硫黄《いおう》でできていると言ったりいろいろ議論したのだ。みんながめいめいじぶんの神さまがほんとうの神さまだというだろう。けれどもお互いほかの神さまを信ずる人たちのしたことでも涙がこぼれるだろう。それからぼくたちの心がいいとかわるいとか議論するだろう。そして勝負がつかないだろう。けれどももし、おまえがほんとうに勉強して、実験でちゃんとほんとうの考えと、うその考えとを分けてしまえば、その実験の方法さえきまれば、もう信仰も化学と同じようになる。けれども、ね、ちょっとこの本をごらん。いいかい。これは地理と歴史の辞典だよ。この本のこのページはね、紀元前二千二百年の地理と歴史が書いてある。よくごらん、紀元前二千二百年のことでないよ、紀元前二千二百年のころにみんなが考えていた地理と歴史というものが書いてある。

だからこのページ一つが一冊の地歴の本にあたるんだ。いいかい、そしてこの中に書いてあることは紀元前二千二百年ころにはたいていほんとうだ。さがすと証拠もぞくぞく出ている。けれどもそれが少しどうかなとこう考えだしてごらん、そら、それは次のページだよ。

紀元前一千年。だいぶ地理も歴史も変わってるだろう。このときにはこうなのだ。変な顔をしてはいけない。ぼくたちは、ぼくたちのからだだって考えだって、天の川だって汽車だって歴史だって、ただそう感じているのなんだから。そらごらん、ぼくといっしょにすこしこころもちをしずかにしてごらん。いいか。」

そのひとは指を一本あげてしずかにそれをおろしました。するといきなり、ジョバンニは自分というものが、じぶんの考えというものが、汽車やその学者や天の川やみんないっしょにぽかっと光って、しいんとなくなって、ぽかっとともってまたなくなって、そしてその一つがぽかっとともるとあらゆる広い世界ががらんとひらけ、あらゆる歴史がそなわり、すっと消えると、もうがらんとしたただもうそれっきりになってしまうのを見ました。だんだんそれが早くなって、まもなくすっかりもとのとおりになりました。

「さあいいか。だからおまえの実験は、このきれぎれの考えのはじめから終わりすべてにわたるようでなければいけない。それがむずかしいことなのだ。けれども、もちろんそのときだけのでもいいのだ。ああごらん、あすこにプレシオスが見える。おまえはあのプレシオスの鎖を解かなければならない。」

そのときまっくらな地平線の向こうから、青じろいのろしがまるでひるまのようにうちあげられ、汽車の中はすっかり明るくなりました。そしてのろしは高くそらにかかって光りつづけました。

「ああマジェランの星雲だ。さあもうきっと僕は僕のために、僕のおっかさんのために、カムパネルラのために、みんなのために、ほんとうのほんとうの幸福をさがすぞ。」ジョバンニはくちびるをかんで、そのマジェランの星雲をのぞんで立ちました。そのいちばん幸福なそのひとのために！

「さあ、切符をしっかり持っておいで。おまえはもう夢の鉄道の中でなしに、ほんとうの世界の火やはげしい波の中を大股《おおまた》にまっすぐに歩いて行かなければいけない。天の川のなかでたった一つのほんとうのその切符を決しておまえはなくしてはいけない。」

あのセロのような声がしたと思うと、ジョバンニはあの天の川がもうまるで遠く遠くなって、風が吹き、自分はまっすぐに草の丘に立っているのを見、また遠くからあのブルカニロ博士の足おとのしずかに近づいて来るのをききました。

「ありがとう。私はたいへんいい実験をした。私はこんなしずかな場所で、遠くから私の考えを人に伝える実験をしたいとさっき考えていた。おまえの言ったことばはみんな私の手帳にとってある。さあ帰っておやすみ。おまえは夢の中で決心したとおりまっすぐに進んで行くがいい。そしてこれからなんでもいつでも私のとこへ相談においでなさい。」

「僕きっとまっすぐに進みます。きっとほんとうの幸福を求めます。」

ジョバンニは力強く言いました。

「ああではさよなら。これはさっきの切符です。」

博士は小さく折った緑いろの紙を、ジョバンニのポケットに入れました。

そしてもうそのかたちは天気輪の柱の向こうに見えなくなっていました。

ジョバンニはまっすぐに走って丘をおりました。

そしてポケットがたいへん重くカチカチ鳴るのに気がつきました。林の中でとまってそれをしらべてみましたら、あの緑いろのさっき夢の中で見たあやしい天の切符の中に、大きな二枚の金貨が包んでありました。

「博士ありがとう、おっかさん。すぐ乳をもって行きますよ。」

ジョバンニは叫んで走りました。何かいろいろのものが一ぺんにジョバンニの胸に集まってなんとも言えずかなしいような新しいような気がするのでした。

琴の星がずうっと西の方へ移ってそしてまた夢のように足をのばしていました。

ジョバンニは目をひらきました。もとの丘の草の中に、つかれてねむっていたのでした。胸はなんだかおかしく熱《ほて》り、頰《ほお》にはつめたい涙がながれていました。

ジョバンニは、ばねのようにはね起きました。町はすっかりさっきのとおりに下でたくさんの灯《ひ》をつづってはいましたが、その光はなんだかさっきよりは熱したというふうでした。

そしてたったいま夢であるいた天の川も、やっぱりさっきのとおりに、白くぼんやりかかり、まっ黒な南の地平線の上ではことにけむったようになって、その右には蠍座《さそりざ》の赤い星がうつくしくきらめき、そらぜんたいの位置はそんなに変わってもいないようでした。

ジョバンニはいっさんに丘を走っておりました。まだ夕ごはんをたべないで待っているおっかさんのことが、胸いっぱいに思いだされたのです。どんどん黒い松の林の中を通って、それからほの白い牧場の柵《さく》をまわって、さっきの入り口から暗い牛舎の前へまた来ました。

そこにはだれかがいま帰ったらしく、さっきなかった一つの車が、何かの樽《たる》を二つ乗っけて置いてありました。

「今晩は。」ジョバンニは叫びました。

「はい。」白い太いずぼんをはいた人がすぐ出て来て立ちました。

「なんのご用ですか。」

「きょう牛乳がぼくのところへ来なかったのですが。」

「あ、すみませんでした。」その人はすぐ奥へ行って、一本の牛乳びんをもって来て、ジョバンニに渡しながら、また言いました。

「ほんとうにすみませんでした。きょうはひるすぎ、うっかりしてこうしの柵《さく》をあけておいたもんですから、大将さっそく親牛のところへ行って半分ばかり飲んでしまいましてね……。」その人はわらいました。

「そうですか。ではいただいて行きます。」

「ええ、どうもすみませんでした。」

「いいえ。」ジョバンニはまだ熱い乳のびんを、両方のてのひらで包むようにもって牧場の柵を出ました。

そしてしばらく木のある町を通って、大通りへ出てまたしばらく行きますと、みちは十文字になって、右手の方、通りのはずれに、さっきカムパネルラたちのあかりを流しに行った川へかかった大きな橋のやぐらが夜のそらにぼんやり立っていました。

ところがその十字になった町かどや店の前に、女たちが七八人ぐらいずつあつまって、橋の方を見ながら何かひそひそ話しているのです。それから橋の上にもいろいろなあかりがいっぱいなのでした。

ジョバンニはなぜかさあっと胸が冷たくなったように思いました。そしていきなり近くの人たちへ、

「何かあったんですか。」と叫ぶようにききました。

「こどもが水へ落ちたんですよ。」一人が言いますと、その人たちはいっせいにジョバンニの方を見ました。ジョバンニはまるで夢中で橋の方へ走りました。橋の上は人でいっぱいで川が見えませんでした。白い服を着た巡査も出ていました。ジョバンニは橋のたもとから飛ぶように下の広い河原へおりました。

その河原の水ぎわに沿って、たくさんのあかりがせわしくのぼったり下ったりしていました。向こう岸の暗いどてにも灯《ひ》が七つ八つうごいていました。そのまん中を、もう烏瓜《からすうり》のあかりもない川が、わずかに音を立てて、灰いろに、しずかに流れていたのでし

た。

　河原のいちばん下流の方へ、州のようになって出たところに人の集まりがくっきり、まっ黒に立っていました。

　ジョバンニはどんどんそっちへ走りました。するとジョバンニはいきなり、さっきカムパネルラといっしょだったマルソに会いました。マルソがジョバンニに走り寄って言いました。

「ジョバンニ、カムパネルラが川へはいったよ。」

「どうして、いつ。」

「ザネリがね、舟の上から烏瓜のあかりを水の流れる方へ押してやろうとしたんだ。そのとき舟がゆれたもんだから水へ落っこったろう。するとカムパネルラがすぐ飛びこんだんだ。そしてザネリを舟の方へ押してよこした。ザネリはカトウにつかまった。けれどもあとカムパネルラが見えないんだ。」

「みんな捜してるんだろう。」

「ああ、すぐみんな来た。カムパネルラのおとうさんも来た。けれども見つからないんだ。ザネリはうちへ連れられてった。」

　ジョバンニはみんなのいるそっちの方へ行きました。学生たちや町の人たちに囲まれて、青じろいとがったあごをしたカムパネルラのおとうさんが、黒い服を着てまっすぐに立って、右手に時計を持って、じっと見つめていたのです。

みんなもじっと川を見ていました。だれも一言も物を言う人もありませんでした。ジョバンニはわくわくわくわく足がふるえました。魚をとるときのアセチレンランプがたくさんせわしく行ったり来たりして、黒い川の水はちらちら小さな波をたてて流れているのが見えるのでした。

下流の方の川はばいっぱい銀河が大きく写って、まるで水のないそのままのそらのように見えました。

ジョバンニは、そのカムパネルラはもうあの銀河のはずれにしかいないというような気がしてしかたなかったのです。

けれどもみんなはまだどこかの波の間から、

「ぼくずいぶん泳いだぞ。」と言いながらカムパネルラが出て来るか、あるいはカムパネルラがどこかの人の知らない州にでも着いて立っていて、だれかの来るのを待っているかというような気がしてしかたないらしいのでした。

けれどもにわかにカムパネルラのおとうさんがきっぱり言いました。

「もうだめです。落ちてから四十五分たちましたから。」

ジョバンニは思わずかけよって、博士の前に立って、ぼくはカムパネルラの行った方を知っています。ぼくはカムパネルラといっしょに歩いていたのです。と言おうとしましたが、もうのどがつまってなんとも言えませんでした。するど博士はジョバンニがあいさつに来たとでも思ったものですか、しばらくしげしげとジョバンニを見ていましたが、

「あなたはジョバンニさんでしたね。どうも今晩はありがとう。」とていねいに言いました。

ジョバンニは何も言えずにただおじぎをしました。

「あなたのおとうさんはもう帰っていますか。」博士は堅く時計を握ったまま、また聞きました。

「いいえ。」ジョバンニはかすかに頭をふりました。

「どうしたのかなあ、ぼくには一昨日《おととい》たいへん元気なたよりがあったんだが。きょうあたりもう着くころなんだが船が遅れたんだな。ジョバンニさん。あした放課後みなさんとうちへ遊びに来てくださいね。」そう言いながら博士はまた、川下の銀河のいっぱいにうつった方へ、じっと目を送りました。

ジョバンニはもういろいろなことで胸がいっぱいで、なんにも言えずに、博士の前を

はなれましたが、早くおっかさんにおとうさんの帰ることを知らせようと思うと、牛乳を持ったまま、もういちもくさんに河原を町の方へ走りました。

けれどもまたそのうちにジョバンニの目には涙がいっぱいになって来ました。

街燈や飾り窓やいろいろのあかりがぼんやりと夢のように見えるだけになって、いったいじぶんがどこを走っているのか、どこへ行くのかすらわからなくなって走り続けました。

そしていつかひとりでにさっきの牧場のうしろを通って、また丘の頂に来て天気輪の柱や天の川をうるんだ目でぼんやり見つめながらすわってしまいました。

汽車の音が遠くからきこえて来て、だんだん高くなりまた低くなって行きました。

その音をきいているうちに、汽車と同じ調子のセロのような声でたれかが歌っているような気持ちがしてきました。

それはなつかしい星めぐりの歌を、くりかえしくりかえし歌っているにちがいありませんでした。

ジョバンニはそれにうっとりきき入っておりました。

解　説

谷　川　徹　三

一

宮沢賢治の童話及び童話的作品は筑摩版全集では次の如くなっている。

第六巻

竜と詩人、手紙一、手紙二、手紙四、革トランク、チュウリップの幻術、インドラの網、化物丁場、ガドルフの百合、マグノリアの木、サガレンと八月、車、耕耘部の時計、フランドン農学校の豚、税務署長の冒険、十月の末、谷、二人の役人、鳥をとるやなぎ、風の又三郎(異稿)。以上二十篇。

第七巻

やまなし、ありときのこ、ひのきとひなげし、いちょうの実、まなづるとダァリヤ、めくらぶどうと虹、畑のへり、よだかの星、おきなぐさ、黒ぶどう、黄いろのトマト、十力の金剛石、双子の星、貝の火、蜘蛛となめくじと狸、馬の頭巾、種山ヶ原、ペンネンネンネンネン・ネネムの伝記、楢ノ木大学士の野宿、三人兄弟の医者と北守将軍。以上二十篇。

第八巻

猫の事務所、カイロ団長、洞熊学校を卒業した三人、土神と狐、茨海小学校、クねずみ、蛙のゴム靴、ツェねずみ、鳥箱先生とフウねずみ、月夜のけだもの、よく利く薬とえらい薬、林の底、とっこべとら子、気のいい火山弾、けだもの運動会、葡萄水、雪渡り、さるのこしかけ、どんぐりと山猫、狼森と笊森盗森、注文の多い料理店、烏の北斗七星、水仙月の四日、山男の四月、かしわばやしの夜、月夜のでんしんばしら、鹿踊りのはじまり。以上二十七編。

第九巻

虔十公園林、祭の晩、なめとこ山の熊、ざしき童子のはなし、雁の童子、四又の百合、学者アラムハラドの見た着物、マリヴロンと少女、タネリはたしかにいちにち嚙んでいたようだった、毒もみの好きな署長さん、紫紺染について、みじかい木ペン、シグナルとシグナレス、氷河鼠の毛皮、ビヂテリアン大祭、二十六夜、ひかりの素足、飢餓陣営、ポランの広場、植物医師、種山ヶ原の夜。以上二十一篇。

第十巻

ポラーノの広場、オッペルと象、風の又三郎、北守将軍と三人兄弟の医者、グスコーブドリの伝記、銀河鉄道の夜、セロ弾きのゴーシュ。以上七篇。

総計九十四篇である。この中には、第六巻の「十月の末」や「谷」のごとく、「村童スケッチ」と原稿に記されているものや、「手紙一」、「手紙二」、「手紙四」のごとく、実際に手紙として知人たちに送られたものもはいっている。しかしそれらは、或いは発想が童話的であったり、或いは仏教の本生譚に基づいていたりして、これを童話的作品とすることのできるものと考えての数の中に入れた。他方、第九巻の「一九三一年度極東ビヂテリアン大会見聞録」のごとく、「ビヂテリアン大祭」の異稿の一部と見られるものであっても、まったく未完稿の断片であるため、それだけでは童話的興趣を欠くものはこれを省いた。

この九十四篇を、私がかつて本文庫本の旧版『風の又三郎』の解説で、十字屋版全集によって数えた八十九篇と比べると、「手紙一」、「手紙二」、「手紙四」(以上第六巻)、「蜘蛛となめくじと狸」、「馬の頭巾」、「三人兄弟の医者と北守将軍」(以上第七巻)の五篇が十字屋版全集には収録されておらず、「若い木霊」(十字屋版全集第五巻)が筑摩版全集には収録されていない。「蜘蛛となめくじと狸」は十字屋版全集にもあるが、それは筑摩版全集では「洞熊学校を卒業した三人」という題名になっており、筑摩版で「蜘蛛となめくじと狸」となっているものは、その異稿であり、十字屋版における同名のものと相当ちがっているのである。また十字屋版第五巻における「達二の夢」は筑摩版には存在しないけれど、これは筑摩版「種山ヶ原」の一部をなすものであり、その意味では「種山ヶ原」は十字屋版には収録されていないと言った方がよいかも知れない。

童話及び童話的作品と私が最初に言った理由は、以上の記述によっても多少はお分りと思うが、私が九十四篇を数えた中には、本来童話としては書かれなかったけれども、その発想や興趣によって童話的作品となっているものもあれば、賢治が自ら寓話と呼んで童話と呼ばなかったもの、更に「飢餓陣営」や「植物医師」や「種山ヶ原の夜」や「ポランの広場」のように劇形式を取っているものもあるからである。この劇形式のものは、賢治が花巻農学校在職中、大正十二年(一九二三)及び大正十三年(一九二四)に賢治自身の演出で農学校生徒たちによって上演せられている。

そういう上演以外に、賢治の童話で生前発表せられたものは次のごとくである。

一、『注文の多い料理店』。単行本として大正十三年(一九二四)十二月発行。所載作品、どんぐりと山猫、狼森と笊森盗森、注文の多い料理店、烏の北斗七星、水仙月の四日、山男の四月、かしわばやしの夜、月夜のでんしんばしら、鹿踊のはじまり。

二、「雪渡り」。大正十年(一九二一)十二月　及び大正十一年(一九二二)一月　雑誌「愛国婦人」。
三、「やまなし」。大正十二年(一九二三)四月　岩手毎日新聞。
四、「氷河鼠の毛皮」。同年同月　同新聞。
五、「シグナルとシグナレス」。同年六月　同新聞。
六、「オッペルと象」。大正十五年(一九二六)一月　雑誌「月曜」。
七、「ざしき童子のはなし」。同年二月　同誌。
八、「猫の事務所」。同年三月　同誌。
九、「北守将軍と三人兄弟の医者」。昭和六年(一九三一)七月　季刊雑誌「児童文学」創刊号。
一〇、「グスコーブドリの伝記」。昭和七年(一九三二)三月　同誌第二号。
一一、「ありときのこ」。昭和八年(一九三三)三月　雑誌「天才人」。

以上の作品を除いては全部、その没後草稿によって印刷に附せられたものであり、従って未完のもの、原稿の一部の失われているものが相当の数にのぼっており、作者自身、未完とか要再訂とか、或いはもっと具体的な註記でその未完稿たることを明らかにしているものも少なくない。そうでなくても原稿のほとんどは鉛筆の走り書きで、後日の訂正加筆を意図したらしいブランクのあるものも二、三にはとどまらず、そこへもって来て作者は原稿にノンブルをつけないので、本文の決定に苦労したものも多かったという。

二

これらの作品の制作年代は、単行本『注文の多い料理店』の諸篇、及び「竜と詩人」、「飢餓陣営」など少数のものを除いては、正確なことは分らない。『注文の多い料理店』の諸篇には一つ一つはっきり制作の年、月、日がしるされ(もっとも「狼森と笊森盗森」のみは年と月だけで日はないが)、「竜と詩人」や「飢餓陣営」にもはっきり日付がつけられている。そしてその日付はいずれも大正十年(一九二一)と翌十一年(一九二二)とになっている。

これには理由があるのである。正確な日付によって、これらの作品が一気に一日で書き上げられたと推定されるだけに、一層強力になる理由が――。十字屋版全集別巻付録の宮沢賢治年譜は、令弟清六氏の編になるものであるが、そこに次のような記述がある。

大正十年　二十六歳

一月、法華経敬信の念愈〻篤く、父母一家の改宗を熱望せるも容れられず、遂に家を離れて上京せんと決意す。時たまたま、棚の上の日蓮上人遺文集が突然落下せるに、家を去るは今なりと、法華経、遺文集を携え、旅費のみにて上京し、本郷菊坂町稲垣方の一間を借り、昼は筆耕、校正等を働き、夜は田中智学氏の国柱会に奉仕し、時には街頭布教をなし、日曜祭日には図書館にて勉強す。当時、馬鈴薯と水にてその日を過すこと多かりき。

二月頃国柱会の高知尾智燿氏の奨めもあり、文芸により大乗教典の真意を広めんことを決意す。在京の一月より八月に至る間、創作熱最も旺盛、或る月は三千枚も書く。全集第三巻、第四巻の作品は多くこの七箇月間に草稿或は構想されたるもの多し。

………………

九月、妹トシ病気の報に接し帰宅す。大トランクに童話作品の原稿一ぱい持ち帰る。

この記述は、「雨ニモマケズ」のしるされている「手帳」の中の

高知尾師ノ奨メニヨリ
法華文学ノ創作
名ヲアラワサズ
報ヲウケズ
貢高ノ心ヲ離レ

とある覚書の裏づけもあって、童話制作の動機を明らかにするとともに、この頃最も旺

盛な創作活動のあったことをも納得させる。

生活の環境もまた童話の制作に適合していたであろう。大都会の唯中で、親しい友人もなく、筆耕や校正のような無味乾燥な仕事で貧しい生活を営むものにとって、自由な空想の世界に人を遊ばせる童話の制作ほど心をうるおし楽しませるものはないからである。ましてそこにはひたむきな信仰の不断の鼓舞がある。旺盛な創作活動のそこに生まれるのに不思議はない。

在京七ヶ月間のこの創作熱が九月に花巻へ帰ってからも持続したことは、『注文の多い料理店』の諸篇が、在京中の八月の制作にかかる「かしわばやしの夜」を除いて、すべてその同じ九月から翌年の九月に至る期間のものであることによっても知られる。もっとも令弟清六氏の言葉によると、それ以前から短篇のスケッチとともに童話も書いており、「蜘蛛となめくじと狸」や「双子の星」は、大正七年(一九一八)八月の制作で、その頃この二つの作品を読んで聞かせられたことを、その口調まではっきり覚えているというが(堀尾青史著『年譜宮沢賢治伝』参照)、しかしはっきりした動機をもった旺盛な制作欲のおこったのは上京後であり、それ以来大正十五年(一九二六)まで、制作は続いている。大正十五年は賢治が花巻農学校をやめ、羅須地人協会をつくって、自ら農耕に従事しながら農民の友として稲作指導や肥料設計の仕事に打込んだ年である。

大正十五年以後にも、それらの作品には幾度も断続的に手が加えられたであろうし、もし完成して発表せられた年を制作の年とすることになれば、「北守将軍と三人兄弟の医者」は昭和六年(一九三一)の作となり、「グスコーブドリの伝記」は昭和七年(一九三二)の作となるわけだが、清六氏が原稿用紙や筆跡から判定したところでは、それらのものも第一稿は、他の大部分のものとひとしく、大正十五年までのものになるという。

本童話集は、これと姉妹の関係にある童話集『風の又三郎』とあわせて、それらの賢治の童話及び童話的作品の中から、特に傑れていると思われるもの三十四篇を選んでこれを編んだ。すなわち

『風の又三郎』に、風の又三郎、セロ弾きのゴーシュ、雪渡り、蛙のゴム靴、カイロ団長、猫の事務所、ありときのこ、やまなし、十月の末、鹿踊のはじまり、狼森と笊森盗森、ざしき童子のはなし、とつこべとら子、水仙月の四日、山男の四月、祭の晩、なめとこ山の熊、虔十公園林、グスコーブドリの伝記。

『銀河鉄道の夜』に、北守将軍と三人兄弟の医者、オッペルと象、どんぐりと山猫、洞熊学校を卒業した三人、ツェねずみ、クねずみ、鳥箱先生とフウねずみ、注文の多い料理店、烏の北斗七星、雁の童子、二十六夜、竜と詩人、飢餓陣営、ビヂテリアン大祭、銀河鉄道の夜。

九十四篇にのぼる賢治の童話及び童話的作品の中から、以上の三十四篇をえらぶに当っては、私なりに苦心はした。というのは、賢治の童話及び童話的作品の中には、「銀河鉄道の夜」のような、賢治自身のいう第四次元の芸術に当るもの以外に、「雁の童子」や「二十六夜」のような、仏教の精神的風土の中に育てられた物語、「狼森と笊森盗森」や「ざしき童子のはなし」のような、東北地方の民話に系統をひくもの、「洞熊学校を卒業した三人」や「ツェ鼠」のような、動物の姿を借りて社会生活の諸場面を諷刺的に描いた現代のイソップともいうべき寓話、そういう中でも「オッペルと象」や「カイロ団長」のような、社会感情のイデオロギー的傾斜を多少とも示しているものなど、さまざまな種類があり、中には「ビヂテリアン大祭」のごとく童話という枠の中に入りがたいものに見事に童話的興趣を与えているようなものもあって、それらの種類をそれぞれ代表する作品を選ぶとなると、勢い傑れた作品をも割愛せざるを得なくなった。しかし特に傑作と考えられるものはことごとくこれを収めているので、この二巻によってわれわれはほぼ賢治童話の全貌をうかがい得るであろう。

三

賢治の童話はその詩とともに極めて特異なものである。その特異性がどこから来たかは、結局宮沢賢治という一人の独創的な人物がどうしてできたかを問題とすることになってしまうが、私はしばらく賢治自身にその童話の秘密を語らせたい。

大正十三年(一九二四)発行の『イーハトーヴ童話　注文の多い料理店』は、大正十二年十二月二十四日の日付をもったその序文で、次のように言っている。

> わたしたちは、氷砂糖をほしいくらいもたないでも、きれいにすきとおった風を食べ、桃いろのうつくしい朝の日光をのむことができます。
>
> またわたくしは、はたけや森の中で、ひどいぼろぼろのきものが、いちばんすばらしいびろうどや羅紗や、宝石いりのきものに、かわっているのをたびたび見ました。
>
> わたくしは、そういうきれいなたべものやきものをすきです。
>
> これらのわたくしのおはなしは、みんな林や野はらや鉄道線路やらで、虹や月あかりからもらってきたのです。
>
> ほんとうに、かしわばやしの青い夕方を、ひとりで通りかかったり、十一月の山の風のなかに、ふるえながら立ったりしますと、もうどうしてもこんな気がしてしかたないのです。ほんとうにもう、どうしてもこんなことがあるようでしかたない

ということを、わたくしはそのとおり書いたまでです。

ですから、これらのなかには、あなたのためになるところもあるでしょうし、ただそれっきりのところもあるでしょうが、わたくしには、そのみわけがよくつきません。なんのことだか、わけのわからないところもあるでしょうが、そんなところは、わたくしにもまた、わけがわからないのです。

けれども、わたくしは、これらのちいさなものがたりの幾きれかが、おしまい、あなたのすきとおったほんとうのたべものになることを、どんなにねがうかわかりません。

なお『注文の多い料理店』を出した際、賢治は自ら「新刊書案内」として広告文を草し、その中で『注文の多い料理店』は十二巻の「イーハトーヴォ童話シリーズ」の第一巻として出されたものであることを明らかにするとともに、収録の童話の一つ一つに簡単な解説を附しているが、その初めに、彼の童話作品そのものの性格を自ら語っている。

イーハトーヴォは一つの地名である。強いてその地点を求むるならば、それは大小クラウス達の耕していた野原や、少女アリスが辿った鏡の国と同じ世界の中、テパーンタール砂漠の遥かな北東、イバン王国の遠い東と考えられる。実にこれは著者の心象中にこの様な状景をもって実在したドリームランドとしての日本岩手県である。

そこではあらゆる事が可能である。人は一瞬にして氷雲の上に飛躍し、大循環の風を従えて北に旅する事もあれば、赤い花杯の下を行く蟻と語ることもできる。罪やかなしみでさえそこでは聖くきれいに輝いている。深い椈《ぶな》の森や、風や影、肉の草や、不思議な都会ベーリング市まで続く電柱の列、それはまことにあやしくも楽しい国土である。この童話集の一列は実に作者の心象スケッチの一部である。それは少年少女期の終り頃からアドレッセンス中葉に対する一つの文学としての形式をとっている。この見地からその特徴を数えるならば次の諸点に帰する。

一、これは正しいものの種子を有し、その美しい発芽を待つものである。而も決して既成の疲れた宗教や、道徳の残滓を色あせた仮面によって純真な心意の所有者たちに欺き与えんとするものではない。

二、これらは新しい、よりよい世界の構成材料を提供しようとはする。けれども、それは全く作者に未知な絶えざる驚異に値する世界自身の発展であって、決して畸形に捏ねあげられた煤色のユートピアではない。

三、これらは決して偽でも仮空でも窃盗でもない。多少の再度の内省と分析とはあっても、たしかにこの通りその時心象の中に現われたものである。故にそれはどんなに馬鹿げていても、難解でも、必ず心の深部に於て万人の共通である。卑怯な成人達に畢竟不可解なだけである。

四、これは田園の新鮮な産物である。我等は田園の風と光との中からつややかな果実や青い蔬菜と一緒にこれらの心象スケッチを世間に提供するものである。

この二つの文章は、結局同一のことを語っている。

第一に、それが田園の新鮮な産物であるということ。

第二に、それはたしかにそのとおりその時心象の中に現われたものを、そのとおりに書いたものであるということ。「かしわばやしの青い夕方を、ひとりで通りかかったり、十一月の山の風のなかに、ふるえながら立ったりしますと、もうどうしてもこんな気がしてしかたないのです。ほんとうにもう、どうしてもこんなことがあるようでしかたないということを、わたくしはそのとおり書いたまでです。」ということ。

第三に、世界に対する作者の絶えざる驚異からそれは生まれたものであり、従って既成の宗教や道徳の残滓を色あせた仮面によって与えんとするものではないということ。

この賢治の自己証言は重要である。この自己証言は、さきにあげた年譜の「高知尾智燿氏の奨めもあり、文芸に依り大乗教典の真意を拡めんことを決意す」という言葉を、あまりに文字通りに受取ってはならないことを知らせる。なるほど最初の動機はそこにあったであろう。それは「手帳」の中の、すでに引用した賢治自身の覚書によっても、それを裏づけできるし、事実その頃のものと推せられる作品には、仏教説話に材を取ったものにも、そうでないものにも、あからさまな寓意のあるものが多い。

しかし芸術的創造のいとなみには、それに特有の内在的論理があるので、その内在的論理に従って、賢治童話は、その発想からしても、その表現からしても、賢治の自己証言の正しいことを感ぜしめるものとして、その世界を展開する。従って、「これらのなかには、あなたのためになるところもあるでしょうし、ただそれっきりのところもあるでしょうが、わたくしには、そのみわけがよくつきません。なんのことだか、わけのわからないところもあるでしょうが、そんなところは、わたくしにもまた、わけがわからないのです。」と賢治が言っているのは、文字通り賢治の本音《ほんね》であって、そしてそれはいかにも尤もなことである。芸術とは元来そういうものなので、それによって後期の童話の世界はまた一層広く且つ深くなったのである。

これは年譜にある賢治の決意が真実でなかったということではない。それは真実であったし、その決意は終生賢治の中に生きていたであろう。賢治の一生を顧みるとき、彼の生活には、実践者としてのおそらく一層高い次元があり、それが最後の死の床で、病室の置戸棚と枕許にある原稿の山を指して、これは私の今までの迷いの跡であるから、どうにでも適当に処分して頂きたいと、父君に言わしめているのであるが、それだけにその詩も童話も、純粋な芸術活動であったのだ。賢治をしてそう言わしめたものは、まごうかたなく賢治の芸術活動をも一層深いところで規定しているが、しかしそれを芸術活動でないものとはしなかったので、だから同じ日の晩、弟の清六さんを呼んだ時には、その原稿の中の特に詩と童話とを、これはお前にやるから、俺が死んだあと、どこかの本屋で出したいという所があったら出したらいい、こちらから持って行くには及ばないが、向うから何か言ってくるまでそのまま預かってくれと頼んでいる。この一見矛盾しているように見える言葉は、両方とも真実であったと私は思っている。賢治の童話はその矛盾の中に生まれたのだ。熱烈な信仰の人であるとともに献身的な農民の友であった彼は、実践への願望からその芸術活動を自ら裁きながら、他方、それを鼓舞する結果になっているので、その矛盾の中に、賢治の芸術は、不思議な光彩と深さとを得ることができたのである。

実際、もし賢治の中に、死の床でその文芸的作品のすべてを自分の迷いの跡だと言わしめたようなものがなかったら、あのような作品は生まれなかったであろう。それだけに賢治の作品は、止むに止まれぬ力に押出されてできたものなので、その内面的必然性とそれに伴う自然の流露感とは、賢治のすべての詩と童話とを貫く特色となっている。

四

以上で賢治童話の性格の大体について延べたので、次にこの集に選んだ十五篇の作品の簡単な解説をして置く。

一、北守将軍と三人兄弟の医者。昭和六年(一九三一)雑誌「児童文学」第一冊初載。十字屋版全集第三巻、筑摩版全集第十巻所収。賢治童話中数少い完成作で、七五調を主とした韻文形式をとっている。これの初稿と見ることのできる「三人兄弟の医者と北守将軍」(筑摩版全集第七巻所収)では、ソンバーユー将軍がプランペラポラン将軍、三人の医者もリンパーがホトランカン、リンプーがサラバーユー、リンポーがペンクラーネとなっているが、ここでは長詩形式に行を区切っている。

この長詩形式に行を区切った初稿は、大正十年一月の上京前に、おそらく大正九年中に書かれたものである、と令弟清六氏はいう。その証拠として、その頃宮沢家に勤めていた人が、賢治の原稿から写したものが、今も遺っているという。その初稿と決定稿とを比べると、全体の構成から言っても、措辞から言っても、初稿は比べものにならぬくらい劣っているから、これをその頃まで溯らせてもよいかも知れない。ということは、決定稿が非常に優れていて、賢治童話の代表作の一つとすることができるということであるが、それがいつ頃現在のような形となったかは、その原稿の失われている今では分らない。雑誌「児童文学」に発表の際全般的に手を加えたことは考えられるとして、大正十五年(一九二六)一月の雑誌「月曜」に発表された「オッペルと象」がやはり相似た韻文形式をとっているところを見ると、その頃今のような形に直したのかも知れない。雑誌「児童文学」は、詩人佐藤一英の編集、当時の神田一橋通町文教書院発行のクォータリーで、その創刊第一冊は三〇〇ページを越える立派なものであった。賢治はその第二冊にも「グスコーブドリの伝記」を出したが、雑誌はその二冊で終った。(堀尾青史著『年譜宮沢賢治伝』参照)

二、オッペルと象。大正十五年(一九二六)一月雑誌「月曜」初載。十字屋版全集第三巻、筑摩版全集第十巻所収。「ある牛飼いがものがたる」という形式になっている。「そしたらそこへどういうわけか、その白象がやって来た。白い象だぜ、ペンキを塗ったのでないぜ。どういうわけで来たかって? そいつは象のことだから、たぶんぶらっと森を出て、ただなにとなく来たのだろう。そいつが小屋の入口に、ゆっくり顔を出したとき、百姓どもはぎょっとした。なぜぎょっとした？　よくきくねえ、何をしだすか知れないじゃないか。」というような親しい話かけの調子で書かれているが、それでいて「北守将軍と三人兄弟の医者」と同様七五調を主とした韻文形式をとっていて、形式的にも整っている。童話中の傑作の一つである。この作品の中にわれわれは容易に、農村における小企業家的地主と小作との関係についての寓意を見てとることができるが、われわれにとって必要なことは、その寓意をただ寓意として受けとることではなく、そこにこめられている賢治の感情の優しさと激しさとを、われわれの胸に感じとることであろう。

三、どんぐりと山猫。大正十三年(一九二四)刊行の童話集『注文の多い料理店』の中の一篇で、大正十年(一九二一)九月十九日作であることが明記されている。十字屋版全集第四巻、筑摩版全集第八巻所収。これも短編童話の傑作の一つで、地方生活の諷刺的場面としての意味をもっている。『注文の多い料理店』を出した時、賢治は自ら「新刊書案内」としてその広告文を書いているが、その広告文中のこの作品の解説には次のようにある。「山猫拝と書いたおかしな葉書が来たので、こどもが山の風の中へ出かけて行くはなし。必ず比較をされなければならないいまの学童たちの内奥からの反響です。」どんぐりどもが、頭の尖っているのは頭の尖っているのが一番偉いと言い、頭の丸いのは頭の丸いのが一番偉いと言い、大きなのは大きなのが、背の高いのは背の高いのが、それぞれ一番偉いと言ってがやがや騒ぐので、裁判官の山猫も裁判の決着をつけられないで困っている。そこで一郎が「そんなら、こう言いわたしたらいいでしょう。このなかでいちばんばかで、めちゃくちゃで、まるでなっていないようなのが、いちばんえらいとね。ぼくお説教できいたのです。」という。その言葉によって、今までがやがや互いに言い合っていたどんぐりどもがみんな黙ってしまう。ここのところにわれわれは、賢治がその詩の中でもしばしば歌っている、法華経の常不軽菩薩《じょうふぎょうぼさつ》の行状に示されている精神の寓意を見ることができる。これは「雨ニモマケズ」の中の「ミンナニデクノボウトヨバレ」ることでもある。しかしそういう寓意は少しもあからさまではないので、童話の進行はどこまでも、無邪気で、明るく、ユーモアに溢れて、子供の心をすぐに捉えてしまうだろう。

四、洞熊学校を卒業した三人。この童話集の旧版では、十字屋版全集第三巻所収のものに従って「蜘蛛となめくじと狸」としていたが、この改訂版では、筑摩版第八巻所収のものに従って、こう改めたのである。筑摩版全集は別に第七巻に「蜘蛛となめくじと狸」を入れている。しかしこれは同じ作品の異稿とすべきで、「蜘蛛となめくじと狸」を初稿、「洞熊学校を卒業した三人」を第二稿と見て、その第二稿をここには取ったのである。但し本文決定に当っては筑摩版全集ともちがえた個所がところどころにある。初稿では書出しが「蜘蛛と、銀色のなめくじとそれから顔を洗ったことのない狸とはみんな立派な選手でした。けれども一体何の選手だったのか私はよく知りません。」とあり、その最後は、「さて蜘蛛はとけて流れ、なめくじはペロリとやられ、そして狸は病気にかかりました。……そしてまっくろになって、熱にうかされて、『うう、こわいこわい。おれは地獄行のマラソンをやったのだ。うう切ない。』といいながらとうとう焦げて死んでしまいました。」となっている。二つの稿にはその他にもなおいくらかの相異が見られるが、全体の場面構成は共通し、それがいずれも地方生活の諷刺的場面となっていることには変りない。殊に「なまねこ、なまねこ」と「念猫《ねんねこ》」をとなえながら兎をたべてしまい、狼までたべてしまう狸には、賢治が少年の頃からその周囲に見ていて、しばしば怒りをぶちまけている僧俗にわたった念仏のえせ信者の姿が描かれている。原稿の表紙には赤で「寓話集中」と書かれているという。

なお令弟清六氏によると、初稿「蜘蛛となめくじと狸」は「双子の星」とともに、賢治童話では最初のもので、大正七年(一九一七)の夏、読んで聞かせてもらった記憶があるという。

五、ツェねずみ。いつも自分勝手に他人の好意を利用しながら、少しでも自分に都合の悪い結果になると、相手に少しの悪意もなくてそうなった場合でも、すぐそれを相手のせいにして不平を言う、そういうタイプの人間に対する諷刺画である。これも「蜘蛛となめくじと狸」と同様、また次の「クねずみ」、「鳥箱先生とフウねずみ」と同じく、原稿の表紙に赤で「寓話集中」と記されているという。それだけにこの一篇の如き、寓意があまりにあからさまだが、全体の構成と表現とは、それを決して月並にも、卑俗にもしていない。現代のイソップ物語として、十分にその独自性を示している。十字屋版全集第四巻、筑摩版全集第八巻所収。

六、クねずみ。高慢で嫉み深く、自分を鼠仲間一番の学者と思い、ほかの鼠が少しでも高尚なことをいうと、すぐエヘンエヘンと言うのが癖のクねずみの話である。これも前述のように賢治が特に寓話と呼んでいるもので、寓意のあまりにもあからさまであるうらみはあるが、現代のイソップ物語として、その発想や構成はやはり独創的である。十字屋版全集第四巻、筑摩版全集第八巻所収。

七、鳥箱先生とフウねずみ。前の二篇、「ツェねずみ」や「クねずみ」と性格を同じくする現代のイソップ物語。十字屋版全集第四巻、筑摩版全集第八巻所収。

八、注文の多い料理店。大正十年(一九二一)十一月十日作と明記され、さきにあげた大正十三年(一九二四)発行の同名の単行本に入れられている。短篇童話中の傑作の一つ。

前記広告文中のこの作品の解説に賢治は次のようにしるしている。「二人の青年紳士が猟に出て路を迷い、「注文の多い料理店」に入り、その途方もない経営者から却って注文されていたはなし。糧に乏しい村のこどもらが、都会文明と放恣な階級とに対する止むに止まれない反感です。」しかし構想警抜で奇智とユーモアに満ち、十分子供を喜ばすことができる。十字屋版全集第四巻、筑摩版全集第八巻所収。

九、烏の北斗七星。大正十年(一九二一)十二月二十一日作。単行本『注文の多い料理店』初載、十字屋版全集第四巻、筑摩版全集第八巻所収。前記広告文中のこの作品の解説にはただ簡単に「戦うものの内的感情です。」とだけあるが、「ああ、マヂェル様、どうか憎むことのできない敵を殺さないでいいように早くこの世界がなりますように、そのためならば、わたくしのからだなどは、何べん引き裂かれてもかまいません。」という烏の少佐の祈りは、また賢治の祈りでもあったので、今日の世界情勢の中で一層切実な響きをもっている。

一〇、雁の童子。十字屋版全集第四巻、筑摩版全集第九巻所収。未定稿と書かれた原稿には、表紙に赤で「西域異聞とも言うべき三部作中に属せしむべきか」と書いて抹殺、ほかに「近代的の濃彩を施せ」「Episode 間を一の美しい女性によって連絡せしめよ」などとも書いている。そしてメモに「征王世界を修羅に化せんとし、忍べる僧は聖者とうまれ世界を天に化せんとす」とある。これらの言葉によって、現実と幻想との不思議に美しい交錯の見られるこの作品が、どんな動機で、どんな構想のもとにつくられたかが想見される。ただこれらの言葉に見られるような形でこの作品が完成されたとして、その時現在の未定稿の作品よりそれがよくなったかどうかは分らない。この作品の清らかで縹渺たる美しさは、その未定稿たるところに一半を負うているのだ。

一一、二十六夜。十字屋版全集第五巻、筑摩版全集第九巻所収。梟をもって人間世界を諷しているのであるが、梟法師の誦する経典梟鵄守護章はもちろん賢治の創作である。しかし古い漢訳経典の和訳の体を模してなかなかよくできている。賢治が法華経の諸品を常に誦して、その文体を完全に自分のものとしていたことが分る。ただ作者がその原稿の表紙に「どうもくすぐったし」と書いているところを見ると、この作品の内的動機は見かけより複雑であると言わねばなるまい。

一二、竜と詩人。大正十年(一九二一)八月二十日作。単行本『注文の多い料理店』の諸篇以外、その制作年月の明記されている少数の作品の一つである。しかし生前発表されたことはなく、原稿にはほぼ三字分だけ、後で書き入れるつもりで残しておいた空白がある。「雁の童子」や「二十六夜」と同じく、仏教の精神的風土の中で育てられた幻想から生まれた作品である。童話というより散文詩というべきかも知れない。

一三、飢餓陣営。十字屋版全集第三巻、筑摩版全集第九巻所収。自らコミック・オペレットと記している童話劇で、大正十一年(一九二二)六月二十日作。初めは主人公の名をとって「バナナン大将」と言ったらしい。大正十二年(一九二三)五月、その教諭として勤めていた花巻農学校が新しく県立となった開校式の日、記念として「植物医師」と共に、学校の講堂で自分が演出者となり生徒を俳優にして上演。但し経費は学校からは一銭も出ず、すべて賢治の負担であったという。大正十三年(一九二四)八月にも、前掲「植物医師」、新しく台本を書いた「種山ヶ原の夜」「ポランの広場」と共に、二夜にわたってやはり学校で上演している。(堀尾青史著『年譜宮沢賢治伝』参照)

なお森惣一氏によると(十字屋版全集別巻解説参照)、実際の上演に当っては、この台本に多少の改廃を加えたらしく、更に開幕に先立って一人の兵卒が登場して、台本にない次のような歌を独唱したという。

1、私は五連隊の古参の軍曹
　六月の九日に演習から帰り
　班中を整理して眠りました
　そのおしまいのあたりで夢を見ました
2、大将の勲章を部下が食うなんて

割合に適格なことでもありませんが
まる二日食事を取らなかったので
恐らくはこの変てこな夢をみたのです

一四、ビヂテリアン大祭。十字屋版全集第三巻、筑摩版全集第九巻所収。但し十字屋版全集では、第一稿と第二稿とを混淆しているところがあるので、大体その十字屋版全集に拠った旧版でも、第一稿に従って本文を決定した。今度もその点に変りはなく、そのため十字屋版全集とは相当のちがいをもつことになっている。全体は、菜食信者たちの世界大祭がニュウファウンドランド島の小さな山村ヒルティで行われた際、日本の信者を代表して列席した者の報告の体をとっている。もちろん空想の所産であるが、全篇ほとんど菜食信者とその反対者たちとの理論闘争の紹介に終始しているのに、それを立派に童話的興趣をもったものに仕上げている。未定稿であるとはいえ、やはり独自な一傑作と称すべきであろう。なお筑摩版全集第九巻は、「一九三一年度極東ビヂテリアン大会見聞録」なる一断片を収めているが、ここには童話的興趣は甚だ乏しい。

一五、銀河鉄道の夜。十字屋版全集第三巻、筑摩版全集第十巻所収。やはり未定稿で、言葉が中断している個所があったり、原稿の失われている個所があったり、それに賢治の未定稿が多くそうであるように原稿にノンブルが記されていないため、この長編童話の整理には清六さんはじめ、編集に当った人たちは一方ならず苦労をしたらしい。だから十字屋版全集と筑摩版全集とでは、相当のちがいや出入がある。十字屋版に基づいてこの童話集の旧版を編んだ時にも私は、清六さんに改めて原稿との照合を願い、脱落や誤りを訂したり、疑問のないことになっている個所を疑問としたり、逆に「不詳」と註記のある中断個所をそのままつなげたりした。

今度の新版では大体を筑摩版全集に拠った。しかし清六さんの示唆によって、旧版二五八ページの最後の行「ジョバンニは眼をひらきました。もとの丘の草の中につかれてねむっていたのでした。……」以下、二六四ページの「六　銀河ステーション」の前までを、この童話の最後に移し替えた。これは大きな変更で、筑摩版全集をはじめ、これまでのいかなる版にも行われていないことである。これについてはしかし、清六さんは、すでに私がこの岩波文庫本を編輯した昭和二十六年(一九五一)、私への私信の中で、「五天気輪の柱」と最後の数枚とは、順序が相違しているようなこともありうると、述べているので、この以前から抱いていた疑問を森惣一氏などとともに検討した結果、今度のような結論に――すなわち「天気輪の柱」の全体ではないがその大部分を、一篇の最後にもってゆくという結論に達したわけなのである。私も改めて幾度か本文を読んで見て、清六さんの意見に賛成した。

ただその意見に服しかねるところもあった。この移し替えとの関連でもあったのであろう、最後にもっていった数ページのその最後の部分、「けれどもまたその中にジョバンニの目には涙が一杯になって来ました。」以下「ジョバンニはそれにうっとりきき入っておりました。」までの十一行、及び「五　天気輪の柱」の前、すなわち、「四　ケンタウル祭の夜」の最後、「どんどんジョバンニは走りました。」以下「ジョバンニは橋の上でとまって、ちょっとの間、せわしい息できれぎれに口笛を吹きながら泣き出したいのをごまかして立っていましたが、にわかにまたちからいっぱい」までの八行は、削除する方がよいのではないかというのが清六さんの意見である。筑摩版全集は、前者はそのままこれを生かしているが、後者は削除している。しかし私はそのいずれをも生かした方がよいと思うので、というよりそれを削る理由を見出し得ないので、そのままにした。それらの個所にはいささか感傷的な表現が目に立つ。しかしそれはいずれもその場のジョバンニの心理にはふさわしいし、童話一篇の基調にもそぐわなくはない。

以上私は旧版との最も大きな変更について記したのだが、この変更は現在までのあらゆる版との大きなちがいともなるもので、これが今後の決定版になることをひそかに期待している。それというのも、この作品が「風の又三郎」や「グスコーブドリの伝記」と並んで、賢治童話を代表する傑作であり、その可能性として包蔵する世界の巨きさや、夢と現実との交錯する縹渺たる薄明の境を描き出しているその表現力についてこれを言えば、賢治童話の最高作と言ってもよいものでありながら、未定稿の故をもって、その本文の決定版が作られていない状態にあったからである。

なお、今回の改版にあたっては、岩波書店編集部の希望により、現代表記に改めた。

新版の編輯に当っては、今度も令弟宮沢清六さんの労を煩わしたが、岩波書店の河辺岸三君からも誠実な協力を得た。お二人にお礼を申上げる。

童話集 銀河鉄道《ぎんがてつどう》の夜《よる》 他十四篇

1951年10月25日 第1刷発行 ©
1966年 7月16日 第18刷改版発行
2007年 4月 5日 第80刷改版発行
2019年10月 4日 第95刷発行

作 者 宮沢賢治《みやざわけんじ》

編 者 谷川徹三《たにかわてつぞう》

発行者 岡本 厚

発行所 株式会社 岩波書店
〒101-8002 東京都千代田区一ツ橋2-5-5
案内 03-5210-4000 営業部 03-5210-4111
文庫編集部 03-5210-4051
https://www.iwanami.co.jp/

印刷・精興社 製本・牧製本

ISBN 4-00-310763-2 Printed in Japan

読書子に寄す

——岩波文庫発刊に際して——

岩波茂雄

真理は万人によって求められることを自ら欲し、芸術は万人によって愛されることを自ら望む。かつては民を愚昧ならしめるために学芸が最も狭き堂宇に閉鎖されたことがあった。今や知識と美とを特権階級の独占より奪い返すことはつねに進取的なる民衆の切実なる要求である。岩波文庫はこの要求に応じそれに励まされて生まれた。それは生命ある不朽の書を少数者の書斎と研究室とより解放して街頭にくまなく立たしめ民衆に伍せしめるであろう。近時大量生産予約出版の流行を見る。その広告宣伝の狂態はしばらくおくも、後代にのこすと誇称する全集がその編集に万全の用意をなしたるか。千古の典籍の翻訳企図に敬虔の態度を欠かざりしか。さらに分売を許さず読者を繋縛して数十冊を強うるがごとき、はたしてその揚言する学芸解放のゆえんなりや。吾人は天下の名士の声に和してこれを推挙するに躊躇するものである。このときにあたって、岩波書店は自己の責務のいよいよ重大なるを思い、従来の方針の徹底を期するため、すでに十数年以前より志して来た計画を慎重審議この際断然実行することにした。吾人は範をかのレクラム文庫にとり、古今東西にわたって文芸・哲学・社会科学・自然科学等種類のいかんを問わず、いやしくも万人の必読すべき真に古典的価値ある書をきわめて簡易なる形式において逐次刊行し、あらゆる人間に須要なる生活向上の資料、生活批判の原理を提供せんと欲する。この文庫は予約出版の方法を排したるがゆえに、読者は自己の欲する時に自己の欲する書物を各個に自由に選択することができる。携帯に便にして価格の低きを最主とするがゆえに、外観を顧みざるも内容に至っては厳選最も力を尽くし、従来の岩波出版物の特色をますます発揮せしめようとする。この計画たるや世間の一時の投機的なるものと異なり、永遠の事業として吾人は微力を傾倒し、あらゆる犠牲を忍んで今後永久に継続発展せしめ、もって文庫の使命を遺憾なく果たさしめることを期する。芸術を愛し知識を求むる士の自ら進んでこの挙に参加し、希望と忠言とを寄せられることは吾人の熱望するところである。その性質上経済的には最も困難多きこの事業にあえて当たらんとする吾人の志を諒として、その達成のため世の読書子とのうるわしき共同を期待する。

昭和二年七月

《日本文学(現代)》〔緑〕

怪談 牡丹燈籠　三遊亭円朝
真景累ヶ淵　三遊亭円朝
塩原多助一代記　三遊亭円朝
小説神髄　坪内逍遥
当世書生気質　坪内逍遥
役の行者　坪内逍遥
ウィタ・セクスアリス　森鷗外
青年　森鷗外
山椒大夫・高瀬舟 他四篇　森鷗外
渋江抽斎　森鷗外
妄想 他三篇　森鷗外
舞姫・うたかたの記 他三篇　森鷗外
ファウスト 全二冊　森林太郎訳
みれん　シュニッツラー 森鷗外訳
森鷗外 椋鳥通信 全三冊　池内紀編注
浮雲　二葉亭四迷 十川信介校注
其面影　二葉亭四迷
今戸心中 他二篇　広津柳浪
河内屋・黒蜴蜓 他一篇　広津柳浪
野菊の墓 他四篇　伊藤左千夫
漱石文芸論集　磯田光一編
吾輩は猫である　夏目漱石
坊っちゃん　夏目漱石
草枕　夏目漱石
虞美人草　夏目漱石
三四郎　夏目漱石
それから　夏目漱石
門　夏目漱石
彼岸過迄　夏目漱石
行人　夏目漱石
こころ　夏目漱石
硝子戸の中　夏目漱石
道草　夏目漱石
明暗　夏目漱石
思い出す事など 他七篇　夏目漱石
文学評論 全二冊　夏目漱石
夢十夜 他二篇　夏目漱石
漱石文明論集　三好行雄編
倫敦塔・幻影の盾 他五篇　夏目漱石
漱石日記　平岡敏夫編
漱石書簡集　三好行雄編
漱石俳句集　坪内稔典編
漱石・子規往復書簡集　和田茂樹編
文学論 全二冊　夏目漱石
坑夫　夏目漱石
漱石紀行文集　藤井淑禎編
二百十日・野分　夏目漱石
五重塔　幸田露伴
運命 他一篇　幸田露伴
努力論　幸田露伴

幻談・観画談 他三篇　幸田露伴
連環記 他一篇　幸田露伴
天うつ浪 全二冊　幸田露伴
子規句集　高浜虚子選
病牀六尺　正岡子規
子規歌集　土屋文明編
墨汁一滴　正岡子規
仰臥漫録　正岡子規
歌よみに与ふる書　正岡子規
獺祭書屋俳話・芭蕉雑談　正岡子規
金色夜叉 全二冊　尾崎紅葉
三人妻　尾崎紅葉
二人比丘尼 色懺悔　尾崎紅葉
不如帰　徳冨蘆花
謀叛論 他六篇 日記　徳冨健次郎／中野好夫編
北村透谷選集　北村透谷／勝本清一郎校訂
武蔵野　国木田独歩

愛弟通信　国木田独歩
蒲団・一兵卒　田山花袋
田舎教師　田山花袋
東京の三十年　田山花袋
藤村詩抄　島崎藤村自選
破戒　島崎藤村
春　島崎藤村
千曲川のスケッチ　島崎藤村
桜の実の熟する時　島崎藤村
新生 全二冊　島崎藤村
夜明け前 全四冊　島崎藤村
藤村随筆集　十川信介編
生ひ立ちの記 他一篇　島崎藤村
にごりえ・たけくらべ　樋口一葉
大つごもり・十三夜 他五篇　樋口一葉
高野聖・眉かくしの霊　泉鏡花
歌行燈　泉鏡花

夜叉ケ池・天守物語　泉鏡花
草迷宮　泉鏡花
春昼・春昼後刻　泉鏡花
鏡花短篇集　川村二郎編
日本橋　泉鏡花
婦系図 全二冊　泉鏡花
外科室・海城発電 他五篇　泉鏡花
鏡花随筆集　吉田昌志編
化鳥・三尺角 他六篇　泉鏡花
鏡花紀行文集　田中励儀編
俳諧師・続俳諧師　高浜虚子
泣菫詩抄　薄田泣菫
有明詩抄　蒲原有明
上田敏全訳詩集　山内義雄／矢野峰人編
赤彦歌集　斎藤茂吉／久保田不二子選
宣言　有島武郎
小さき者へ・生れ出ずる悩み　有島武郎

一房の葡萄 他四篇	有島武郎
ホイットマン詩集 草の葉	有島武郎選訳
寺田寅彦随筆集 全五冊	小宮豊隆編
柿の種	寺田寅彦
与謝野晶子歌集	与謝野晶子自選
与謝野晶子評論集	鹿野政直 香内信子編
私の生い立ち	与謝野晶子
入江のほとり 他一篇	正宗白鳥
つゆのあとさき	永井荷風
濹東綺譚	永井荷風
荷風随筆集 全二冊	野口冨士男編
おかめ笹	永井荷風
摘録 断腸亭日乗 全二冊	永井荷風 磯田光一編
すみだ川・新橋夜話 他一篇	永井荷風
あめりか物語	永井荷風
江戸芸術論	永井荷風
ふらんす物語	永井荷風
煤煙	森田草平
斎藤茂吉歌集	山口茂吉 柴生田稔 佐藤佐太郎編
桑の実	鈴木三重吉
小鳥の巣	鈴木三重吉
千鳥 他四篇	鈴木三重吉
鈴木三重吉童話集	勝尾金弥編
小僧の神様 他十篇	志賀直哉
万暦赤絵 他二十二篇	志賀直哉
暗夜行路 全二冊	志賀直哉
志賀直哉随筆集	高橋英夫編
高村光太郎詩集	高村光太郎
白秋愛唱歌集	藤田圭雄編
北原白秋歌集	高野公彦編
北原白秋詩集 全二冊	安藤元雄編
フレップ・トリップ	北原白秋
野上弥生子随筆集	竹西寛子編
お目出たき人・世間知らず	武者小路実篤
友情	武者小路実篤
釈迦	武者小路実篤
銀の匙	中勘助
犬 他一篇	中勘助
中勘助詩集	谷川俊太郎編
若山牧水歌集	伊藤一彦編
新編 みなかみ紀行	若山牧水 池内紀編
新編 啄木歌集	久保田正文編
時代閉塞の現状・食うべき詩 他十篇	石川啄木
蓼喰う虫	谷崎潤一郎 小出楢重画
春琴抄・盲目物語	谷崎潤一郎
吉野葛・蘆刈	谷崎潤一郎
卍(まんじ)	谷崎潤一郎
幼少時代	谷崎潤一郎
谷崎潤一郎随筆集	篠田一士編
多情仏心 全二冊	里見弴
道元禅師の話	里見弴

今年竹 全二冊　里見弴
萩原朔太郎詩集　三好達治選
郷愁の詩人 与謝蕪村　萩原朔太郎
猫町 他十七篇　清岡卓行編
恩讐の彼方に・忠直卿行状記 他八篇　菊池寛
父帰る・藤十郎の恋 菊池寛戯曲集　石割透編
河明り 老妓抄 他一篇　岡本かの子
春泥・花冷え　久保田万太郎
大寺学校 ゆく年　久保田万太郎
或る少女の死まで 他二篇　室生犀星
室生犀星詩集　室生犀星自選
犀星王朝小品集　室生犀星
出家とその弟子　倉田百三
愛と認識との出発　倉田百三
神経病時代・若き日　広津和郎
羅生門・鼻・芋粥・偸盗　芥川竜之介
地獄変・邪宗門・好色・藪の中 他七篇　芥川竜之介

河童 他二篇　芥川竜之介
奉教人の死・煙草と悪魔 他十一篇　芥川竜之介
歯車 他二篇　芥川竜之介
蜘蛛の糸・杜子春・トロッコ 他十七篇　芥川竜之介
或日の大石内蔵之助・枯野抄 他十二篇　芥川竜之介
芭蕉雑記・西方の人 他七篇　芥川竜之介
侏儒の言葉・文芸的な、余りに文芸的な　芥川竜之介
芥川竜之介随筆集　石割透編
蜜柑・尾生の信 他十八篇　芥川竜之介
年末の一日・浅草公園 他十七篇　芥川竜之介
芥川竜之介紀行文集　山田俊治編
田園の憂鬱　佐藤春夫
都会の憂鬱　佐藤春夫
日輪・春は馬車に乗って 他八篇　横光利一
上海　横光利一
旅愁 全二冊　横光利一
宮沢賢治詩集　谷川徹三編

童話集 風の又三郎 他十八篇　宮沢賢治／谷川徹三編
童話集 銀河鉄道の夜 他十四篇　宮沢賢治／谷川徹三編
山椒魚・遙拝隊長 他七篇　井伏鱒二
川釣り　井伏鱒二
太陽のない街　徳永直
伊豆の踊子・温泉宿 他四篇　川端康成
雪国　川端康成
川端康成随筆集　川西政明編
詩を読む人のために　三好達治
梨の花　中野重治
夏目漱石 全二冊　小宮豊隆
社会百面相 全二冊　内田魯庵
新編 思い出す人々　内田魯庵／紅野敏郎編
檸檬《レモン》・冬の日 他九篇　梶井基次郎
蟹工船 一九二八・三・一五　小林多喜二
独房・党生活者　小林多喜二
風立ちぬ・美しい村　堀辰雄

富嶽百景・走れメロス 他八篇　太宰治
斜陽 他一篇　太宰治
人間失格・グッド・バイ 他一篇　太宰治
津軽　太宰治
お伽草紙・新釈諸国噺　太宰治
真空地帯　野間宏
日本唱歌集　堀内敬三・井上武士編
日本童謡集　与田凖一編
至福千年　石川淳
近代日本人の発想の諸形式 他四篇　伊藤整
小説の方法　伊藤整
小説の認識　伊藤整
中原中也詩集　大岡昇平編
ランボオ詩集　中原中也訳
小熊秀雄詩集　岩田宏編
風浪・蛙昇天 ―木下順二戯曲選I　木下順二
子午線の祀り 沖縄 他一篇 ―木下順二戯曲選IV　木下順二

元禄忠臣蔵 全二冊　真山青果
玄朴と長英 他三篇　真山青果
随筆滝沢馬琴　真山青果
旧聞日本橋　長谷川時雨
新編 近代美人伝 全二冊　長谷川時雨・杉本苑子編
土屋文明歌集　土屋文明自選
古句を観る　柴田宵曲
俳諧随筆 蕉門の人々　柴田宵曲
評伝 正岡子規　柴田宵曲
新編 俳諧博物誌　柴田宵曲・小出昌洋編
随筆集 団扇の画　柴田宵曲・小出昌洋編
子規居士の周囲　柴田宵曲
小説集 夏の花　原民喜
原民喜全詩集
いちご姫・蝴蝶 他二篇　山田美妙・十川信介校訂
貝殻追放抄　水上滝太郎
銀座復興 他三篇　水上滝太郎

鏑木清方随筆集 東京の四季　山田肇編
随筆集 明治の東京　鏑木清方・山田肇編
柳橋新誌　成島柳北・塩田良平校訂
島村抱月文芸評論集　島村抱月
立原道造・堀辰雄翻訳集 ―林檎みのる頃・窓
野火／ハムレット日記　大岡昇平
中谷宇吉郎随筆集　樋口敬二編
雪　中谷宇吉郎
伊東静雄詩集　杉本秀太郎編
冥途・旅順入城式　内田百閒
東京日記 他六篇　内田百閒
佐藤佐太郎歌集　佐藤志満編
西脇順三郎詩集　那珂太郎編
草野心平詩集　入沢康夫編
大手拓次詩集　原子朗編
山岳紀行文集 日本アルプス　小島烏水・近藤信行編
雪中梅　末広鉄腸・小林智賀平校訂

宮柊二歌集　宮英子・高野公彦編
山の絵本　尾崎喜八
新編 山と渓谷　田部重治・近藤信行編
日本児童文学名作集 全二冊　桑原三郎・千葉俊二編
山月記・李陵 他九篇　中島敦
眼中の人　小島政二郎
新選 山のパンセ　串田孫一自選
新美南吉童話集　千葉俊二編
岸田劉生随筆集　酒井忠康編
摘録 劉生日記　岸田劉生・酒井忠康編
量子力学と私　朝永振一郎・江沢洋編
科学者の自由な楽園　朝永振一郎・江沢洋編
書物　森銑三・柴田宵曲
新編 明治人物夜話　森銑三・小出昌洋編
自註鹿鳴集　会津八一
窪田空穂随筆集　大岡信編
わが文学体験　窪田空穂

窪田空穂歌集　大岡信編
暢気眼鏡・虫のいろいろ 他十三篇　尾崎一雄・高橋英夫編
明治文学回想集 全二冊　十川信介編
梵雲庵雑話　淡島寒月
森鷗外の系族　小金井喜美子
新編 学問の曲り角　河野与一・原二郎編
碧梧桐俳句集　栗田靖編
新編 春の海 ―宮城道雄随筆集　千葉潤之介編
林芙美子紀行集 下駄で歩いた巴里　立松和平編
山の旅 全二冊　近藤信行編
放浪記　林芙美子
日本近代文学評論選 全二冊　千葉俊二・坪内祐三編
観劇偶評　三木竹二・渡辺保編
食道楽 全二冊　村井弦斎
酒道楽　村井弦斎
文楽の研究 全二冊　三宅周太郎
五足の靴　五人づれ

尾崎放哉句集　池内紀編
リルケ詩抄　茅野蕭々訳
ぷえるとりこ日記　有吉佐和子
江戸川乱歩短篇集　千葉俊二編
怪人二十面相・青銅の魔人　江戸川乱歩
少年探偵団・超人ニコラ　江戸川乱歩
江戸川乱歩作品集 全三冊　浜田雄介編
堕落論・日本文化私観 他二十二篇　坂口安吾
桜の森の満開の下・白痴 他十二篇　坂口安吾
風と光と二十の私と・いずこへ 他十六篇　坂口安吾
久生十蘭短篇選　川崎賢子編
墓地展望亭・ハムレット 他六篇　久生十蘭
六白金星・可能性の文学 他十一篇　織田作之助
夫婦善哉 正続 他十二篇　織田作之助
わが町・青春の逆説　織田作之助
歌の話・歌の円寂する時 他一篇　折口信夫
死者の書・口ぶえ　折口信夫

釈迢空歌集　折口信夫／富岡多惠子編
折口信夫古典詩歌論集　藤井貞和編
汗血千里の駒 坂本龍馬君之伝　坂崎紫瀾／林原純生校注
山川登美子歌集　今野寿美編
日本近代短篇小説選 全六冊　紅野敏郎・紅野謙介・千葉俊二・宗像和重・山田俊治編
自選 谷川俊太郎詩集
訳詩集 月下の一群　堀口大學訳
訳詩集 白孔雀　西條八十訳
茨木のり子詩集　谷川俊太郎選
第七官界彷徨・琉璃玉の耳輪 他四篇　尾崎翠
大江健三郎自選短篇
M／Tと森のフシギの物語　大江健三郎
キルプの軍団　大江健三郎
辻征夫詩集　谷川俊太郎編
明治詩話　木下彪
石垣りん詩集　伊藤比呂美編
漱石追想　十川信介編

芥川追想　石割透編
自選 大岡信詩集
うたげと孤心　大岡信
日本の詩歌 その骨組みと素肌　大岡信
日本近代随筆選 全三冊　千葉俊二・長谷川郁夫・宗像和重編
尾崎士郎短篇集　紅野謙介編
山之口貘詩集　高良勉編
原爆詩集　峠三吉
近代はやり唄集　倉田喜弘編
竹久夢二詩画集　石川桂子編
まど・みちお詩集　谷川俊太郎編
山頭火俳句集　夏石番矢編
二十四の瞳　壺井栄
幕末の江戸風俗　塚原渋柿園／菊池眞一編
詩の誕生　大岡信／谷川俊太郎
鹿児島戦争記 ―実録 西南戦争―　篠田仙果／松本常彦校注
東京百年物語 一八六八〜一九〇九 全三冊　ロバート・キャンベル／十重田裕一／宗像和重編

三島由紀夫紀行文集　佐藤秀明編
若人よ蘇れ・黒蜥蜴 他一篇　三島由紀夫
吉野弘詩集　小池昌代編
開高健短篇選　大岡玲編
色ざんげ　宇野千代

《イギリス文学》〔赤〕

ユートピア　トマス・モア　平井正穂訳
完訳 カンタベリー物語 全三冊　チョーサー　桝井迪夫訳
ヴェニスの商人　シェイクスピア　中野好夫訳
ジュリアス・シーザー　シェイクスピア　中野好夫訳
十二夜　シェイクスピア　小津次郎訳
ハムレット　シェイクスピア　野島秀勝訳
オセロウ　シェイクスピア　菅泰男訳
リア王　シェイクスピア　野島秀勝訳
マクベス　シェイクスピア　木下順二訳
ソネット集　シェイクスピア　高松雄一訳
ロミオとジューリエット　シェイクスピア　平井正穂訳
対訳 シェイクスピア詩集 —イギリス詩人選(1)　柴田稔彦編
失楽園 全二冊　ミルトン　平井正穂訳
ロビンソン・クルーソー 全二冊　デフォー　平井正穂訳
ガリヴァー旅行記　スウィフト　平井正穂訳
ジョウゼフ・アンドルーズ 全二冊　フィールディング　朱牟田夏雄訳
ウェイクフィールドの牧師 —むだばなし　ゴールドスミス　小野寺健訳
幸福の探求 —アビシニアの王子ラセラスの物語　サミュエル・ジョンソン　朱牟田夏雄訳
マンフレッド　バイロン　小川和夫訳
ワーズワース詩集　田部重治選訳
対訳 ワーズワス詩集 —イギリス詩人選(3)　山内久明編
湖の麗人　スコット　入江直祐訳
キプリング短篇集　橋本槙矩編訳
対訳 コウルリッジ詩集 —イギリス詩人選(7)　上島建吉編
高慢と偏見 全二冊　ジェーン・オースティン　富田彬訳
説きふせられて　ジェーン・オースティン　富田彬訳
エマ 全二冊　ジェーン・オースティン　工藤政司訳
対訳 テニスン詩集 —イギリス詩人選(5)　西前美巳編
虚栄の市 全四冊　サッカリー　中島賢二訳
床屋コックスの日記・馬丁粋語録　サッカレ　平井呈一訳
デイヴィッド・コパフィールド 全五冊　ディケンズ　石塚裕子訳
ディケンズ短篇集　小池滋　石塚裕子訳
炉辺のこほろぎ　ディケンズ　本多顕彰訳
ボズのスケッチ 短篇小説篇 全二冊　ディケンズ　藤岡啓介訳
アメリカ紀行 全二冊　ディケンズ　伊藤弘之・下笠徳次　隈元貞広訳
イタリアのおもかげ　ディケンズ　伊藤弘之・下笠徳次　隈元貞広訳
大いなる遺産 全二冊　ディケンズ　石塚裕子訳
荒涼館 全四冊　ディケンズ　佐々木徹訳
鎖を解かれたプロメテウス　シェリー　石川重俊訳
ジェイン・エア 全二冊　シャーロット・ブロンテ　河島弘美訳
嵐が丘 全二冊　エミリー・ブロンテ　河島弘美訳
教養と無秩序　マシュー・アーノルド　多田英次訳
アンデス登攀記 全二冊　ウィンパー　大貫良夫訳
ハーディ テス 全二冊　井上宗次　石田英二訳
和蘭派田園画 緑の木蔭　トマス・ハーディ　阿部知二訳
緑の館 —熱帯林のロマンス　ハドソン　柏倉俊三訳
ジーキル博士とハイド氏　スティーヴンスン　海保眞夫訳
プリンス・オットー　スティーヴンスン　小川和夫訳
新アラビヤ夜話　スティーヴンスン　佐藤緑葉訳
南海千一夜物語　スティーヴンスン　中村徳三郎訳

若い人々のために 他十一篇　スティーヴンスン　岩田良吉訳
マーカイム・壜の小鬼 他五篇　スティーヴンソン　高松雄一・高松禎子訳
怪談 —不思議なことの物語と研究　ラフカディオ・ハーン　平井呈一訳
心 —日本の内面生活の暗示と影響　ラフカディオ・ハーン　平井呈一訳
サロメ　ワイルド　福田恆存訳
嘘から出た誠　ワイルド　岸本一郎訳
人と超人　バーナド・ショー　市川又彦訳
分らぬもんですよ　バァナード・ショウ　市川又彦訳
ヘンリ・ライクロフトの私記　ギッシング　平井正穂訳
南イタリア周遊記　ギッシング　小池滋訳
闇の奥　コンラッド　中野好夫訳
コンラッド短篇集　中島賢二編訳
対訳 イェイツ詩集　高松雄一編
月と六ペンス　モーム　行方昭夫訳
読書案内 —世界文学　W・S・モーム　西川正身訳
人間の絆 全三冊　モーム　行方昭夫訳
夫が多すぎて　モーム　海保眞夫訳

サミング・アップ　モーム　行方昭夫訳
モーム短篇選 全二冊　行方昭夫編訳
アシェンデン —英国情報部員のファイル　モーム　中島賢二・岡田久雄訳
お菓子とビール　モーム　行方昭夫訳
荒地　T・S・エリオット　岩崎宗治訳
悪口学校　シェリダン　菅泰男訳
パリ・ロンドン放浪記　ジョージ・オーウェル　小野寺健訳
カタロニア讃歌　ジョージ・オーウェル　都築忠七訳
動物農場 —おとぎばなし　ジョージ・オーウェル　川端康雄訳
対訳 キーツ詩集 —イギリス詩人選(10)　宮崎雄行編
キーツ詩集　中村健二訳
阿片常用者の告白　ド・クインシー　野島秀勝訳
20世紀イギリス短篇選 全二冊　小野寺健編訳
イギリス名詩選　平井正穂編
タイム・マシン 他九篇　H・G・ウエルズ　橋本槇矩訳
透明人間　H・G・ウエルズ　橋本槇矩訳
トーノ・バンゲイ 全二冊　ウェルズ　中西信太郎訳

愛されたもの　イーヴリン・ウォー　中村健二・出淵博訳
イギリス民話集　河野一郎編訳
フォースター評論集　小野寺健編訳
白衣の女 全三冊　ウィルキー・コリンズ　中島賢二訳
対訳 英米童謡集　河野一郎編訳
灯台へ　ヴァージニア・ウルフ　御輿哲也訳
船出 全二冊　ヴァージニア・ウルフ　川西進訳
夜の来訪者　プリーストリー　安藤貞雄訳
イングランド紀行 全二冊　プリーストリー　橋本槇矩訳
アーネスト・ダウスン作品集　南條竹則編訳
スコットランド紀行　エドウィン・ミュア　橋本槇矩訳
ヘリック詩鈔　森亮訳
たいした問題じゃないが —イギリス・コラム傑作選　行方昭夫編訳
薔薇ルネサンス恋愛ソネット集　岩崎宗治編訳
文学とは何か —現代批評理論への招待 全二冊　テリー・イーグルトン　大橋洋一訳
D・G・ロセッティ作品集　南條竹則・松村伸一編訳

《アメリカ文学》〔赤〕

- ギリシア・ローマ神話 付インド・北欧神話　ブルフィンチ　野上弥生子訳
- 中世騎士物語　ブルフィンチ　野上弥生子訳
- フランクリン自伝　松本慎一・西川正身訳
- フランクリンの手紙　蕗沢忠枝編訳
- スケッチ・ブック 全二冊　アーヴィング　齊藤昇訳
- アルハンブラ物語 全二冊　アーヴィング　平沼孝之訳
- ウォルター・スコット邸訪問記　アーヴィング　齊藤昇訳
- ブレイスブリッジ邸　アーヴィング　齊藤昇訳
- 完訳 緋文字　ホーソーン　八木敏雄訳
- 哀詩 エヴァンジェリン　ロングフェロー　斎藤悦子訳
- 黒猫・モルグ街の殺人事件 他五篇　ポオ　中野好夫訳
- 対訳 ポー詩集 —アメリカ詩人選(1)　加島祥造編
- ユリイカ　ポオ　八木敏雄訳
- ポオ評論集　八木敏雄編訳
- 森の生活 (ウォールデン) 全二冊　ソロー　飯田実訳
- 市民の反抗 他五篇　H・D・ソロー　飯田実訳
- 白鯨 全三冊　メルヴィル　八木敏雄訳
- ビリー・バッド　メルヴィル　坂下昇訳
- 幽霊船 他一篇　ハーマン・メルヴィル　坂下昇訳
- 対訳 ホイットマン詩集 —アメリカ詩人選(2)　木島始編
- 対訳 ディキンソン詩集 —アメリカ詩人選(3)　亀井俊介編
- 不思議な少年　マーク・トウェイン　中野好夫訳
- 王子と乞食　マーク・トウェーン　村岡花子訳
- 人間とは何か　マーク・トウェイン　中野好夫訳
- ハックルベリー・フィンの冒険 全二冊　マーク・トウェイン　西田実訳
- いのちの半ばに　ビアス　西川正身訳
- 新編 悪魔の辞典　ビアス　西川正身編訳
- ビアス短篇集　大津栄一郎編訳
- ヘンリー・ジェイムズ短篇集　大津栄一郎編訳
- あしながおじさん　ジーン・ウェブスター　遠藤寿子訳
- 赤い武功章 他三篇　クレイン　西田実訳
- シカゴ詩集　サンドバーグ　安藤一郎訳
- 熊 他三篇　フォークナー　加島祥造訳
- 響きと怒り 全二冊　フォークナー　平石貴樹・新納卓也訳
- アブサロム、アブサロム! 全二冊　フォークナー　藤平育子訳
- 八月の光 全二冊　フォークナー　諏訪部浩一訳
- ブラック・ボーイ —ある幼少期の記録 全二冊　リチャード・ライト　野崎孝訳
- オー・ヘンリー傑作選　大津栄一郎訳
- 小公子　バアネット　若松賤子訳
- 黒人のたましい　W・E・B・デュボイス　木島始・鮫島重俊・黄寅秀訳
- アメリカ名詩選　亀井俊介・川本皓嗣編
- 魔法の樽 他十二篇　マラマッド　阿部公彦訳
- 青白い炎　ナボコフ　富士川義之訳
- 風と共に去りぬ 全六冊　マーガレット・ミッチェル　荒このみ訳
- 対訳 フロスト詩集 —アメリカ詩人選(4)　川本皓嗣編